LA PHARAONNE

Professeur de français, de civilisation et de littérature anciennes, latiniste, helléniste, égyptologue et linguiste, Violaine Vanoyeke est l'auteur de trente-cinq romans ou livres historiques portant pour la plupart sur l'Antiquité et traduits dans une trentaine de langues. Elle a également accompli des recherches de grande ampleur dans le domaine antique et égyptologique. Considérée comme l'une des plus éminentes spécialistes de cette période, elle donne des conférences dans le monde entier et est souvent consultée par la presse internationale sur les découvertes en matière de fouilles. Les musées font appel à ses services pour dater les pièces retrouvées et les exposer. Elle travaille ainsi avec des chercheurs allemands, américains, suédois, polonais, grecs et égyptiens. Depuis plus de quinze ans, elle reconstitue la vie d'une femme pharaon au destin exceptionnel grâce aux recherches de Moyenne-Égypte, du Sinaï, de Louxor, d'Assouan, de Chypre et de Cnossos.
Violaine Vanoyeke est, par ailleurs, productrice, présentatrice et réalisatrice d'émissions littéraires et historiques à la radio depuis 1980 (*Kiosque, Voix en poésie, Présence du poème, Deux écrivains en présence, Historica*). Elle collabore également aux magazines tels que *L'Histoire, Chroniques de l'histoire, Historia*... Elle dirige la collection « Histoire et histoires » chez Critérion.

Paru dans Le Livre de Poche :

La Pharaonne
2. LE PSCHENT ROYAL.
3. LE VOYAGE D'ÉTERNITÉ.

LES HISTOIRES D'AMOUR DES PHARAONS T. 1.
LES HISTOIRES D'AMOUR DES PHARAONS T. 2.

VIOLINE VANOYEKE

La Pharaonne

*

La Princesse de Thèbes

ROMAN

MICHEL LAFON

Cet ouvrage est le premier tome du roman de Violaine Vanoyeke consacré à la pharaonne Hatchepsout.

LA PHARAONNE

* *La Princesse de Thèbes*

** *Le Pschent royal*

*** *Le Voyage d'éternité*

A Philippe.

Ahmose dit à Amon :
« Quelle puissance *est la tienne !*
quels merveilleux instants que
de voir ton visage lorsque ton
cœur s'est uni *au mien et que*
ton parfum s'est répandu dans
mon corps. »
Amon répondit :
« De cette union naîtra une fille
qui aura pour nom "Hatchepsout
Kenemetimen" selon les paroles que
tu viens de prononcer. »

(Texte gravé sur les
murs du temple de millions d'années
d'Hatchepsout à Deir el-Medineh.)

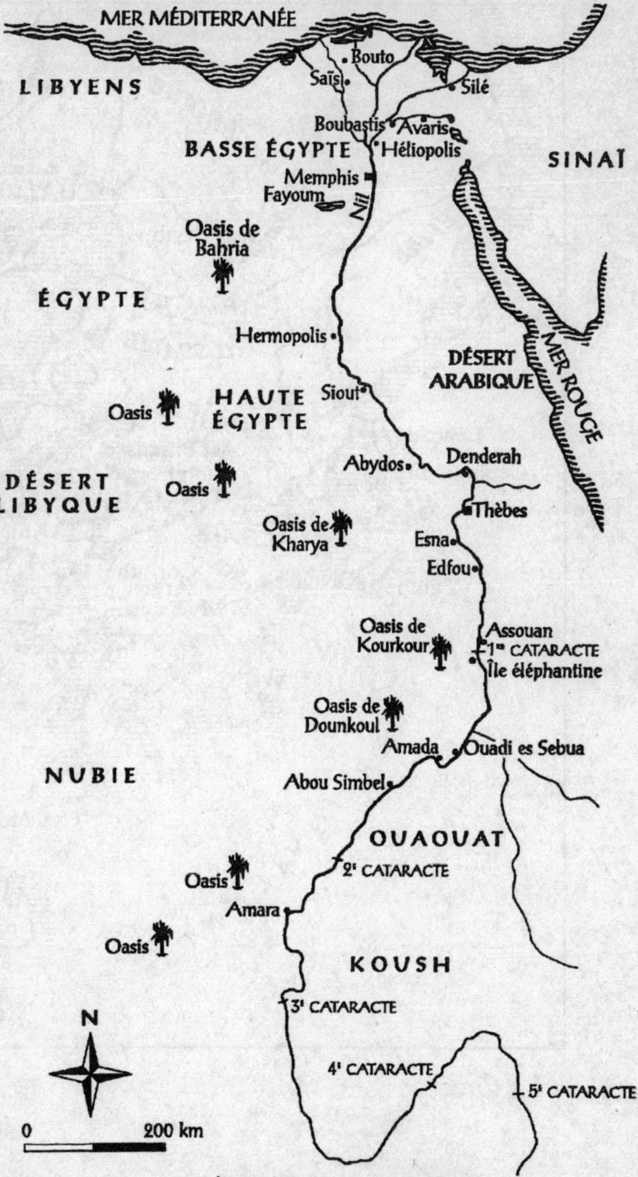

L'Égypte et la Nubie

Axios
Strymon
MACÉDOINE
Haliakmon
Aios
ÉPIRE
CHALCIDIQUE
Mt Olympe
Corcyre
Pénée
THESSALIE
Achelōos
ÉTOLIE
EUBÉE
Leucade
Mt Parnasse
Céphallénie
Delphes
BÉOTIE
Thèbes
Athènes
ACHAIE
ARCADIE
Corinthe
Salamine
Zanthe
Olympie
Argos
Alphes
Mycènes
Egine
Céo
PÉLOPONNÈSE
Sparte
Evrotas
Sériphos
MER IONIENNE
Milo
Cythère
Rethymno
Gávdos

La Grèce

THRACE
Byzance
Thasos
amothrace
Imbros
TROIE
PHRYGIE
Lemnos
ER
Lesbos
Scyros
Hermos
ÉGÉE
Chio
LYDIE
Andros
Samos
Méandre
Tinos
Ikaros
CARIE
Mykonos
SPORADES
CLADES
Paros
Naxos
Siphnos
Amorgos
Théra
Rhodes
Malia
Knossos
Palaokastro
Gortyne
Zakro
Phaïstos
CRÈTE

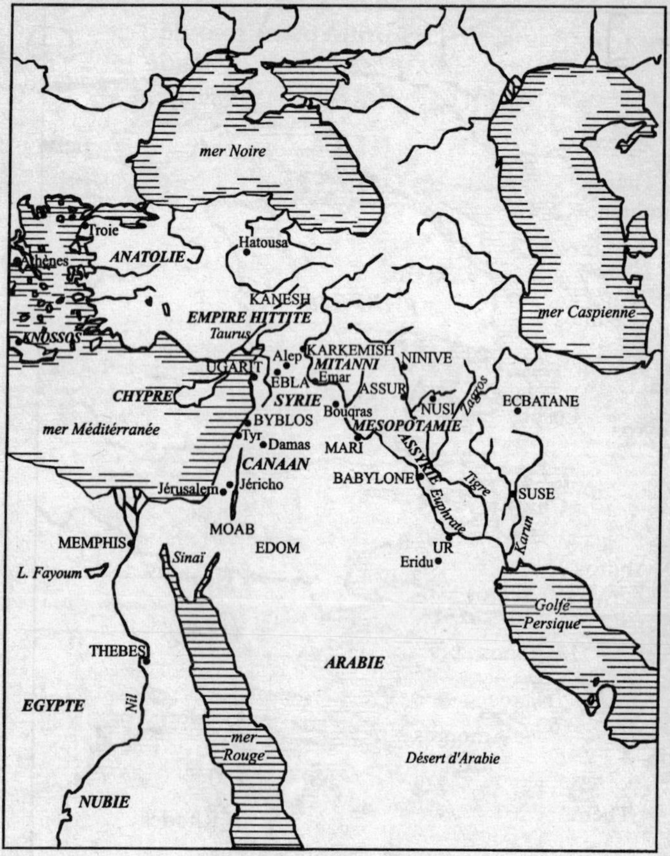

Anciens pays du Proche-Orient

Les principaux rois de la XIIe à la XVIIIe dynastie

XIIe dynastie (XXe-XVIIIe siècle avant J.-C.)

Amenemet Ier
Sesostris Ier
Amenemet II
Sesostris II
Sesostris III
Amenemet III
Amenemet IV
Nefrousobek

Pendant les XVe et XVIe dynasties s'imposent les envahisseurs Hyksos (XVIIIe-XVIe siècle avant J.-C.) qui gouvernent à Avaris. Des rois ou gouverneurs égyptiens dirigent l'Égypte du Sud à Thèbes.

XVIIe dynastie (XVIe siècle)

Derniers rois de Thèbes
Tioua Ier (Grande Épouse : Titihéri)
Tioua II (Grande Épouse royale : Ahhotep)
Kamose

XVIIIe dynastie (XVIe-XIIIe siècle)

Ahmosis (Grande Épouse royale : Ahmès-Néfertari)
Aménophis Ier (Grande Épouse royale : Ahotep)
Thoutmosis Ier (Grande Épouse royale : Ahmose)
Thoutmosis II – Hatchepsout
Thoutmosis III
Aménophis II
Thoutmosis IV
Aménophis III
Aménophis IV (appelé Akhenaton)
Semenkarê
Toutânkhaton (appelé ensuite Toutânkhamon)
Aï
Horemheb

AVANT-PROPOS

Hatchepsout, « la fille d'Amon », « être supérieur aux autres », telle nous apparaît la plus grande pharaonne d'Egypte sur les parois de son incroyable temple de millions d'années situé à Deir el-Medineh dans la « Vaste Prairie » qui fut appelée par Jean-François Champollion la « Vallée des Rois ».

Tout en Egypte rappelle au visiteur qu'Hatchepsout régna longtemps et brillamment, au XVe siècle avant notre ère, même si son image fut souvent martelée. On raconta sans doute un peu vite que Thoutmosis III voulut ainsi effacer son souvenir sans y parvenir car des traces de la reine et de ses inscriptions survivent encore sous ce martelage, incitant les historiens et les archéologues à s'y intéresser davantage... La vie d'Hatchepsout, remplie de gloire et d'exploits, est ainsi riche de mille secrets dont on ne résiste pas à vouloir lever le voile.

Avec Hatchepsout, on entre dans le monde du mystère et de l'impossible, celui qui fit d'une femme un pharaon !

Partout, Hatchepsout s'impose au voyageur séduit par l'Egypte, des obélisques à la Chapelle Rouge de Karnak, de la construction monumentale du temple d'Amon à la chapelle d'Anubis de

Deir el-Medineh, du temple de Pakhet en Moyenne-Egypte aux sanctuaires de l'île Eléphantine.

Lié à celui de personnages inoubliables tels que Thoutmosis Ier, Ahmose, Senmout, Thoutmosis III le conquérant ou Moïse, son destin reste exceptionnel et unique. L'Egypte mystique et magique du temps d'Hatchepsout, époque précédant de peu celles de Néfertiti et de Thoutânkhamon, demeure indissociable de la richesse et de la beauté, de l'éternité et de la renaissance perpétuelle. Vie et mort se fondent dans la continuité.

Cette Egypte s'enrichit de contacts permanents avec les très brillantes civilisations crétoise, mycénienne et mésopotamienne, occasions pour le lecteur de voyager en Grèce ou en Babylonie et de mieux comprendre la vie quotidienne et les pensées de ces Egyptiens de la XVIIIe dynastie.

Egypte unique, elle aussi, où s'unissent les richesses culturelles, commerciales, artistiques et cultuelles de villes devenues mythiques à la prospérité jamais égalée.

PREMIÈRE PARTIE

I

Le soleil, accablant, fendait la terre trop sèche et grise du désert. Derrière ces crevasses, où le cœur de l'Egypte semblait s'être arrêté de battre, jaillissaient des rocs brûlants qu'évitaient même les reptiles les plus rompus aux rais ravageurs.

Comme une provocation à l'astre puissant dont souffraient le sol, les bêtes et les hommes, le Nil, sombre, bouillonnait imperturbablement en direction de la Méditerranée. A l'approche du fleuve aux rives sablonneuses, l'activité devenait plus intense. Toute vie semblait concentrée dans la vallée fertile proche du fleuve miraculeux dont les Egyptiens attendaient avec impatience la crue qui marquerait les premiers jours de l'année. Chaque soir, avant le coucher du soleil, ils cherchaient des yeux l'étoile de Sirius dont l'apparition précédait le débordement du Nil. Ils s'apprêtaient à fêter le gras dieu Hâpi, protecteur du fleuve. Quelques artisans vendaient déjà des miniatures de la divinité et de son épouse en pierres semi-précieuses. Ces statuettes seraient données en offrandes au dieu pendant les quatre mois de la saison d'*akhit,* la précieuse période de l'inondation.

Au bord du Nil, des marins débarquaient des blocs de calcaire et de grès, du granit en provenance du sud, du quartz des environs de Memphis, du basalte et de l'or du désert proche de la mer Rouge.

Drapées dans de belles tuniques aux plis souples, des Egyptiennes regardaient briller l'améthyste, la cornaline, la turquoise extraite des mines du Sinaï et le lapis-lazuli ramené de Bactriane. Du bois arrivait de Macédoine.

D'autres bateaux venaient de Nubie, les ponts chargés d'or, d'ivoire et de plumes d'autruche qui serviraient d'accessoires à vêtements. Des Nubiens débarquaient à la recherche d'un emploi. Des marchands, prêts à partir pour le Mitanni, le Hatti, la Grèce ou l'Assyrie, chargeaient des céréales et du lin fin, dont l'Egypte regorgeait, dans l'espoir de les échanger contre du cuivre, de l'argent, de l'huile et du vin réputé. Ne sachant ni écrire ni compter, ils payaient des scribes qui établissaient des listes de leurs biens.

Sur le Nil se croisaient des barques tirées par des bateaux plus imposants, à voile ou à rames, d'importantes embarcations en partance pour la Nubie, de longs bateaux en forme de croissant agrémentés de cabines centrales, des chalands pour le transport des blocs de calcaire et des troupeaux. Tous les matelots chantaient pour s'encourager.

Les marchands qui se préparaient à partir dans le désert vérifiaient leurs armes, appropriées à la chasse aux loups et aux fauves, ainsi que leur équipement et leurs provisions.

D'autres avaient le projet d'atteindre le pays du Pount. Ils espéraient bien en rapporter de l'encens, le plus recherché étant la résine de boswellia utilisée par les prêtres et les simples particuliers qui parfumaient leur maison en la faisant fondre.

Ils s'équipaient pour suivre le Nil jusqu'à Bubastis où ils avaient coutume d'emprunter une étroite branche du fleuve lorsque la hauteur de l'eau le permettait. Leurs navires, achetés à Byblos, étaient reconnaissables à leur proue armée d'un éperon, à leur poupe recourbée, à leur double gouvernail et à leur haut mât soutenant une voile unique mais très large. Les enfants étaient impressionnés par leur équipage nombreux et expérimenté qui permettait ces voyages en direction de la mer Rouge. Ils racontaient avec émerveillement que ces hommes avaient tout vu, qu'ils connaissaient les confins du monde et qu'ils étaient très courageux de partir ainsi sans avoir l'assurance de rentrer un jour dans leur pays.

Afin d'obtenir une grande quantité d'encens, d'ébène, d'ivoire, de parfum, d'or et d'animaux sauvages, les scribes et les marins chargeaient les plus beaux objets égyptiens, principalement des miroirs et des bijoux.

A l'entrée de la ville de Wasat, seuls quelques enfants vêtus d'un simple pagne, la peau dorée, les cheveux extrêmement courts, parfois rasés, couraient dans les ruelles étroites et abritées du soleil, qui séparaient les petites habitations en pierre ou en brique où dormaient la plupart des adultes dans l'attente d'une légère fraîcheur vespérale. Les ânes avaient été laissés à l'ombre devant les portes des maisons. Eux aussi somnolaient debout. Les autres animaux vivaient à l'intérieur de ces modestes demeures de forme carrée ou rectangulaire avec leurs propriétaires qui faisaient fi de toute mesure d'hygiène.

Thèbes, ainsi que l'appelaient les Grecs, s'étendait, en effet, en Haute-Egypte, au sud de la magnifique et grande Memphis, sur la rive droite du fleuve, les sépultures des pharaons et des principaux membres de l'Etat ayant été aménagées en face de la ville, sur la rive opposée. Si un petit village existait avant le règne d'Ahmosis, l'arrière-grand-père d'Hatchepsout, le pharaon l'avait rasé pour construire une ville et un temple prestigieux.

Bien qu'ils se plaignissent de cette concentration d'habitations, les autochtones restaient à Thèbes parce que le pharaon y habitait et que la proximité de la Nubie leur permettait de faire un commerce fructueux sans avoir à subir la concurrence de Memphis.

Les riches fonctionnaires fuyaient, cependant, la poussière, les odeurs et les bruits de la ville dès qu'ils le pouvaient en se réfugiant dans leur luxueuse et confortable maison à l'écart de Thèbes.

Bien que tout fût calme à l'intérieur des demeures, dans l'une d'entre elles, l'agitation était à son comble. On avait poussé les jarres à provisions le long des murs pour avoir plus de place. Des hommes étaient assis sur des coffres en brique remplis de vêtements. Des ustensiles de cuisine avaient même été relégués dans la pièce où se lavait le maître et dans le recoin où il se faisait masser.

Deux Egyptiens s'étaient installés sur les sièges percés de la petite salle d'aisance. Afin d'aérer la salle principale dont la toiture était maintenue par deux colonnes papyriformes, la porte donnant sur la cour, située derrière la maison, avait été ouverte.

L'un des hommes entrebâilla la trappe du toit tandis qu'un autre rapportait de l'eau fraîche d'un puits en pierre.

Tout en fixant les yeux sur le mur peint de

scènes champêtres et en s'éventant avec une longue plume d'autruche, Abou, le maître des lieux, s'adressa nonchalamment à ses acolytes.

— Il est temps pour nous d'agir, dit-il avec fermeté. Le fils d'Ahmosis, le pharaon Aménophis est mort. C'était, après Ahmosis, notre plus grand ennemi, celui qui nous a volé le pouvoir. Il y a quelques années nos pères étaient venus de l'est et s'étaient imposés en Egypte. Ils régnaient dans la ville d'Avaris[1]. Les descendants des rois égyptiens étaient devenus gouverneurs de Thèbes et tout allait bien ainsi. Si ce maudit Egyptien d'Ahmosis n'avait pas à son tour chassé nos ancêtres pour prendre la direction du pays, nous serions aujourd'hui de hauts dignitaires. Au lieu de quoi, nous avons tout juste de quoi vivre. Des fils d'illustres généraux travaillent même dans le village de Deir el-Medineh comme de vulgaires esclaves !

Petit et râblé, Abou était tellement révolté que le teint olivâtre de son visage se colora de rougeurs inhabituelles.

Tout d'abord, personne ne lui répondit. Le braiment d'un âne leur parvint d'une lointaine maison. Les feuilles des saules plantés devant la façade pour ombrager les pièces de la modeste habitation bruissèrent légèrement. Le seul palmier qui avait été placé dans le minuscule jardin séparant cette maison de celle du voisin se réveilla sous la brise à peine caressante, si délicate qu'elle en était imperceptible.

Sous la chaleur transpirait l'odeur forte des oignons que le maître avait suspendus non loin

1. Les Grecs appelèrent ces envahisseurs du XVIIe siècle avant J.-C. les Hyksos.

de chaque ouverture pour faire fuir les reptiles. Les pièces sentaient encore l'encens que la femme du propriétaire avait laissé fondre la veille sur sa chevelure.

Au bout de ce long moment de silence où l'on entendit les rares meubles en bois de la pièce vivre et craquer comme de fines branches qui se cassent, un certain Ahmès, qui vivait également à Thèbes, prit la parole.

— Tes mots sont empreints de colère et de révolte, Abou, dit-il, le regard noir. Nous devons pourtant reconnaître que tu as raison. Nous n'avons que trop attendu pour reprendre le pouvoir. Plus nous tergiversons, plus il nous sera difficile de nous imposer de nouveau en Egypte.

— Le moment paraît, en effet, opportun, intervint un troisième homme appelé Gizé. Aménophis a désigné son successeur. Ce sera son gendre Thoutmosis. Ce dernier est déjà très expérimenté. Aménophis lui a confié des tâches essentielles. Il combat avec autant de courage qu'un dieu. Mais il n'est pas fils de pharaon. Or, les Egyptiens restent profondément attachés à la légitimité de leurs rois...

— Pourquoi donc accepteraient-ils d'être dirigés par des étrangers comme nous s'ils refusent Thoutmosis ? demanda Abou sans attendre la fin de son raisonnement.

— Je considère que nous avons plus de chance de nous imposer que si Thoutmosis était le fils du pharaon défunt, répondit Gizé.

— Je suis de ton avis, intervint Abou.

— N'oublions pas que Thoutmosis a épousé la fille du roi et qu'Ahmosis est encore adoré du peuple, répliqua Ahmès.

— Nous promettrons aux Egyptiens de respecter les croyances et les coutumes des anciens pharaons, ajouta Abou. Ainsi auront-ils confiance en nous.

Les autres hommes semblaient sceptiques. S'emparer du pouvoir par la force leur faisait peur. Depuis qu'Aménophis était mort, devenant ainsi Osiris, Thoutmosis n'était-il pas celui qui s'apprêtait à servir d'intermédiaire entre les hommes et les divinités, un roi assimilé au dieu Horus ?

— Thoutmosis sera tout de même le premier prêtre du royaume... avança Kay, le plus jeune des conspirateurs. Les dieux l'ont accepté et assurent, en échange de ses dons, le bien-être aux Egyptiens. Lui seul recevra des dieux le pouvoir d'administrer les affaires égyptiennes.

— Allons donc ! tonna Abou en tapant du poing sur la table qui servait aussi de coffre à linge. Si les dieux ont refusé de donner un fils à Aménophis, c'est parce qu'ils étaient mécontents de son règne. La déesse de l'ordre Maât n'approuve pas la politique de Thoutmosis.

— Pourquoi donc approuverait-elle la nôtre ? Les Egyptiens ont oublié le règne de nos ancêtres. Aujourd'hui, ils souhaitent plus de stabilité. A leurs yeux, le seul fait que l'époux d'Ahmose soit au pouvoir respecte l'équilibre du pays.

— Kay, tu es décidément trop tendre pour comprendre, dit Abou. Pareil au cheval fougueux qui vient de faire sa première course, tu t'ébroues et te révoltes mais nous saurons amadouer la déesse de l'ordre en restaurant les temples d'Amon. Les Egyptiens ont déjà pu juger combien notre politique était bénéfique et efficace.

Ahmès soupira.

— Tu parles comme un Egyptien né de parents égyptiens ! s'exclama-t-il, agacé. Que nous importe Maât et le respect de l'ordre ? Si l'Egypte a prospéré sous le règne de nos ancêtres, voilà bien la preuve que les dieux étaient avec nous. Il n'en faut pas plus pour contenter les Egyptiens !

— Je connais, malgré tout, des Egyptiens qui considèrent avec honte la période pendant laquelle ont régné nos pères et qui refusent même de l'évoquer, trop heureux qu'ils sont d'avoir retrouvé un roi digne des plus grands pharaons !

— Par Isis, Kay, je te trouve décidément bien circonspect ! dit Abou. Si tu redoutes la vengeance divine, retourne chez toi et oublie-nous ! En quoi nos pères ont-ils démérité par rapport aux pharaons de la ville Ititoui ? As-tu oublié que le roi Amenemet a été tué ? Les échanges commerciaux se sont multipliés grâce à nos ancêtres. Si les anciens pharaons ont organisé des expéditions dans les pays lointains, s'ils ont remporté des victoires militaires, s'ils ont développé l'agriculture, nos remarquables pères ont su préserver tout cela et maintenir la paix.

Piqué au vif, le jeune Egyptien se rebella.

— Puisque personne ne semble ici raisonner avec discernement, je crois de mon devoir de vous rappeler que ce ne sont pas les *Sagesses* ou les contes de nos pères que les Egyptiens apprennent à l'école mais bien ceux de leurs lointains ascendants ! Ce ne sont pas vos sculpteurs ou vos peintres qui inspirent les artistes égyptiens mais ceux qui ont brillé à l'époque de Khéops !

— Kay, répondit Abou avec fermeté, tu sembles prétendre que les Egyptiens n'ont jamais accepté nos ancêtres et qu'ils considèrent leurs invasions comme une punition des dieux. As-tu oublié qu'après le règne d'Amenemet IV, aucun homme ne pouvait succéder au pharaon et que le peuple égyptien a été contraint d'accepter le pouvoir d'une femme ? As-tu oublié ces inondations insuffisantes qui n'ont guère favorisé l'agriculture ? Cette succession de rois égyptiens morts trop tôt ? Leurs fonctionnaires incompétents ? Nos ancêtres venus de l'est n'étaient pas des envahisseurs comme les autres. Ils se sont finalement entendus avec les gouverneurs thébains. En quoi les troublaient-ils puisque ceux-ci habitaient loin d'Avaris où régnaient nos pères ? La fille de l'illustre roi Apepi n'a-t-elle pas épousé le fils d'un gouverneur de Thèbes ? Crois-tu qu'Apepi aurait régné trente-trois ans s'il avait déplu aux Egyptiens du Delta ?

Le jeune Kay ne voulait pas s'en laisser compter. Il était bien trop fier pour subir les leçons d'Abou. Aussi rétorqua-t-il, lui aussi très irrité :

— Aurais-tu oublié que ce même Apepi dont tu fais l'éloge s'est vu contraint de réclamer l'aide des Nubiens contre le roi thébain Kamose ? As-tu chassé de ta mémoire l'hostilité de son père le roi Seqnrê Tioua à l'égard des pharaons d'Avaris qui accablaient les Egyptiens du Sud de lourds tributs ? Quel magnifique exemple d'entente parfaite entre l'Egypte du Nord et l'Egypte du Sud ! Seqnrê en est mort dans une bataille ! Kamose a été tué lui aussi.

Abou se leva et plongea sa coupe dans l'énorme cruche d'eau. Il but lentement, à petites gorgées, tout en réfléchissant. Les six Egyptiens l'observaient, inquiets.

— Nous connaissons les hiéroglyphes. Nous avons embelli les temples égyptiens. Nous avons adopté l'art, les croyances, la culture des Egyptiens. Nous avons respecté les fils des fonctionnaires mis en place par les Egyptiens. Certains d'entre nous portent des noms formés sur ceux des divinités égyptiennes. Bref, nous sommes, par Isis, plus égyptiens que les Egyptiens !

— Sans compter, ajouta Ahmès, que les Egyptiens ont appris de nos peuples la manière de travailler le bronze, d'embellir les vases et de tisser les vêtements. Aujourd'hui, les Egyptiens savent exploiter leurs terres et organiser une armée ! Qui leur a appris à construire des forteresses ? Qui leur a fait connaître l'arc qui tire au loin, l'épée tranchante et le poignard ? Qui leur a donné l'idée de se protéger d'une armure efficace ? Thoutmosis ne porte plus, lorsqu'il combat, un bouclier lourd et encombrant. Il ne va pas au combat le torse nu, habillé d'un pagne. Il brille sur un cheval ou sur un bige rapide et facile à manier, lançant son trait ou tirant de l'arc avec une rapidité redoutable.

Chacun se tut et médita. Tous connaissaient les bienfaits que les envahisseurs avaient apportés aux Egyptiens. Mais tous se souvenaient aussi des récits qu'on leur avait faits sur les campagnes des gouverneurs de Thèbes. Quels déchirements pour un peuple tiraillé entre les rois du Sud et du Nord ! Que de maisons pillées, d'arbres brûlés, de villes embrasées !

Si Ahmosis, le frère cadet de Kamose, l'avait emporté sur les rois d'Avaris en les repoussant vers l'est, d'où ils étaient venus des années plus tôt, que de soldats avaient été tués lors du siège d'Avaris ou pendant la bataille de Padjedeku ! Que d'enfants avaient été malmenés pendant le long siège de Charahan qui avait duré trois ans !

Ahmosis s'était ensuite retourné contre les Nubiens, fier de ramener de cette nouvelle campagne des milliers de mains représentant autant d'ennemis tués. Pour avoir participé à ces sanglantes batailles, le vieil Ahmès s'en souvenait encore avec angoisse. Il avait vu Ahmosis combattre en Asie avec une terrible cruauté, étendre le royaume égyptien jusqu'à la deuxième cataracte, consolider ses frontières aussi rapidement qu'efficacement.

Mieux que tous les hommes présents, plus jeunes que lui, il avait éprouvé la ténacité du père d'Aménophis qui avait donné à son fils un pays agrandi et puissant. Les Egyptiens l'avaient bien compris, eux qui honoraient chaque année le vaillant Ahmosis à Abydos.

Ahmosis était celui qui avait chassé l'envahisseur étranger du sol égyptien, celui qui avait consolidé ses forces en Asie montrant aux peuples de l'Est qui était le maître de l'Egypte, celui, enfin, qui avait mis les Nubiens au pas.

Ahmès savait aussi que le gendre d'Aménophis, le courageux Thoutmosis, qui devait lui succéder sur le trône d'Egypte, était un remarquable combattant. La situation s'avérait bien différente de celle qu'avait connue son ancêtre lorsqu'il avait envahi l'Egypte. Depuis le règne d'Ahmosis, il existait une armée égyptienne entraînée en permanence, prête à repousser d'éventuels ennemis attirés par les richesses de l'Egypte. Ces soldats, répartis en bataillons d'infanterie et en troupe de chars, songeaient souvent à faire une carrière que leur méconnaissance des lettres et des sciences ne leur permettait pas d'envisager dans l'administration. Ils étaient ambitieux et motivés par les butins de guerre.

L'avisé Ahmès savait aussi que le pharaon avait développé le culte d'Amon qui lui avait transmis le pouvoir légitime. Or, usurper la puissance du roi consistait à mécontenter le dieu Amon. Cette perspective soulèverait la terreur de certains de ses complices, trop influençables pour faire fi de leur crainte religieuse.

Le maître des lieux poussa les sièges aux pieds en forme de X et étendit à terre une natte qu'il recouvrit de coussins multicolores aux formes variées. Il prit un fruit dans une corbeille posée sur une étagère en bois et se coucha sur le sol pour réfléchir.

Au bout d'un long moment, comme s'il avait enfin pris une décision irréversible, il se leva, regarda Ahmès avec complicité et dit de sa voix grave qui semblait venir des rives du noir Achéron :

— J'ai pesé le pour et le contre. Je crois, comme Ahmès, que la situation est idéale pour reprendre le pouvoir. Que ceux qui l'envisagent comme moi m'accompagnent ce soir au village de Deir el-Medineh où travaille l'un de nos amis et que les autres s'engagent à garder nos objectifs secrets sous peine d'être jugés comme des traîtres par Osiris lorsqu'ils franchiront les portes de l'Au-Delà !

Thèbes commençait à s'éveiller. Aux bruits des marins qui débarquaient sur les rives du Nil s'ajoutèrent bientôt ceux des artisans, des paysans et des troupeaux de chèvres. Très vite, les cris et le tumulte des outils s'amplifièrent jusqu'à devenir insupportables sous la chaleur harassante.

Ahmès sortit sur le pas de la porte. Un nuage de poussière l'enveloppa tout entier au passage d'une horde d'enfants qui couraient derrière un char.

— Il est temps de reprendre nos occupations, dit-il d'un ton docte. Ce soir, Abou et moi, irons aux nouvelles en nous glissant dans le Village à l'insu des gardes. Retrouvons-nous demain à la même heure.

II

Les murailles du palais en brique couleur sable semblaient avoir revêtu un habit de deuil. Leurs portes restaient tristement closes. Les colonnes entourées de fresques florales aux couleurs vives, les pièces et les couloirs paraissaient pourtant aussi gais qu'à l'ordinaire. Les turquoises se mêlaient aux pourpres et aux verts printaniers. Des reproductions de poissons sautant hors de l'eau encadraient d'autres scènes aquatiques où se succédaient marais, roseaux et oiseaux à long bec. Toutes les pièces, nombreuses et petites, respiraient la joie et la gaieté, le printemps et la vie, la nature et l'amour.

La famille royale était en deuil pour soixante-dix jours. Aussi les serviteurs vaquaient-ils à leurs occupations dans la plus grande discrétion. Thoutmosis avait interrompu toute activité. La princesse, sa femme, avait coupé la pointe de ses cheveux. Tous attendaient la fin du travail de l'embaumeur royal qui avait déjà mis précieusement de côté le cerveau et les organes d'Aménophis, le pharaon défunt. Ceux-ci seraient placés dans quatre vases canopes. Il lui fallait encore disposer des aromates à l'intérieur du corps, le saler avec du natron spécialement apporté du Fayoum.

Au terme de ces soixante-dix jours, l'embaumeur laverait le corps et l'envelopperait de bandelettes de lin.

Des serviteurs apportaient chaque jour au palais de la gomme, de la cire d'abeille pour les oreilles et le nez du défunt, du cinnamome et de l'huile de cèdre, du henné, des oignons, du vin, de la sciure, de la poix et du goudron, tous les produits nécessaires à une momification digne du populaire Aménophis. La plupart de ces substances étaient achetées à des marchands de Byblos. Afin de ne pas en manquer, l'embaumeur en avait demandé en grande quantité.

Depuis la mort de son père, Ahmose ne quittait pas sa chambre. Celle-ci donnait sur l'une des cours intérieures du palais de forme carrée, entourée de colonnes papyriformes. La princesse semblait inconsolable.

Vêtu d'un simple pagne, Thoutmosis vint la réconforter. Son père n'avait-il pas commencé sa vie dans l'Au-Delà où elle le rejoindrait un jour ?

Beau et robuste, Thoutmosis respectait son épouse dont il reconnaissait la légitimité. Car dans son corps royal coulait le sang divin du grand Ahmosis, le vainqueur des envahisseurs de l'Est. Mais, en se mariant avec Ahmose, Thoutmosis n'avait pourtant fait qu'obéir au pharaon Aménophis. Dès le décès de son beau-père, il avait ordonné que les harems des divers palais fussent maintenus intacts. Thoutmosis appréciait, en effet, les femmes jeunes et belles.

Il admira une fois de plus la beauté de sa femme, les traits réguliers de son visage et son corps menu, élancé et bien proportionné. Sa peau cuivrée brillait sous la lumière qui pénétrait par les fenêtres de l'appartement. Elle avait entouré ses yeux de khôl si bien que leur noirceur ressortait plus que d'ordinaire. Ils paraissaient plus petits et plus brillants car la princesse avait les paupières gonflées d'avoir trop pleuré.

Thoutmosis devina la forme de ses jambes et de sa poitrine sous sa tunique en lin. Sa position allongée faisait ressortir le dessin de son corps parfait.

Etendue sur son lit aux montants d'or, au milieu d'un riche mobilier incrusté de pierres semi-précieuses, Ahmose semblait une déesse abandonnée en plein désarroi. Ses cheveux n'étaient pas enfermés dans une perruque ébène ornée de rubans d'or. Ils tombaient le long de ses bras comme de longues algues brunes aux reflets auburn tandis qu'un tableau du Nil aux courbes harmonieuses paraissait refléter derrière elle ses boucles souples.

— Ton père nous a rapprochés pour que nous ayons des héritiers qui régneront un jour sur l'Egypte, lui dit Thoutmosis en s'asseyant sur le lit aux coussins soyeux. Tu dois maintenant songer à la famille que nous allons former en répondant ainsi aux souhaits du divin pharaon Aménophis.

Ahmose leva vers lui un regard alangui.

— J'accomplirai mon devoir. Je serai bientôt reine des Deux Egyptes. Donne-moi la coiffe qui se trouve sur ce coffre.

La princesse posa sur sa tête sa lourde perruque après avoir remonté sa chevelure sur le sommet du crâne puis elle plaça au-dessus la coiffe en forme de vautour et de cobra.

— Où sont les fils de ta première épouse ? demanda Ahmose en reprenant son ton quelque peu autoritaire qui ne perdit toutefois rien de sa majesté naturelle.

— Ils se préparent à honorer Pharaon, répondit Thoutmosis en détournant la tête.

Il comprenait que sa seconde épouse éprouvait toujours pour sa première femme, qu'il avait été obligé d'abandonner mais qui restait la mère de ses fils Amemesis et Oudjmose, une légère jalousie qu'il espérait voir s'estomper lorsqu'elle aurait un enfant. Son autorité naturelle s'amollissait alors et il abaissait les épaules sous le regard scrutateur de la jeune femme. Pourtant, le gendre du pharaon Aménophis espérait bien faire de son fils aîné le meilleur des combattants de l'armée égyptienne. Lui-même n'avait jamais songé qu'il porterait un jour l'uræus en or sur l'étoffe blanche et rouge symbolisant les Deux Egyptes.

Celui qui allait devenir l'Horus d'un pays convoité s'étendit près de son épouse en lui promettant de lui donner très vite un héritier qui ferait oublier ses deux fils. Sans répondre, Ahmose contempla, le regard vide, sa fausse barbe frisée et taillée, son pagne et ses sandales dorées.

— Tu porteras bientôt les marques de la royauté, lui dit-elle. Nous avons vécu jusque-là à l'écart des obligations que remplissait parfaitement mon père bien-aimé, le pharaon Aménophis. Mais il te faudra revêtir colliers et pectoral, bracelets et bagues, tous ces bijoux qui symboliseront ta puissance.

— Je saurai être à la hauteur de ma tâche, lui répondit Thoutmosis en faisant signe à une servante peu vêtue de lui masser les pieds avec un onguent rafraîchissant et relaxant.

Ahmose redoutait les intrigues de palais. Ces femmes du harem, princesses prisonnières ou concubines sans noblesse, que Thoutmosis se plairait à fréquenter lui donneraient des enfants qui convoiteraient le trône d'Egypte. Ces menaces ajoutées à ses responsabilités la troublaient plus que ne l'eût voulu la raison. Mais elle savait que son mariage avec Thoutmosis comportait une faille : celui-ci n'était pas son frère et aucun sang royal ne coulait dans ses veines. Or, Aménophis avait eu de nombreux fils avec ses concubines. Autant d'enfants qui pouvaient un jour rappeler au peuple égyptien qu'en eux coulait le sang de Pharaon.

— Ton père a commencé sa course dans l'Au-Delà, lui dit doucement Thoutmosis. Il va revivre aux côtés de Rê et l'accompagner pendant la nuit, se mêler aux humains avant de rejoindre son tombeau. Son âme ailée quittera son corps et se ravitaillera, profitant de nos offrandes riches en nourriture de toute sorte.

— T'avouerais-je que je redoute maintenant de succéder à ma mère ?

— La Grande Epouse royale vit, pour notre plus grand bonheur, lui répondit Thoutmosis. Ton rôle n'est pas de la remplacer mais de devenir la première épouse. Tu seras toujours unique dans mon cœur et dans celui des Egyptiens.

Ahmose eut un sourire mystérieux, mi-triste, mi-amusé.

— Laisse-moi. Je vais prendre un bain pour me délasser, dit-elle au futur pharaon sur un ton qui n'admettait pas de discussion.

A cet instant entrèrent servantes et confidentes, le torse nu et la jupe en lin transparente. Elles apportaient des onguents et des parfums dans un ballet harmonieux aux sons des flûtes et des crotales.

Toutes se courbèrent devant Ahmose, se contentant de saluer son époux d'un geste courtois. Des serviteurs entrèrent à leur tour en demandant à Ahmose si elle avait des ordres à leur transmettre. Puis vint le tour des scribes qui notèrent ses directives et le contenu de sa correspondance avec attention. Eux aussi restèrent longtemps prosternés pour saluer la divine princesse. « Ahmose sera la reine de ce pays, se dit Thoutmosis en observant le défilé des serviteurs. Aucune de ses servantes ne me considère à l'égal d'Aménophis. Jamais je ne pourrai faire oublier que je n'ai pas dans ma chair de sang royal. »

Sur un simple geste de la main de son épouse, il se retira, la laissant au centre de sa cour.

*

* *

Bien qu'elle refusât de se l'avouer, Ahmose était rassurée par la visite de son époux. Elle se laissa conduire par deux de ses fidèles suivantes jusqu'à la baignoire petite et peu profonde qui avait été déposée au centre de la pièce jouxtant sa chambre. Cette salle, carrée, en marbre importé de Grèce, resplendissait de merveilles. Des vases mycéniens en stéatite, en forme d'animaux aux naseaux nacrés, ornaient les étagères veinées de noir. Sur les murs, peints de scènes évoquant la chasse ou la pêche, les personnages, de profil, étaient entourés d'antilopes, de taureaux ou de chevaux. Au plafond, des déesses nues pénétraient dans l'eau pure à la surface de laquelle semblaient voler des dauphins. Des rhytons, vases en cristal de roche achetés à des marins crétois, scintillaient sous la lumière du soleil qui pénétrait par une minuscule fenêtre à croisillons. Partout, des pots de diverses grandeurs contenaient des onguents, des crèmes, des parfums, tout un ensemble qui embaumait.

Ahmose était trop coquette pour se priver d'une seule de ces précieuses mixtures réputées blanchir ou affiner la peau, maquiller le visage et le débarrasser de duvets disgracieux. Elle appréciait les massages de ses serviteurs auxquels elle livrait son corps des matinées entières, se laissait peindre les ongles des pieds et des mains avec une infinie patience. Rien n'était trop beau pour parer la grâce de la princesse.

Dès qu'elle fut entrée dans sa baignoire, quatre servantes ôtèrent sa tunique et répandirent sur elle de l'eau tiède et parfumée. Aussitôt, une vapeur odorante se répandit dans la pièce.

Ahmose se tenait debout, entourée d'un nuage voluptueux. L'une des femmes, également nue, laissa couler sur sa nuque des senteurs variées d'encens, de jasmin et de myrrhe. Après son bain, Ahmose s'étendit sur une table et livra son corps au masseur. Tout en sentant ses mains robustes et habiles sur sa peau, elle réfléchissait à ce que venait de lui dire Thoutmosis. Lorsqu'elle se retourna sur le dos, elle posa machinalement sa main sur son ventre plat et ses hanches étroites. Son mari avait raison : elle devrait très vite envisager la perspective d'une maternité. Cet événement la réjouissait et l'effrayait à la fois comme toute jeune Egyptienne qui n'a pas encore connu les douleurs de l'enfantement. Tant de femmes perdaient leurs progénitures en bas âge ! Tant d'Egyptiennes mouraient à vouloir trop de fils ! Car les Egyptiens adoraient les enfants qu'ils souhaitaient nombreux et sains.

Elle ferma les yeux et pria Isis de l'aider. Le temps serait bientôt révolu de pleurer Aménophis. Elle devrait vivre pour l'avenir de l'Egypte.

— Ô fille d'Horus, es-tu satisfaite de mon service ? lui demanda le masseur en répandant avec la plus grande douceur du parfum sur les membres d'Ahmose.

Comme la princesse, absorbée par ses pensées, ne répondait pas, le masseur répéta sa question après avoir nommé la future reine par tous ses noms honorifiques.

— Oui, murmura Ahmose en se levant. C'est assez pour aujourd'hui. Reviens demain au lever de Rê.

L'Egyptien, râblé et petit, la salua de la tête à plusieurs reprises avant de se retirer, le visage baissé vers les mosaïques du sol.

Ahmose se laissa épiler puis peigner avec une égale patience. Ses longs cheveux de jais brillaient d'essences rares. Une femme la frictionna d'encens puisé dans un vase en or et en obsidienne. La princesse se rinça la bouche avec une eau mêlée de sel afin de purifier son haleine et gomma la peau de ses jambes avec une pâte à base d'argile et de cendre. Plusieurs femmes défilèrent de nouveau en portant des vases à onguents en cristal, en albâtre et en obsidienne tous fermés. Bientôt en sortirent la verte malachite et la galène noire qui permettait de souligner les yeux dessinés en amande selon la forme chère aux Egyptiennes.

— Prépare-moi pour la soirée une pâte à base d'encens et de térébinthe, ordonna Ahmose à l'une de ses servantes. Je veux embaumer jusqu'à l'aube et pouvoir me parfumer pendant toute la soirée. La tête de mon époux ne doit pas se tourner ce soir vers les danseuses aux seins nus ni vers les jeunes filles à peine nubiles du palais. Répands sur moi en abondance cette poudre d'albâtre et de natron, ce sel adouci de miel, afin que ma peau soit douce des pieds jusqu'à la tête et que mon époux ait la sensation, en touchant ma poitrine, de tenir dans sa main deux pommes fermes. Donne-moi l'huile de ricin. Je vais en humidifier mes sourcils pour qu'ils paraissent plus noirs et mieux dessinés.

— Écoute-moi, Ahmose, murmura l'attentionnée Menis qui ne quittait presque jamais la princesse. Mâche cette pâte faite de graines et de gousses séchées. Quand j'en ai fait chauffer, plusieurs gouttes d'huile sont apparues. Je les ai recueillies et versées pour toi dans ce vase. Avec cette huile, ton teint deviendra aussi net que celui d'Isis. Toutes les taches ou les marques disgracieuses qui pourraient ternir ta beauté disparaîtront instantanément.

Ahmose lui adressa un regard complice en rougissant.

— Tu as donc compris mes intentions...

— Nous avons grandi ensemble, favorite d'Horus, princesse des Deux Pays, répondit Menis. Aucune de tes intentions ne m'échappe... Tu seras bientôt reine et il te faudra donner un héritier au pharaon.

Ahmose plaça son doigt sur sa bouche pour lui signifier d'être discrète.

— Je suis touchée que tu sois si attentive. Tu me donnes là une préparation que tu as dû mettre des jours à affiner, qui te manquera peut-être et qui coûte très cher...

Menis lui tendit un miroir muni d'un manche en ébène aux reliefs en or et tressa ses cheveux pour lui dégager le visage. Elle releva une partie de la chevelure à l'aide d'épingles en ivoire.

— Regarde tes traits tendus et marqués par les pleurs. Ta peau est sèche de n'avoir pas été nourrie pendant plusieurs jours. Tes yeux sont rouges et tes paupières boursouflées. Crois-moi... Cet onguent te sera plus utile qu'à moi. En ce moment, je n'ai pas de prétendant tandis que toi, tu as un époux à séduire.

Ahmose lui prit les mains avec affection. Si elles avaient été seules, la princesse l'eût serrée contre elle et se fût confiée à celle qu'elle considérait comme une amie.

— Tu es si belle ! dit Ahmose en caressant les cheveux de Menis. Tes yeux sont si grands qu'ils semblent embrasser l'univers. Ta peau est lisse comme un fruit mûr, dorée comme les reflets de Rê sur l'eau du Nil, tendue comme celle d'une enfant. Tes prunelles pétillent toujours avec malice. On y lit l'intelligence de ton esprit et la bonté de ton âme. Tes jambes fines et athlétiques sont plus élancées que celles des gazelles. Ton rire résonne telles les gouttes d'une source tombant sur la roche. Tes dents scintillent de blancheur ; ta chevelure ondule à l'égale de celle des femmes peintes sur le palais de Knossos et tu danses mieux que les courtisanes.

— Ta grâce naturelle et ta distinction l'emportent sur ces avantages à la portée de l'Egyptienne la plus ordinaire, resplendissante fille d'Aménophis. Comment oses-tu douter de ton charme et de ton pouvoir de séduction ?

Ahmose demeura un instant muette. Son énigmatique sourire vint élargir ses lèvres bien dessinées que sa suivante avait relevées avec du rouge tiré de l'écorce d'orcanette. Elle tendit ses pieds à la servante qui les chaussa de sandales en or. Celle-ci attacha la lanière, également en or, derrière son talon, provoquant ainsi les gémissements de la princesse.

— Je souhaiterais souvent être une Egyptienne du peuple, Menis. J'irais pieds nus à travers la ville pour éviter d'user mes sandales et ne me chausserais qu'en cas d'extrême nécessité. Au lieu de quoi, il me faut supporter ces cruelles chaussures dont les lanières trop dures blessent mes doigts de pied, meurtrissent mes talons et provoquent des cloques sur ma peau.

Tout en parlant, Ahmose se tourna vers les serviteurs pour se laisser vêtir d'une tunique fine puis de sa robe longue plissée. Elle l'attacha elle-même avec une agrafe qu'elle plaça sur sa poitrine et découvrit le haut de son sein gauche. Ses bras apparaissaient sous les franges des manches courtes. Elle les orna de bracelets torsadés en or. Puis Menis déposa sur sa perruque une couronne de lapis-lazuli qu'elle noua derrière sa tête à l'aide de deux cordes munies de glands.

— Place ce cône de pâte parfumée sur ta tête, lui dit Menis. Tes cheveux embaumeront pendant toute la soirée. Quand Thoutmosis déposera sur toi de doux baisers, les dieux éveilleront son désir.

Les servantes d'Ahmose se trouvaient maintenant réunies. Elles évoluaient dans la pièce avec grâce et agilité, le corps nu seulement paré de bracelets aux poignets, en haut des bras, les chevilles et la taille entourées d'une fine chaîne dorée, le nombril orné d'un brillant rutilant de mille facettes.

Un *shémesou*[1] épousseta le sol devant Ahmose tandis qu'un *oubou*[2] répondait à un appel de sa maîtresse.

— Porte ce message à mon époux, le vénérable Thoutmosis chéri de Pharaon, dit-elle après avoir dicté quelques mots au scribe chargé de la correspondance royale.

Le serviteur s'exécuta avec zèle. Bien qu'il fût libre de quitter le palais et d'avoir lui-même ses

1. Serviteur accompagnant le maître.
2. Serviteur servant habituellement à table.

propres domestiques, il n'aurait abandonné sa maîtresse pour rien au monde tant il éprouvait pour elle d'admiration.

Ahmose releva la chevelure de Menis et déposa dans son cou un doux baiser.

— Prions les dieux que j'aie bientôt un fils, murmura-t-elle.

Menis jugea bon de la laisser s'apprêter. Elle se retira discrètement. Une dizaine de servantes, anciennes prisonnières du pharaon Aménophis, Nubiennes ou Libyennes, entrèrent à leur tour pour aider leur princesse. Six jeunes femmes dont les mères étaient déjà au service d'Ahmosis se joignirent à elles. Les douze suivantes d'Ahmosis servaient maintenant sa petite-fille Ahmose. Ses anciens domestiques, au nombre de trente, étaient rattachés à Thoutmosis.

— Tu achèteras deux nouvelles suivantes avec les objets rassemblés dans ce coffre, dit Ahmose à son *shémesou*. Ils représentent en poids d'argent plus que tu n'en auras besoin. Choisis de préférence des Syriennes. Elles sont courageuses et efficaces. Tu leur donneras des noms égyptiens. Cela me permettra d'affranchir deux de mes plus anciennes servantes. Je procéderai ainsi très régulièrement pour montrer à mes suivantes que je suis satisfaite de leurs services. Ainsi serai-je encore mieux servie. En revanche, celles qui tenteront de me nuire seront sévèrement punies et frappées de verges.

Ahmose se regarda une dernière fois, dans un miroir. Elle se trouva belle mais serait-ce suffisant pour que Thoutmosis lui fût fidèle ? Si elle n'exigeait pas du futur pharaon un total engagement, elle espérait qu'il ne livrât son cœur à aucune autre femme. Or, elle redoutait ses visites nocturnes au harem du palais, son attirance pour les danseuses et pour les jeunes femmes nues qui l'accompagnaient en barque dans ses promenades nilotiques.

Pour un Egyptien, avoir un fils était essentiel. Celui-ci devait perpétuer son nom, préparer son enterrement et entretenir sa tombe afin que sa vie dans l'Au-Delà fût préservée. « Pourvu que le mien naisse le 4 du premier mois de Péret ou le 29 du second mois d'Akhit, murmura Ahmose. Ainsi vivra-t-il longtemps et en bonne santé. Le jour où il mourra, il sera aussi respecté que lorsqu'il naîtra. »

Ahmose tremblait à la perspective de mettre un enfant au monde le 5 du mois d'Akhit qui était un jour si néfaste que celui-ci risquait de mourir d'une maladie ou d'un chagrin d'amour. D'autres jours destinaient les enfants à être tués par un crocodile ou par un serpent.

Elle-même était née sous des signes fastes. Elle avait prononcé dès sa naissance des mots favorables et avait levé les yeux vers le ciel. Enfant, jamais elle n'avait gémi en pleurant.

Ahmose avait déjà réfléchi à plusieurs noms susceptibles de plaire aux Egyptiens, qui rappelleraient la gloire de ses ancêtres. Elle sourit à cette perspective. Bientôt, elle en était sûre, son fils régnerait sur l'Egypte.

III

Dans le village des ouvriers de Deir el-Medineh, l'agitation avait fait place au calme. Dans chaque habitation rectangulaire, en pierre et en brique, dormaient ceux qui étaient chargés de la construction des tombes royales de la Vallée des Rois et des Reines. Le Village, créé par Aménophis non loin de la Vallée, présentait une organisation toute millitaire.

Là habitaient non seulement les ouvriers et leurs familles mais aussi les chefs de chantiers, les artistes peintres, les blanchisseurs et les sculpteurs. Les soixante familles présentes dans le village, qui comptait près de trois cents personnes, récupéraient des durs labeurs de la journée. Seules étaient absentes les équipes d'ouvriers qui avaient quitté le village pour aller travailler pendant près de trente jours dans la Vallée des Rois.

Abou et Ahmès se glissèrent le long du mur d'enceinte du village en prenant garde de ne pas être vus. Ils attendirent non loin du cimetière que les gardes des portes du village fussent assoupis, évitant les habitations des serfs et des ouvriers dépourvus de qualification. Ils pénétrèrent dans le village avec une extrême précaution, dépassèrent une maison puis deux.

— Attention, murmura Ahmès. Je connais le contremaître qui habite ici. Il était si dévoué à Aménophis qu'il n'hésitera pas à nous dénoncer s'il nous voit entrer chez Séti.

Abou l'approuva d'un mouvement de la tête. Ils continuèrent d'avancer sur la rue qui allait de la porte, située au nord, vers le sud du village. Celle-ci le traversait en son milieu. De chaque côté du chemin étaient alignées les maisons bâties en longueur aux toits en terrasse et en briques sèches presque toutes identiques.

— Nous aurions dû emprunter la voie qui longe le mur d'enceinte, murmura Ahmès. Nous prenons des risques.

— Peu à cette heure, répondit Abou, et nous

n'avons pas beaucoup de temps. Ce chemin est plus rapide. Contourner le village et obliquer pour reprendre ensuite la voie principale est toujours plus long.

Séti les attendait sur le pas de la porte. Il leur fit signe de ne pas s'attarder à l'extérieur.

— Venez vite... souffla-t-il. Ma femme et mes enfants dorment dans la pièce à côté. Il ne faut pas les réveiller.

Abou et Ahmès pénétrèrent rapidement à l'intérieur. Ils dépassèrent les jarres pleines d'eau et s'arrêtèrent dans le salon.

— Non, venez dans la grande salle, dit Séti.

En pleine journée, la lumière inondait cette pièce au toit maintenu par deux colonnes, où l'on accédait grâce à un petit escalier. Des figurines dédiées aux dieux protecteurs du foyer avaient été placées à l'intérieur de cavités creusées dans le mur. On distinguait dans la pièce du fond, dépourvue de toit, un mortier pour casser les céréales et un four volumineux.

Dans une chambre, carrée, étaient adorées en permanence les déesses de la fécondité, les divinités Hathor et Isis. Partout, les meubles s'avéraient des plus rudimentaires : des tabourets, des coffres en bois ou des lits de branchages permettaient de s'asseoir et de se reposer. Des vases, des ustensiles et des jarres en terre cuite occupaient les coins de chaque pièce. Des vêtements et du linge dépassaient des paniers bas confectionnés par la maîtresse de maison avec de la paille.

Séti avait été embauché comme simple ouvrier pour travailler dans la Vallée des Rois mais il possédait encore ses outils d'architecte. A côté d'eux étaient rangés, contre un mur, son équerre et sa pioche, les autres outils lui étant remis par le chef de chantier et le scribe chargé de les compter toutes les fois qu'il partait pour la Vallée des Rois.

A l'exception d'un vase en verre, d'un autre en bronze et de quelques bijoux rouges ou couleur cire traînant sur un tabouret bas, l'ensemble du mobilier était extrêmement rustique, en bois non travaillé.

— Venez, venez... murmura Séti avec une légère impatience.

Ils empruntèrent un escalier qui descendait à la cave et s'assirent sur le banc en brique où Séti dormait parfois.

— Je vais fermer les portes du bureau et de la cuisine, dit Séti en mettant son doigt sur sa bouche pour inviter ses acolytes à se taire.

Abou en profita pour lire les hiéroglyphes qui ornaient une niche creusée dans le calcaire abritant les statues des dieux de la maison et des ancêtres de Séti. A cet endroit, le mur avait été blanchi à la chaux selon un procédé utilisé par tous les habitants du village.

Au-dessus de la porte avaient été écrits, comme sur la porte d'entrée, le nom et la fonction de Séti. Sans doute l'ancien architecte s'était-il exercé dans sa cave à dessiner l'inscription qui devait figurer sur sa porte d'entrée. Une esquisse représentait aussi le tombeau de sa famille avec une cour ceinte d'un mur bas. Il s'agissait d'une chapelle en brique qui se terminait en forme de pyramide. Un plan indiquait la moindre galerie menant aux chambres funéraires. Comme les autres ouvriers, Séti avait fait construire son tombeau contre la colline située du côté ouest du village.

Séti revint sur la pointe des pieds.

— Nous voulions juste te prévenir que nous

nous étions réunis et que nous sommes prêts à agir, lui dit Abou. Combien d'ouvriers penses-tu gagner à notre cause ?

Séti fit la moue. Il avait l'air d'un lutin en perpétuel mouvement, inquiet d'être entendu par des oreilles ennemies.

— Nous risquons notre vie. Si nous échouons, le futur pharaon nous fera jeter aux crocodiles.

— Sans aucun doute, répondit Ahmès. Mais si nous réussissons à renverser la famille d'Ahmose, nous régnerons sur l'Egypte !

— Alors ? insista Abou. Quels ouvriers seraient disposés à nous aider ?

— Une vingtaine, répondit Séti. Pas plus. Ils sont tous satisfaits de leurs conditions de vie et de leurs salaires. Aménophis avait augmenté leur ration de blé juste avant de rejoindre Osiris. Je doute qu'ils ne soient pas fort attachés à la princesse et à la reine.

— As-tu parlé à chacun d'entre eux ?

Séti haussa les épaules.

— Comment veux-tu que je révèle nos plans ? Ce serait trop dangereux ! J'ai simplement tenté de connaître leurs opinions.

Abou lui précisa qu'il venait de recevoir une réponse favorable du roi de Crète et d'un gouverneur de Nubie.

— Je le connais depuis longtemps. On a guerroyé ensemble. Je lui fais donc confiance. J'ai également l'appui de hauts personnages de l'Est. Quelques Grecs du Péloponnèse verraient, enfin, d'un œil favorable que nous gouvernions ici pour entretenir des relations plus étroites avec l'Egypte. Ils prétendent qu'ils font beaucoup de commerce avec la Crète et l'Afrique, qu'ils apprécient les parfums et les épices mais qu'Aménophis n'était guère favorable à conclure des accords avec eux. Ils multiplient pourtant les échanges avec certains pays de l'Ouest d'où ils rapportent des pierres semi-précieuses, avec des régions du Sud qui leur fournissent de l'ivoire et de l'ébène et avec des pays du Nord où ils se procurent de l'ambre en quantité impressionnante. Promettons à ces Hellènes qui habitent au sud de la Grèce des échanges avantageux de part et d'autre. Ils sont, paraît-il, bien armés et parfaitement entraînés...

— Quelques artistes grecs se sont installés à Memphis et à Thèbes, précisa Ahmès. Ils m'ont parlé de la puissance de ces Hellènes qui possèdent les meilleurs archers et des soldats remarquables. La population habite à l'intérieur de citadelles imprenables. Prêts à se réfugier dans les places fortifiées en cas d'attaque, de nombreux commerçants vivent à l'extérieur, non loin des tombes. Des forgerons fabriquent des outils, des armures, des épées, des couteaux et des boucliers. Tous ces Hellènes reconnaissent l'autorité d'un homme remarquable et lui versent une part de leurs récoltes en guise de redevance.

— Ahmès dit vrai, reconnut Abou. Un roi-prêtre les dirige. Il est assisté de nombreux serviteurs et gardé par des cavaliers. Ils parlent une langue que l'on ne comprend pas et écrivent avec des signes différents des nôtres. Ils mangent beaucoup de galettes et des bouillies de céréales, de figues ou de fromage. Ils ont coutume d'engraisser leurs bêtes pour les sacrifices qu'ils font aux dieux. Leurs femmes tissent des vêtements sur le seuil de leurs portes et les remettent aux hommes du palais chargés de les collecter.

— Vous me semblez tous deux bien renseignés sur ces peuples que l'on dit dangereux et sanguinaires, s'étonna Séti.

— Nous avons enquêté, répondit Abou. Quelques marins égyptiens qui ont l'habitude de faire des échanges avec les rois de cette région nous ont confié des détails précieux. Nul doute qu'ils nous soutiendront si le roi de Crète nous apporte son aide.

Séti fronçait les sourcils. Il paraissait sceptique. Comme l'une de ses filles en bas âge s'était levée, il se précipita pour la recoucher sur une natte recouverte de branchages et de peaux de bêtes.

— Elle n'a rien vu, dit-il. Elle a seulement fait un cauchemar. Vous avez donc un plan bien arrêté...

— Oui, répondit sèchement Ahmès. Nous savons que si nous amenons demain le peuple égyptien à se révolter, les rois de plusieurs pays enverront une petite armée pour nous aider et qu'en échange nous leur donnerons du blé pendant trois ans dès que nous serons au pouvoir.

— A quelle date prévoyez-vous ce bouleversement ?

Abou laissa Ahmès répondre.

— Le plus tôt possible. Il faudrait éviter que Thoutmosis soit salué officiellement Pharaon.

— Vous souhaiteriez donc agir avant son investiture ?

— Oui, répondit encore Ahmès.

— On ne peut rien faire pendant les journées de deuil, dit Séti. Les dieux nous puniraient et le peuple nous reprocherait de ne pas avoir honoré leur pharaon défunt.

— Tu as raison, dit Abou. La sagesse passe par tes lèvres.

— Comment donc organiser en si peu de jours un renversement de pouvoir ? C'est impossible ! Comment coordonner nos forces ? Tout cela réclame beaucoup plus de temps !

— Séti parle sagement, dit froidement Abou. Mieux vaut nous organiser et agir efficacement plutôt que nous précipiter au risque de tout faire échouer. L'important est que Thoutmosis ne soit pas le fils d'Aménophis et qu'il n'ait pas pour l'instant d'héritier.

Ahmès protesta. Puis il finit par se rendre à l'évidence.

— Agissons le plus tôt possible une fois que tout sera prêt.

Séti était dans l'expectative. On sentait qu'il préférait attendre la suite des événements avant de s'engager davantage.

Un cri d'oiseau déchira la nuit.

— Partons, dit Abou. Séti, nous comptons sur ton aide.

Dehors, une brise tiède soulevait le sable qui s'engouffrait sous les portes en crissant. La Vallée des Rois toute proche, abritant les tombes royales, remplissait le lieu d'une sérénité respectueuse. De temps à autre, des pleurs d'enfant en bas âge dérangeaient le calme impérial de leurs sanglots, symbole de vie terrestre au milieu de l'existence éternelle.

Abou et Ahmès prirent le même chemin qu'à l'aller. Ils longèrent les maisons jusqu'à la porte des gardes.

— Ils sont assis et assoupis, murmura Ahmès.

— Je crois même qu'Isis les a enveloppés d'un sommeil réparateur ! Nous ne risquons rien.

A cet instant, Ahmès buta contre un obstacle dissimulé dans le sable et poussa un cri étouffé. Abou lui fit signe d'attendre quelques instants mais les deux gardes continuèrent à dormir, la tête affaissée sur le pommeau de leurs armes.

— Allons-y ! dit Abou en se précipitant vers la porte avec la rapidité et la souplesse d'un chat.

IV

Le lendemain, Séti tenta de sortir du village sans se faire remarquer des autres ouvriers. Il se rendit dans le champ cultivé le plus proche afin d'y rencontrer plusieurs de ses fidèles amis. Sous un soleil ardent, ceux-ci travaillaient la terre sombre et boueuse qui avait été recouverte par les eaux du Nil. Ils transpiraient abondamment, le visage rouge et les yeux noirs. Leur corps bistré brillait sous les rayons ; leurs muscles saillants se dessinaient parfaitement en haut de leurs bras robustes et semblaient se durcir à chaque effort.

Séti s'avança vers un petit groupe qui labourait une partie d'un champ situé au-dessus d'un autre placé légèrement en retrait. Du haut de cette colline apparaissaient les maisons des ouvriers de Deir el-Medineh. Un peu plus loin se devinaient les carrières blanches et le sol aride de la Vallée des Rois.

— Bès, il faut que je te parle, dit Séti en murmurant à l'oreille de son ami. Peux-tu t'interrompre un instant ?

Bès s'essuya le front du revers de la main et enfonça son outil dans le sol d'un geste las qui laissa deviner sa fatigue.

— Comment te portes-tu, ouvrier de l'Endroit Vrai ? demanda-t-il à Séti.

— Ta peau est tellement tannée par le soleil que tes dents paraissent aussi blanches que la voile de ma barque, dit Séti. Moi, je travaille dans les galeries. Aucun de nous deux n'a une vie tolérable. Tu t'éreintes sous un soleil brûlant tandis que mes yeux se fatiguent à creuser la pierre dans l'obscurité.

Bès plissa les lèvres.

— Je ne me plains pas, répondit-il.

Après lui avoir brossé un triste tableau de sa vie, Séti lui parla à demi-mot du plan d'Abou avant de lui en exposer les moindres détails. Il avait compris que Bès n'était pas hostile à leurs objectifs.

— Thoutmosis a des projets intéressants, dit-il. Il a ordonné la construction d'un nouveau village derrière la colline, là-bas au sud.

Bès tendit le bras. D'où il se trouvait, Séti voyait nettement le mur d'enceinte de son village, la rue centrale où étaient alignées les maisons et le chemin qui faisait le tour de cet ensemble. Derrière la porte principale étaient placées les citernes d'eau. En face du mur se dressaient les chapelles des ouvriers et de leurs familles, prêtes à accueillir les défunts pour leur vie dans l'Au-Delà. Au-dessus de chaque chapelle dominaient d'originales pyramides.

— A quoi penses-tu ? demanda Bès.

— Si notre plan échoue, je serai bientôt allongé dans ma chambre mortuaire. Je vois d'ici la chapelle que nous avons construite pour notre famille.

— Je tends la main vers le sud et tu regardes la porte du nord.

— Donne-moi vite une réponse, dit Séti. Je dois regagner le village. Tu sais combien les membres de la famille du pharaon redoutent nos sorties. Nous pourrions révéler aux simples paysans des détails sur les tombes pharaoniques — ce qui serait redoutable pour eux. Pour arriver jusqu'ici, j'ai dû passer de temple en temple et de cour en cour. J'avais pris sur moi des offrandes et des tablettes honorant les dieux au cas où les gardes du roi m'interrogeraient.

— Je suis avec vous, répondit Bès.

— As-tu bien compris ce que tu devais faire ?

— Oui. Tu es mon ami. J'ai confiance en toi. Je sais qui contacter pour accroître le nombre des révoltés.

Séti était satisfait de lui. Il rentra fièrement au village en remerciant la sentinelle qui l'avait laissé sortir.

— Tu as été plus long que prévu, lui dit celle-ci avec agacement. Mon collègue va revenir. Tu aurais pu me mettre dans l'embarras !

Séti se contenta de sourire. Il saurait l'amadouer en lui offrant une jarre de céréales qui représenterait une bonne partie de son salaire mensuel.

Il passa en sifflotant devant la citerne du village et entra dans l'un des temples dédiés aux dieux. Après avoir franchi une cour, il alla s'asseoir sur un banc en bois et dédia à Isis une tête en calcaire qu'il avait lui-même sculptée. Il y avait gravé des hiéroglyphes exprimant de chaleureuses prières pour la réussite du plan d'Abou.

— Si nous l'emportons, je deviendrai Grand Architecte du royaume d'Egypte, murmura-t-il. Que les dieux aident Abou et Ahmès pour que règnent de nouveau en Egypte ceux qui ont fait prospérer ce pays fertile en blé.

Puis il lui vint une idée.

— Si je parvenais à décider Qaa, le responsable des ouvriers, et surtout sa femme Toui, dont l'influence est déterminante sur lui, que notre cause est juste, je serais quasiment sûr de convaincre l'ensemble des ouvriers.

Il dépassa une dizaine de maisons sur sa droite et une demi-douzaine sur sa gauche avant d'atteindre la demeure du brillant Qaa. La maison du chef était un peu plus grande que les autres. Elle comportait l'inévitable salon, deux vastes salles ornées de colonnes sculptées, un bureau, deux chambres, un déambulatoire, une très grande cuisine somptueusement équipée pour élever une famille nombreuse.

— Après tout, on verra bien, dit-il.

Qaa l'écouta en silence. Puis il lui remit une tablette sur laquelle figuraient des noms d'ouvriers qui lui étaient familiers.

— Adresse-toi à eux, dit Qaa. Je connais leurs idées. S'ils ne te suivent pas, ils ne te trahiront pas. C'est la position que je vais adopter car le pharaon a toujours été bon à mon égard et je ne puis l'oublier. Cependant, mes ancêtres ont également connu les faveurs des pharaons étrangers.

Séti lut la liste en fronçant les sourcils.

— Le petit-fils de Pachad ? Le garde de la tombe du pharaon ? Les sculpteurs Néferepet et Apoui ?

— Fais-moi confiance. Tu peux leur parler sans crainte.

Séti se rendit tout d'abord dans la maison du peintre Mai située non loin de là. Puis il frappa à la porte de Tay, le garde de la tombe pharaonique, qui habitait une maison ordinaire et, enfin, à celle du sculpteur Néferepet dont la richesse témoignait de la réussite et du talent de l'artiste.

Dès qu'il eut dépassé quelques portes, trois chats maigres aux têtes allongées se mirent à miauler dans ses jambes et à se frotter contre lui. Un singe les excitait en frappant dans ses mains et en sautant sur place tout en poussant de petits cris stridents.

— Me voilà chez Apoui, dit Séti. Il a encore adopté deux nouveaux animaux.

Après sa visite au sculpteur, Séti obliqua sur la gauche et alla trouver un ouvrier puis les dessinateurs Protop et Nobri avant de frapper à la porte de la maison mitoyenne habitée par le fils de Serdjem.

— Je dois réfléchir, lui confia ce dernier. Demain, je pars pendant neuf jours avec vingt-neuf autres ouvriers dans la Vallée des Rois. Il ne faut surtout pas que le chef d'équipe, son second ou les scribes chargés de gérer le village soupçonnent quelque chose. Je me méfie des gardiens des outils, des esclaves qui louent des ânes pour le transport de l'eau et des approvisionnements, des domestiques, des policiers et du médecin qui espionne, plus qu'il ne soigne les piqûres de serpent. Si un esclave entend un seul mot sur cette affaire, il négociera son information avec les fonctionnaires du palais et tout sera perdu.

— Peux-tu m'avouer pourquoi tu accepterais de nous suivre alors que ton salaire est élevé et que les approvisionnements que l'on te donne lorsque tu rentres au bout de neuf jours de travail sont abondants ?

Kabech parut vexé du ton inquisiteur de Séti.

— Es-tu venu chercher des amis ou poser des questions ? Si je te donne mon accord, il faudra t'en contenter sans m'interroger davantage.

Kabech dominait Séti de toute sa grandeur. Il était si maigre que ses joues semblaient creusées. La peau de son visage, jaune et fripée comme un parchemin, se plissait à la moindre contrariété. Bien qu'il le connût depuis de longues années, Séti le devinait rarement. Il lui trouvait l'air mystérieux. Peu bavard, Kabech ne se confiait à personne à l'inverse de son père que Séti avait connu très loquace et qui était mort comme il avait vécu dans la sérénité de son sommeil.

— Je te promets de respecter tes volontés, répondit finalement Séti. Je te laisse libre de réfléchir et ne t'interrogerai plus.

Si le responsable des ouvriers Qaa n'avait pas insisté pour qu'il allât trouver Kabech, Séti s'en serait bien gardé. A cet instant, il se demandait si c'était une bonne idée.

— Comme je te l'ai dit, je pars travailler dès demain avec l'équipe des ouvriers qui habitent à droite de cette rue. Sous la direction de Néfer.

— Je suis également concerné.

— Dès que l'équipe habitant à gauche aura pris le relais, poursuivit Kabech sans tenir compte de ce que lui disait Séti, tu auras une réponse. Le vizir nous a informés que la princesse Ahmose, fille du regretté pharaon, a donné des ordres pour avancer l'ornement de sa tombe et choisir l'emplacement de celle de Thoutmosis et de ses futurs enfants.

Séti ricana.

— Elle va vite en besogne ! L'ironie du sort voudra peut-être que tu prennes la direction de ces travaux au moment où nous nous apprêterons à diriger l'Egypte.

— Nous verrons, répondit froidement Kabech en fixant sur lui son regard d'acier. Nous n'en sommes pas là. Mais, dès que le vizir nous aura désigné l'emplacement des tombes, nous nous mettrons au travail. Maintenant, laisse-moi. Je dois me reposer. Neuf jours de labeur consécutifs dans la Vallée sont toujours éprouvants pour les hommes.

Séti jugea préférable de se retirer. Il n'était pas mécontent de ses investigations. « Si je réussis à aider Ahmès et Abou le mieux possible, s'ils s'emparent du pouvoir, sans doute y gagnerai-je un poste important au palais », se dit-il. Il s'imagina bientôt adulé et respecté à l'égal d'un dieu. Quand il rentra chez lui ce soir-là, cette métamorphose n'échappa pas à sa femme.

— Te voilà fier comme un coq. Tu te trémousses comme une oie. Que t'arrive-t-il ? lui demanda-t-elle en enfournant le pain.

Elle dominait son époux d'une tête et s'occupait de la gestion du ménage. Plantureuse pour une Egyptienne, elle avait l'habitude de donner des ordres et de ne jamais en recevoir.

— Ce sont des affaires d'hommes, lui répondit Séti. Rien qui ne te concerne.

Bêlis éclata de rire tout en remuant une sauce qui bouillait dans un petit récipient.

— Voilà qui est nouveau ! dit-elle. Des affaires d'hommes ! Eh bien ! Je préfère ne rien savoir tant ce doit être stupide ! Allons ! Va chercher les enfants et mettons-nous à table ! Demain, tu dois te lever tôt.

Séti se retourna en poussant un soupir de soulagement. Il préférait que Bêlis restât en dehors de ses projets. Elle qui promettait toujours de garder les secrets était incapable de tenir sa promesse plus d'une demi-journée. Il se mit à imaginer un futur proche où il lui dirait :

— Grâce à Isis qui a favorisé notre destin,

nous allons habiter au palais royal. J'y serai haut fonctionnaire, proche conseiller du pharaon dans l'attente de devenir vizir. Nous achèterons une immense villa, un terrain gigantesque et tu seras respectée comme l'est aujourd'hui la femme du vizir du Sud.

Il rêvait d'une épouse obéissante et tendre, attentionnée et amoureuse, fière de son mari. Plus il y pensait, plus cette image idéale envahissait ses songes, les rendant doux et agréables.

V

Le lendemain matin, Séti se présenta avec les ouvriers qui partaient travailler dans la Vallée des Rois. Dans l'équipe se trouvaient les sculpteurs qu'il avait contactés.

Les divinités des songes lui avaient envoyé pendant la nuit un message favorable. Il avait rêvé que des prêtres lui donnaient du pain blanc, qu'il devenait un lion, qu'il était entouré d'hommes gigantesques, qu'il grimpait à un mât, qu'il recevait des vivres et qu'une noyade dans le Nil le lavait de tout péché. Autant de présages indiquant qu'il deviendrait fort, puissant et supérieur à ses concitoyens avec, en plus, l'appui des dieux puisqu'il s'était vu accoudé au balcon du palais.

Ainsi, tout en se remémorant, les yeux émerveillés, les bienfaits que lui promettaient les divinités, Séti reçut-il ses outils de travail dans une semi-léthargie. Les scribes pesaient les outils avec une grande attention afin de ne pas être victimes des voleurs qui pouvaient tenter de dérober une part de métal avec lequel ils étaient fabriqués. Ils veillaient aussi à ce que la graisse utilisée pour les lampes ne fût pas consommée par les ouvriers.

— Totalité des mèches fournies : six cents. Graisse : cent vingt mèches. Stock restant : deux cents mèches, énuméra un scribe en écrivant chaque détail sur une tablette.

Séti suivit d'un bon pas le chemin escarpé qui montait en haut de la montagne et distingua bientôt le village dans sa totalité.

Sur son côté droit apparurent les tombes des pharaons. D'où il était, il distinguait nettement les champs, le Nil et le désert.

Il s'arrêta comme les autres ouvriers aux refuges en pierre qui permettaient aux travailleurs de rester éloignés de leurs maisons pendant plusieurs jours et dédia une offrande aux dieux des petites chapelles avoisinantes. Après avoir déposé une couverture en peau de bête dans sa maison improvisée, Séti descendit en sifflotant le chemin sec et rocailleux qui conduisait à la Vallée des Rois.

— Ton épouse n'est pas venue nous aider à ôter les éboulis ? lui demanda un ami.

— Non, répondit Séti d'un ton chantant. Ses paniers sont cassés. Elle doit en tresser de nouveaux.

— Et comment vas-tu faire quand tu auras creusé le rocher avec ta pioche ?

— Je ne sais pas. Je laisserai les morceaux de pierres sur place.

— Ce ne sera guère aisé pour progresser dans la galerie !

— Bêlis m'a donné plus de mèches que d'ordinaire. Elle a utilisé pour les fabriquer de vieux vêtements d'enfant qu'elle a enduits de graisse. Si tu me prêtes un récipient rempli d'huile pour les faire brûler, je te donnerai cinq mèches.

L'ami accepta avec empressement.

— J'ai besoin d'y voir clair pour dessiner les décors, dit-il. La lumière est souvent insuffisante.

— Elles ne me sont guère utiles pour piocher, lui répondit Séti.

Dès que Séti commença ce jour-là son travail, le sculpteur Néferepet qu'il avait été visiter la veille s'approcha de lui.

— Je vais entreprendre ma partie, dit-il. Autant recouvrir ces murs de chaux et lisser cette surface dès maintenant.

Il se retourna pour voir si personne ne l'entendait.

— Tu ne risques rien dans cette galerie, le rassura Séti. Le dessinateur viendra embellir tes inscriptions quand tu auras terminé. Il ne nous dérangera pas avant. Quant aux peintres, leur travail ne commencera pas avant celui du dessinateur, d'autant qu'ils souhaitent choisir des couleurs gaies et qu'ils manquent aujourd'hui d'orpiment[1], de réalgar[2] et de lapis-lazuli pour souligner le contour des fresques de bleu foncé. J'ai même lu sur la tablette du jour que le chef des peintres était resté au village pour préparer la bière de la fête donnée en l'honneur d'Aménophis et que son second devait témoigner aujourd'hui dans le cadre d'une affaire jugée au tribunal du village.

— Je m'absenterai moi-même demain pour préparer la cérémonie d'offrandes au dieu Amé-

1. Jaune.
2. Rouge.

nophis. Après avoir recueilli la liste de tous les ouvriers qui deviendront à cette occasion prêtres du dieu, je devrai inscrire leur nom au bas de l'autel divin. Le porte-éventail m'aidera à rassembler les offrandes : gâteaux, encens, légumes, fruits offerts à l'oracle du dieu. J'ai également été chargé d'embaucher de jeunes joueuses de sistre et de castagnettes ainsi qu'un musicien habile dans l'art de la flûte. Il me faudra encore tailler dans des morceaux de bois des bouquets de fleurs en l'honneur de notre dieu.

— Tu m'as promis de t'occuper de ma propre tombe, ne l'oublie pas, dit Séti en frappant de toutes ses forces contre la paroi.

— N'aie crainte. Je tiendrai mes promesses. Sois patient.

— Alors, Néferepet ? demanda Séti. As-tu réfléchi ? La nuit a-t-elle clarifié tes idées ?

— Oui, répondit le sculpteur en se retournant une nouvelle fois avec inquiétude. C'est d'accord. Dis à tes amis Ahmès et Abou qu'ils peuvent compter sur moi. Réussiras-tu à convaincre d'autres ouvriers de l'équipe ?

— Oui. Je viens de donner quelques mèches à un ami. Je lui parlerai dès que possible de notre projet.

Les mèches qui se consumaient dans le récipient rempli d'huile dessinaient sur les murs de la galerie d'étranges ombres. Elles dégageaient peu de fumée et d'odeur mais créaient une atmosphère oppressante qui faisait dire aux Egyptiens que vivre dans la nuit en plein jour était une punition des dieux.

Pendant ses neuf jours de travail, Séti réussit à gagner à sa cause quelques ouvriers opportunistes et ambitieux.

*

* *

Abou et Ahmès décidèrent de ne rien tenter pendant les soixante-dix jours de deuil. Malgré les nombreux messagers envoyés vers l'est et en Crète, ils n'avaient, en effet, plus obtenu de réponse d'éventuels rois alliés.

— Dès que nous aurons des forces étrangères avec nous, nous agirons, disait chaque jour Abou en observant l'horizon avec impatience.

Le moment était venu pour le pharaon défunt d'embarquer sur l'autre rive du fleuve pour sa demeure d'éternité. Les Egyptiennes ne sortaient plus dans les rues de Thèbes que le visage souillé de boue. Elles se tiraient les cheveux et mettaient leurs mains à leur front pour montrer leur intense douleur. Car elles avaient appris que le corps d'Aménophis avait été paré de bijoux, qu'un œil *oudja* en or[1] avait été placé sur la cicatrice laissée par l'embaumeur afin qu'elle se refermât plus vite. Le *Livre des morts* avait été déposé près de lui. Un masque d'or recouvrait désormais son visage.

Le jour de l'enterrement, les pleureuses qui avaient été louées n'épargnèrent ni leurs larmes, ni leurs lamentations. Ahmose pleura, elle aussi, abondamment. Elle ne cessait de rappeler à son époux combien Aménophis avait été puissant et bon. Elle tenait sa mère, la Grande Epouse royale Ahotep, par le bras, la soutenait lorsque la douleur sc faisait trop pressante.

Suivait une file de serviteurs portant des corbeilles de fruits, des bouquets de fleurs, des pâtisseries, des vases et d'autres récipients magnifiques.

1. Amulette au pouvoir magique.

Derrière eux venaient les domestiques chargés du mobilier spécialement fabriqué pour l'enterrement : tabourets, coffres de diverses grandeurs, lits, fauteuils en or et en pierres semi-précieuses. L'ensemble rutilait de beauté et de richesse. Les ors soulignaient les turquoises, les verts et les rouges agréables à l'œil.

Une troisième file de servantes était responsable des éventails, des vêtements, des sceptres et des figurines. Elles avançaient lentement derrière un char transportant de belles Egyptiennes qui soulevaient à bout de bras des plateaux recouverts de bracelets, de coiffes, de colliers précieux et de diadèmes.

Le sarcophage d'Aménophis avait été déposé dans un catafalque en bois décoré d'étoffe aux délicats dessins en fil doré. Le catafalque avait été lui-même placé sur une barque disposée sur un char. Les effigies des déesses Isis et Nepthis se tenaient près du corps.

Le cortège arriva au bord du Nil.

— Nous sommes prêts, dit à la reine le responsable de la petite flotte qui devait conduire le pharaon défunt vers l'autre rive.

— Alors, allons-y, répondit-elle en sanglotant.

Des porteurs disposèrent le catafalque dans une cabine centrale dont les parois avaient été tendues d'étoffe sombre. Le prêtre qui accompagnait Ahmose fit brûler de la térébinthe, donnant aux pleureuses le signal d'une nouvelle série de lamentations.

Une autre barque tira l'embarcation royale, à la proue et à la poupe élégamment recourbées. Le pilote prit soin de ne pas entraîner le bateau pharaonique trop brutalement tandis qu'un marin tenait le gouvernail à l'arrière. Telle Isis transportant sur une barque semblable le corps de son mari Osiris, la reine exprimait sans honte sa peine immense.

D'autres barques destinées aux amis du défunt et à son mobilier funéraire quittèrent bientôt la rive du Nil, formant sur le fleuve un lugubre cortège. Le peuple criait sur la berge, acclamant le pharaon une dernière fois. La reine leur répondit puis elle s'assit à l'avant du bateau et enfouit son visage dans les pans de sa robe.

— Ma chère Ahmose, dit-elle, je savais que ce triste jour arriverait. Je m'y étais préparée et pourtant je suis plus accablée que jamais. Puisses-tu ne pas vivre ce que je connais aujourd'hui.

Ahmose attira sa mère contre elle et la consola.

Aux abords de la Vallée des Rois, les Egyptiens s'étaient réunis pour accueillir le cortège. Des vendeurs d'amulettes alpaguaient ceux qui avaient oublié les leurs.

Les barques se rangèrent en épis les unes derrière les autres. Des marins les tirèrent sur la rive et aidèrent les personnalités à mettre pied à terre. Quatre accompagnateurs descendirent le catafalque qui fut placé sur un char tiré par deux taureaux. La reine s'y installa avec sa fille et son gendre. Des danseuses encadrèrent le véhicule.

Le cortège passa devant des tentes alignées jusqu'au pied de la montagne. Chacun s'arma de courage pour escalader le chemin escarpé. Devant les obstacles rencontrés, les chars furent bientôt abandonnés. Des Egyptiens durent porter le catafalque. Le prêtre se plaça devant eux. Avec une aiguière, il arrosa le sarcophage et le parcours sacré. Au bout du sentier, d'autres prêtres avaient préparé une table recouverte de mets et d'instruments divers indispensables pour redonner au pharaon défunt l'usage de ses membres. Partout, des symboles d'Osiris rappelaient qu'il était le dieu des morts.

La cérémonie fut longue et émouvante mais elle se termina sur un fond de gaieté car des tables de banquet avaient été dressées pour dîner à la belle étoile. Des musiciens rappelèrent par leurs chants où étaient partis le pharaon, son *ka,* marque de son caractère, et son *ba,* l'âme immortelle. La reine Ahotep offrit à son défunt mari des parfums, des fleurs et des bijoux. Elle tendit vers lui le *ménat,* le collier qui le rendrait éternel. Agenouillée devant un prêtre agissant à la place d'Aménophis, la perruque recouverte de la coiffe de Sothis, elle ouvrit ses mains jointes pour recueillir un onguent parfumé, symbole de semence et d'amour physique. Puis elle signifia par des gestes indiquant la renaissance qu'elle rejoindrait le pharaon dans l'Au-Delà pour une vie identique à celle qu'ils avaient connue.

Ahotep se leva alors et prit le prêtre par le bras puis elle lui montra l'entrée dans l'Autre Monde.

— Aménophis, mon père bien-aimé, jouit maintenant d'une nouvelle vie, dit Ahmose satisfaite. Nous lui apporterons chaque jour dans cette chapelle du pain et de la bière, de la viande et des vêtements. Ainsi, son *ba* pourra-t-il se nourrir de nos bienfaits.

Thoutmosis se pencha au-dessus de la table de la chapelle encadrée de palmiers et goûta des pâtisseries avant de les offrir à Aménophis. Puis il reprit avec les autres membres de la famille le chemin du palais, le cœur lourd de tristesse et de joie mêlées.

Le soleil couchant s'apprêtait à venir chercher

en son tombeau le pharaon pour l'emmener dans sa course nocturne.

VI

Les dieux ne favorisèrent pas l'union d'Ahmose et de Thoutmosis avant plusieurs mois. Mais bientôt la rumeur courut dans Thèbes qu'un enfant allait naître du couple royal. Car Thoutmosis était maintenant le nouveau pharaon de l'Egypte.

Pendant sa grossesse, Ahmose ne l'avait guère vu. Non seulement il était accaparé par ses nouvelles responsabilités mais il préférait rendre visite aux jeunes femmes du harem aux formes plus attrayantes.

Bien qu'elle se sentît faible et fatiguée, Ahmose tint à se rendre sur la rive gauche du fleuve, là où se trouvait le domaine qu'elle avait hérité de sa mère, qui l'avait elle-même reçu de ses ancêtres. Tandis que des prêtresses jouaient du sistre et chantaient des hymnes en l'honneur d'Amon, Ahmose se purifia devant le sanctuaire. Elle assista en présence des prêtres à la destruction de quelques images représentant les adversaires du dieu. Des objets propres à contenter la divinité circulèrent. Ahmose supplia les dieux de protéger ceux qui passeraient la nuit à se réjouir en son honneur. Mais, au moment où les prêtres l'acclamaient, criant qu'elle permettait de respecter l'ordre du monde parce qu'elle incarnait Maât, la déesse de l'équilibre, Ahmose s'évanouit. Elle fut reconduite dans son palais avec la plus grande précaution.

Chaque jour, la reine Ahotep vint aider sa fille et l'encourager car il n'était pas rare que des Egyptiennes mourussent en couches. Elle-même n'avait pas échappé à ces angoisses.

Ahmose regrettait presque d'avoir porté des ceintures aux pendentifs en forme de coquillages en or, images du sexe féminin donnant naissance à un enfant. Elle se demandait bien pourquoi elle avait tant prié la déesse Hathor au point de placer des figurines de la puissante divinité dans toutes les pièces du palais.

— Par Isis, plus le moment approche, plus mon cœur se serre, dit Ahmose à sa mère. Heureusement que tu viens me tenir compagnie. Je me sens si seule. L'attente des Egyptiens est telle que de terribles responsabilités reposent sur mes épaules. Si j'avais eu un frère et que je l'eusse épousé comme le veut la tradition pharaonique, je n'aurais pas éprouvé un tel malaise. Je sais que les Egyptiens supplient la déesse Hathor, protectrice de l'amour, pour que je mette au monde un fils. Pourquoi les dieux n'ont-ils pas voulu que mes enfants fussent comme ceux de mon grand-père Ahmosis dont je porte le nom, nés d'un frère et d'une sœur de sang royal !

— L'histoire de notre famille présente quelques exceptions à cette coutume, remarqua la reine Ahotep. L'ancêtre d'Ahmosis, la divine Titihéri, était d'origine très humble. Elle n'en fut pas moins remarquable.

— Il est vrai. Mais depuis ce temps lointain, le papyrus a jauni. En outre, Thoutmosis n'est pas une femme. Il est Pharaon. Un pharaon dépourvu de sang royal.

— L'Egypte l'a déjà adopté ! dit Ahotep. Notre

famille en a vu d'autres ! Quel courage a dû affronter la mère du grand Ahmosis lorsque son époux est mort en plein combat et qu'elle a perdu son fils aîné quelques jours plus tard. Elle a assumé la régence avec dignité jusqu'à ce qu'Ahmosis fût assez grand pour régner. Ne le remplaçait-elle pas à la tête de l'Egypte quand il partait en campagne ? Et l'épouse d'Ahmosis, que les dieux maintinrent en vie à un âge avancé, ne s'est-elle pas montrée à la hauteur de son illustre époux ? Ahmès-Néfertari a conseillé son mari et son fils. Elle a remis en fonction d'importantes institutions. Elle a joué auprès de son époux un rôle religieux, politique et économique. N'est-elle pas la véritable initiatrice du village de Deir el-Medineh ? Les ouvriers la vénèrent presque autant que mon époux. Aussi suis-je confiante. Tu sauras vaincre les obstacles et imposer Thoutmosis.

Une ombre passa, cependant, sur le visage de la reine. Celle-ci avait vieilli depuis la mort de son époux. Ses joues s'étaient creusées et ses rides accentuées. Elle avait le teint blafard. Ses yeux, d'ordinaire très vifs, exprimaient une grande lassitude. Ils avaient perdu leur flamme. Pourtant, la reine ne cherchait pas à dissimuler sa joie d'avoir bientôt un petit-fils ou une petite-fille. Elle se rendait régulièrement aux temples pour supplier les déesses de la fécondité de donner un enfant mâle à sa fille. Cet enfant serait le futur pharaon, un roi qui, lui, serait de sang royal.

— Est-ce le blé ou l'orge qui a germé en premier ? demanda Ahotep à sa fille en faisant allusion aux céréales qu'Ahmose avait placées dans des sacs et arrosées chaque matin de son urine royale.

— Le blé, répondit Ahmose en soupirant.

— Tu auras donc une fille, lui dit Ahotep, songeuse.

— Doit-on ajouter foi à ces procédés ?

Ahotep s'inquiétait de l'air mélancolique de sa fille. Elle lui avait apporté des tablettes d'ivoire représentant Aa, le bon génie des femmes et des nouveau-nés, une stèle couverte de formules magiques, ornée du dieu Bès et du dieu Horus assis sur des fauves et des crocodiles. Mais rien ne semblait apaiser Ahmose.

— Si tu bois l'eau dont tu recouvriras ce dieu Bès, ton enfant sera protégé, lui dit sa mère. S'il naît trop tôt, je demanderai au prêtre de prononcer des formules magiques pour le maintenir en vie et le rendre robuste.

Ahmose ne répondit rien.

— Thoutmosis te délaisse, n'est-ce pas ? demanda Ahotep. Il ne rentre plus dans ta chambre ?

Ahmose dissimula ses sentiments.

— Je ne puis le blâmer, répondit-elle. Les hommes détestent les problèmes féminins. Ils ne se soucient que d'avoir un héritier.

— Mais tu n'es pas n'importe quelle femme ! Tu es l'épouse du Dieu, celle qui a hérité du domaine de la sœur-épouse d'Ahmosis, Grand Prophète d'Amon !

— Hélas ! Je me sens trop fatiguée pour supporter le poids de la coiffe au cobra et au vautour surmontée du disque solaire et ma taille n'est plus guère appropriée au port d'une tunique serrée par une cordelette. Ma tenue de prêtresse du Dieu n'est pas adaptée à mon état !

— Tu n'en restes pas moins l'Imposante d'Amour, Celle dont le charme plaît au Dieu, la Reine de Beauté divine, celle qui dirige les prêtresses, surveille le culte du domaine, commande aux scribes, aux fonctionnaires, aux responsables du cheptel et du grenier ! Sous ta responsabilité travaillent des dizaines de paysans, d'artisans et quelques passeurs indispensables pour emmener ce personnel de Thèbes à la rive gauche du Nil où s'étale ton domaine royal.

Le lendemain, toutes les servantes s'affairèrent dans la pièce aux décors bleutés et aquatiques. Elles se mirent à implorer Khnoum et Chou, symbole de l'air que respiraient les nouveau-nés. Le buste droit, nue, soutenue de part et d'autre par des femmes, Ahmose s'accroupit au centre de la pièce. Elle savait le moment arrivé.

— Place tes dignes pieds sur ces briques fabriquées par le dieu Khnoum, protecteur des potiers, lui dit sa fidèle Menis.

Une femme se plaça devant elle, une autre aida par-derrière tandis qu'une troisième encourageait ses efforts. Au lever du jour, Ahmose avait donné naissance à une fille.

Le roi vint juste se renseigner sur le sexe de son enfant. Il déposa un baiser sur le front d'Ahmose puis il se retira dans ses appartements, la mine contrariée.

Presque étonnée que tout se fût déroulé avec une telle facilité, Ahmose ne cessait d'observer le visage chiffonné de sa fille. Elle oubliait qu'elle avait, pendant des mois, désiré un fils tant les traits fins de son enfant soulevaient sa tendresse. Le visage était rond comme le sien quand elle était jeune. Les yeux étaient fermés. Elle avait les lèvres épaisses et le nez légèrement épaté.

— Entends-tu le peuple t'acclamer ? demanda Ahotep en regardant, elle aussi, l'enfant avec amour. Notre petite Hatchepsout soulève la joie.

— Pas autant que s'il s'était agi d'un fils, soupira Ahmose.

— Les dignitaires souhaitent entrer. Quand puis-je les faire défiler ?

— Maintenant, répondit Ahmose en s'asseyant sur son lit. Je me sens bien. Je préfère les recevoir avant la période de purification qui m'isolera du monde pendant plus de dix jours. Je veux également que les médecins auscultent mes seins le plus vite possible. J'espère que mon lait sera bon et copieux pour Hatchepsout. Tu leur demanderas des baumes pour éviter les pleurs de ma petite fille et des potions au miel pour adoucir sa gorge.

Ahmose tendit à sa mère deux petits récipients en forme de parturientes nues et accroupies.

— Qu'ils les mettent là-dedans. Je souhaite aussi des préparations à base de coloquintes, de dattes et de miel dont j'enduirai des étoffes roulées que je placerai à l'intérieur de mon corps.

Ahotep parut atterrée.

— Que dis-tu là ? Mais tu vas devenir stérile ! Fermer l'endroit par où enfantent les femmes comme le font les filles des bas quartiers de la ville ! Jamais les Egyptiens ne te le pardonneront !

— Qu'en sauront-ils ? S'ils parlent, les médecins seront punis du crocodile. Dis-le-leur bien !

— Ne désirais-tu pas un fils ?

— Pas tout de suite, lui répondit Ahmose. J'ai enfanté sans inconvénient mais je ne suis pas prête à supporter demain les douleurs de l'enfantement. Thoutmosis attendra. Le peuple égyptien également.

Elle appela sa coiffeuse et se fit rafraîchir les bras et le visage.

Dans les appartements de la reine avancèrent les prêtres, les scribes royaux et tous les hauts fonctionnaires du palais. Chacun se courba devant la petite Hatchepsout.

— Il lui faudra se battre pour s'imposer, murmura Ahmose à sa mère. Regarde-les tous. Ils la vénèrent mais ils savent qu'elle n'est qu'une fille et qu'elle aura peu de chances de régner un jour.

Les fonctionnaires des provinces, les juges et les administrateurs des domaines royaux entrèrent à leur tour. Ils s'inclinèrent devant le nouveau-né.

— Ne te désole pas, dit Ahotep. Tu auras d'autres enfants. Si elle possède le caractère de nos ancêtres, Hatchepsout saura se battre et défendre sa place d'aînée. Mais il faut avant tout qu'elle grandisse et épaississe dans de bonnes conditions car je la trouve maigrichonne.

— J'ai nommé les personnes chargées de sa sécurité, répondit Ahmose. Une petite garde l'entourera en permanence. Quant à son éducation, elle sera confiée, pour l'instant, à la nourrice Shatra. C'est une femme compétente et douce. Je m'occuperai d'Hatchepsout le plus souvent possible mais les obligations de la cour et les réceptions ne me laisseront guère de temps...

Des joueuses de flûte entourèrent la couche de la reine. Les sons de leurs instruments, doux et mélodieux, un peu monotones, endormirent l'enfant.

— J'ai envie de plaire au pharaon, dit Ahmose. Il m'a trop longtemps vue déformée par la grossesse. Que les servantes massent mon corps et l'enduisent de parfums capiteux et rares en provenance des îles grecques et d'Afrique ! Dans quelques semaines, je te le promets, je songerai de nouveau à avoir un fils et j'utiliserai tous les moyens pour y parvenir !

DEUXIÈME PARTIE

VII

Le roi de Crète, Minos, venait d'assister dans la cour centrale de son immense palais de Knossos à un spectacle artistique et acrobatique qui l'avait mis d'excellente humeur.

— Ces artistes asiatiques, qui sont capables d'exécuter des sauts périlleux au-dessus des taureaux, m'étonnent et me réjouissent, dit-il à son épouse. Ils sont d'une souplesse extraordinaire !

Comme chaque jour, au moment où le soleil asséchait les bosquets environnants et où les grillons chantaient si fort que leur mélodie couvrait tous les bruits ambiants, le roi de l'île de Keftiou, selon le nom que lui donnaient les Egyptiens, manifesta le désir de regagner ses appartements situés à l'est de l'enceinte englobant le palais et ses dépendances mais aussi quelques maisons et ateliers d'artisans. Le brouhaha général s'affaiblit peu à peu, tel ou tel ouvrier arrêtant son activité pour faire une sieste méritée. Les senteurs se firent plus fortes. Une très légère brise secoua les feuilles des oliviers aux vieux troncs noueux et gris.

Les milliers de serviteurs et de travailleurs, qui s'activaient aux différents étages des bâtiments, dans un dédale de petites pièces si nombreuses qu'il était presque impossible pour un étranger de s'y retrouver, se faisaient discrets.

Seuls des gardes en faction aux quatre portes de l'enceinte et à l'entrée des appartements royaux, vêtus d'un simple pagne comme la plupart des Crétois et tenant une lance le long de leur corps, veillaient sur le palais. Le roi ne leur interdisait ni de discuter entre eux ni de s'adosser contre les parois ocre de l'édifice s'ils étaient las.

Partout, les colonnes rougeâtres, les fresques murales représentant des dauphins bondissants, des princes dessinés de profil comme en Egypte et coiffés de lis et de plumes ou des visages de femmes aux courbes harmonieuses sur fond bleu étaient livrées aux rais du soleil. Le pourtour de l'enceinte, décoré de cornes de taureaux formant au-dessus des murs une succession de U juxtaposés, se découpant parfaitement sur le ciel étonnamment pur, paraissait isolé du monde sur cette colline proche de la mer.

Les objets utilitaires ou décoratifs qui traînaient à l'intérieur ou à l'extérieur des pièces rappelaient souvent l'Egypte, tout comme de nombreux dessins égyptiens témoignaient de l'influence de l'art crétois tant les relations entre la Crète et l'Egypte s'étaient multipliées au cours des années, les marins et les commerçants des deux pays se rencontrant le plus souvent en Asie.

Devant chaque habitation, modeste, étaient entassés des outils de pierre, de grès, de calcaire, d'os ou d'obsidienne, des objets en céramique et des figurines en argile ou en stéatite à décor incisé, décorés de formes géométriques telles que les artistes crétois en réalisaient mille cinq cents ans plus tôt. Les artisans avaient déposé devant leur atelier leurs bijoux inachevés en forme de scarabées, leurs statuettes, leurs vases en céramique polychrome, des récipients aux parois si peu épaisses qu'on eût dit des coquilles d'œuf, des sceaux en ivoire, en agate, en cornaline, en jaspe et en calcédoine que les Crétois portaient aux poignets et au cou ainsi que des faïences.

Des marchands des villes crétoises de Malia et de Phaestos, où se trouvaient des palais presque aussi somptueux qu'à Knossos, avaient apporté du vin, de l'huile d'olive, du bois de cyprès, des étoffes rouges peintes avec la pourpre tirée du murex, du métal, des boucliers ornés en leur centre de lionnes dorées, des bagues aux chatons en or représentant des scènes familières, des danseuses ou des acrobates si finement dessinés que ces pièces n'avaient pu être réalisées que par des artistes exceptionnels. A ces produits prêts à l'importation s'ajoutaient des pierres rares.

Certains commerçants attendaient que le soleil fût moins chaud pour se rendre au théâtre, où quatre cents spectateurs s'étaient réunis la veille pour entendre un discours. D'autres empruntaient la Voie Sacrée conduisant aux ports, passant devant les bassins où les voyageurs avaient coutume de se laver les pieds, et chargeaient leurs marchandises dans les deux ports de Knossos, les côtes sableuses étant favorables au halage des bateaux. Ils s'apprêtaient à partir pour l'Égypte, les autres îles de la mer Egée ou le Péloponnèse.

Rien ne semblait devoir troubler la quiétude de ce peuple courageux qui ne redoutait que les tremblements de terre, leur ville ayant été détruite deux cents ans auparavant par un violent séisme qui avait contraint les Crétois à reconstruire.

Dans le palais tortueux, dominant à l'est la rivière du Kairatos et au sud la ravine de Vlichia, les salles du rez-de-chaussée situées à l'ouest avaient été préparées pour des cérémonies religieuses. Des figurines en cristal de roche, aux corps entourés de serpents, et des rhytons en forme d'animaux étaient placés tout autour de la pièce. Au bout d'un long couloir, deux gardes surveillaient les resserres et les magasins aux quatre cents énormes jarres d'huile et de blé. Deux autres étaient nonchalamment assis sur les marches de l'escalier d'honneur montant aux trois étages des chambres royales, des salles de bains, des salles d'audience et de séjour et des chambres du trésor. Ils jouaient sur un jeu à damiers et comptaient leurs points sur une tablette.

— 1 127, dit le plus jeune en reproduisant de droite à gauche un rond entouré de quatre traits ressemblant à un soleil, un autre rond pour indiquer la centaine, deux traits horizontaux pour inscrire les dizaines et sept traits verticaux pour marquer les unités.

Grâce aux puits de lumière qui servaient à éclairer, à aérer les pièces et à les protéger de la chaleur mais aussi à l'aménagement d'un système de canalisations sophistiqué, le palais était agréable à vivre.

— Les fortes chaleurs commencent, dit Minos à son épouse. Il faudra réorganiser l'emploi du temps des ouvriers du palais.

Avant de s'étendre sur sa couche, le roi prit un bain rapide dans sa baignoire. Une simple tenture séparait la salle de bains de sa chambre. La pièce principale, décorée de fresques, était toujours fraîche car les ouvertures en étaient limitées et protégées par d'autres murs du palais

« de la double hache », la hache étant le symbole religieux des Crétois.

Un messager de la reine Ahmose venait d'arriver au palais. Elle réclamait au roi Minos une importante quantité de fève de Keftiou, potion pharmaceutique propre à guérir bien des maux. Comme son épouse insistait pour que Minos répondît à la reine égyptienne, le roi ronchonna.

— Je dois réfléchir. Alors que les Egyptiens se targuent, à juste titre, d'être d'excellents médecins, la reine me réclame aujourd'hui de la fève pour se remettre au plus vite de ses couches et pour avoir un fils ! Voilà qui est paradoxal ! s'exclama-t-il en s'étendant sur son lit fait de branchages et de peaux de bêtes.

— Envoie-la-lui, insista la reine. Nous avons toujours entretenu d'excellentes relations avec l'Egypte...

— Laisse-moi réfléchir. J'ai reçu un message d'un certain Abou qui se dit le fils d'un important personnage d'Egypte autrefois tué par un ancêtre d'Aménophis, le père d'Ahmose. Il prétend que Thoutmosis ne régnera pas longtemps et que de nombreux Egyptiens sont prêts à la révolte. Il me demande si nous voulons les aider afin que nous puissions ensuite poursuivre notre commerce avec l'Egypte. Il propose même un allégement des tributs que nos marins versent à l'Egypte pour vendre leurs produits dans les ports égyptiens. Il ajoute aussi que si je leur accorde notre soutien, les Grecs du Péloponnèse leur enverront des soldats.

— Ce ne sont que chantage et fausses promesses ! répliqua la reine en jetant sur ses épaules un châle en peau de chèvre. Cet Abou affirme qu'il va bientôt s'emparer du pouvoir et menace d'interrompre le commerce que les Crétois font avec les Egyptiens si nous ne l'aidons pas. Mais que connaissons-nous de la situation égyptienne ? Aménophis était adoré de son peuple ! Ahmose vient d'avoir un enfant. Thoutmosis était un soldat très apprécié avant de devenir pharaon !

— Ahmose vient d'avoir une fille, répondit Minos en fermant les yeux. Une fille, seulement une fille...

*

* *

Dès qu'il se réveilla comme il s'endormait, c'est-à-dire avant son peuple, Minos fit appeler un ancien architecte qui s'était reconverti dans la préparation de cette fameuse fève convoitée par la reine égyptienne.

Le jeune homme était mince mais musclé. Son torse nu révélait une peau dorée et lisse. Ses yeux en amande soulignaient ses origines égyptiennes. Il se présenta dans la salle du trône, la mine chiffonnée.

Derrière le roi assis sur son trône de pierre pourpre, une fresque agrémentée de lis noirs entremêlés ornait le mur recouvert de plaques de gypse. Un artiste lui apportait une touche de couleur.

— Hermès guide enfin tes pas jusqu'ici, dit le roi avec impatience. Mon messager est parti depuis longtemps et ta boutique se trouve tout près de l'entrée nord. Pourquoi m'as-tu fait attendre ?

Kallisthès s'excusa. Il s'était levé si tôt pour aller cueillir des plantes que la chaleur avait eu raison de ses forces.

— Je n'ai plus guère le temps d'écouter tes excuses, répondit le roi. L'entrée nord est maintenant encombrée de messagers et de visiteurs qui souhaitent me rencontrer. Je vais donc être bref. La reine égyptienne Ahmose me réclame une grande quantité de fève crétoise pour se remettre de ses couches et avoir un fils. Toi seul sais doser cette potion au point d'attirer ici les étrangers qui en ont besoin pour eux-mêmes ou pour leurs proches. Ta réputation n'est plus à faire.

Kallisthès baissa les yeux. Le roi Minos n'était pas homme à complimenter facilement ses sujets. Comme l'ensemble du peuple, le Crétois éprouvait pour son souverain, qui exerçait également les fonctions d'un prêtre et présidait aux sacrifices en l'honneur des dieux, du respect mais aussi une crainte religieuse.

— En plus de tes dons, poursuivit Minos, tu connais l'égyptien puisque tu es né dans ce pays. Je juge donc que tu es l'homme idoine pour apporter la fève crétoise à la reine d'Egypte.

Kallisthès demeura interloqué.

— Mais il m'est impossible d'abandonner mon travail ! protesta-t-il. Je te donnerai la quantité de fève demandée. Envoie un autre messager en Egypte...

Les scribes se pressaient maintenant devant la porte de la salle du trône. Ils venaient faire un rapport sur les récoltes, les impôts et la répartition des taxes.

Ces scribes étaient d'autant plus redoutés par le peuple que toutes les recettes passaient entre leurs mains pour être ensuite redistribuées. Pas une tête de bétail, pas une mesure de vin, pas une rentrée ou une sortie de denrées n'échappaient à leur vigilance.

La garde rapprochée du roi, constituée de jeunes cavaliers de l'aristocratie, empêcha les scribes impatients de pénétrer dans la salle. Les soldats en pagne joignirent le bout de leurs lances en un geste plus dissuasif qu'agressif.

— Nous devons voir le roi, dit l'un d'eux avec insistance. Il est arrivé une cargaison d'ivoire et d'ébène en provenance d'Afrique, des épices d'Egypte, de l'ambre du Nord, des pierres rares de l'Est. Autant de richesses que le roi Minos attendait depuis de longs mois.

— Le roi va vous recevoir, lui répondit l'un des gardes en regardant dans la pièce si le souverain en avait fini avec Kallisthès.

— Et ce n'est pas tout, intervint un deuxième scribe qui ne se séparait jamais de son matériel de travail. Voici les listes des robes et des manteaux en peau de chèvre confectionnés par les Crétoises pendant deux mois, le nombre de pains et de galettes de figues fabriqués par les boulangers, le nombre de perdrix et de merles tués par les chasseurs, les taureaux, les ânes, les mulets, les porcs et les chevaux achetés par les éleveurs.

Le scribe montrait du doigt, sur une tablette, les chiffres annoncés. Chaque ligne était séparée de la suivante par un trait horizontal. Divers idéogrammes indiquaient en colonnes les noms des céréales, des légumineuses, des olives, des figues, des bœufs, des boucs, des béliers et des porcs.

— Nous garderons quelques bêtes pour les sacrifices aux dieux, dit un troisième scribe. Je visiterai demain le forgeron. Avec les armes, les outils et les cuirasses que les Crétois lui commandent, il doit avoir réalisé ces dernières saisons un bon chiffre d'affaires !

Comprenant qu'il ne ferait pas changer d'avis le roi Minos qui avait hâte de recevoir les scribes, Kallisthès repartit chez lui sans enthousiasme. Il croisa sans les reconnaître deux amis qui revenaient d'une chasse dans les montagnes boisées où ils avaient tué sangliers, cerfs et ibex aux poils roux connus pour leur agilité.

Les feuilles des arbres semblaient revivre grâce à une fraîcheur toute relative après la terrible chaleur qui s'était abattue sur la Crète dès le matin. De nombreux caroubiers chargés de gousses marron, des amandiers et des pins d'Alep poussaient jusque dans l'enceinte de Knossos. Le thym, les bruyères et les myrtes apportaient une odeur agréable.

VIII

Suivant les ordres du roi Minos, Kallisthès rentra chez lui le plus vite possible. Sur son chemin, il évita les chariots qui empêchaient les Crétois de circuler dans les rues étroites, l'atelier du ciseleur de vases qui l'aurait entretenu longuement de ses pierres importées de Sparte, la boutique du céramiste qui pétrissait l'argile à longueur de journée et celle du fondeur de cuivre dont le four était allumé en permanence et qui dégageait une chaleur insupportable.

Il écrasa sous ses sandales des éclats de porphyre, d'ivoire, de coquillage et de cristal sans quitter le sol des yeux, sachant qu'il passait devant l'atelier d'un ami ébéniste. Celui-ci était célèbre pour son travail de marqueterie en argent, en électrum et en cristal de roche de l'Ida et pour son habileté à orner la terre cuite ou le métal d'une pâte de verre bleu azur. L'odeur de sa colle au poisson et aux os de bœuf qui envahissait les passants était reconnaissable de loin.

Des senteurs également familières annonçaient le local du cordonnier tandis que l'on entendait le marchand de vases en serpentine et stéatite polir ses œuvres.

Dès qu'il arriva chez lui, Kallisthès remplit un sac en cuir d'olives, d'escargots, de pâtisseries, d'orge, de pois chiches séchés, de coings, de cubes de miel de caroube et de pépins de melons puis il prit trois paniers dans chaque main et partit à la recherche de plantes médicinales indispensables à la préparation de la fève de Keftiou.

— Que m'importe la santé de la reine égyptienne et de sa fille Hatchepsout ! bougonna-t-il.

Il franchit la porte sud et se dirigea vers de vastes champs où des familles de paysans moissonnaient avec leurs serviteurs et une main-d'œuvre agricole attirée par les gains. Pour s'encourager au travail, ils chantaient, la poitrine nue, la fourche ou la faucille à la main et le coffin à la taille, des hymnes à la gloire de Déméter, déesse de la fécondité.

Certains aiguisaient leurs faucilles avec de la pierre de Naxos. Saisissant les tiges d'une main à un rythme régulier, les moissonneurs les tranchaient de l'autre en leur milieu tandis que de jeunes ouvriers les réunissaient avec une fourche en bois avant de les placer debout et de les lier. Le chaume inutilisé était entassé pour nourrir le bétail. Les paysans contrôlaient le travail près de l'andain, d'un œil satisfait.

Non loin de là, des paysans dont la moisson était achevée et qui avaient minutieusement aplani, arrosé et tassé la surface cultivée recouverte d'épis, rendaient hommage à Déméter.

Une partie de la récolte pouvait être offerte à la divinité ; l'autre serait emportée à dos de mule jusqu'aux celliers des paysans.

Kallisthès se dirigea vers les pistachiers, les yeuses, les aliboufiers, les érables et les mûriers. Au pied de la colline, là où le soleil ne filtrait jamais, poussaient les saules, les platanes et les peupliers avec les feuilles desquels il composait d'excellents baumes. Des bergers faisaient paître leurs troupeaux qui se nourrissaient des fruits des berbéris épineux, des astragales ou des nerpruns tandis qu'eux-mêmes ramassaient des feuilles d'iris pour se fabriquer des couches confortables.

Un peu plus loin, des chèvres tentaient d'attraper les fruits d'un genévrier et les baies rouges d'un arbousier. Derrière les deux arbres s'étalait le majestueux branchage d'un cyprès puis le terrain devenait plus aride. Jujubiers, tamaris ou lentisques conduisaient à un torrent asséché près duquel poussaient des lauriers-roses et des gattiliers aux fleurs bleues.

Sous le soleil, le ladanum embaumait jusque dans les poils des chèvres qui se frottaient contre les feuilles odorantes et collantes. Des enfants raclaient ce feuillage à l'aide de longues lanières de cuir qu'ils nettoyaient ensuite avec un couteau pour recueillir cette mixture poisseuse dont leurs mères faisaient des gâteaux sacrés destinés aux dieux.

Kallisthès choisit des baies pour manger avec des rhizomes des montagnes. Il ramassa aussi des nèfles, des poires, des glands, de la sarriette et des champignons. Bien qu'il possédât une grande quantité d'origan dictame cueilli aux sommets des monts, il jugea sa provision insuffisante. Aussi gagna-t-il le hameau le plus proche, dont les maisons étaient bâties en étages sur la colline, très près les unes des autres. Il savait bien qu'il trouverait un paysan, montagnard l'été, qui redescendait l'hiver dans son village et à qui il pourrait acheter de ce précieux origan.

Quand il arriva dans le hameau célèbre pour la fabrication de ses jarres et la dextérité de ses potiers, Kallisthès se renseigna auprès de quelques artisans qui s'apprêtaient à partir vendre leurs produits de village en village jusqu'à la chute des feuilles. Leurs ânes étaient chargés d'ustensiles et de vases. Des forgerons et des chaudronniers partaient, eux aussi, pour l'Asie ou les Cyclades. Ils s'étaient équipés pour dormir dans les grottes, prédire, si nécessaire, l'avenir à quelques Crétoises crédules et quémander l'hospitalité en échange d'un outil de travail ou d'une arme de guerre.

Un peu plus loin, des paysans examinaient les fruits ou les légumes qui avaient mûri dans les sillons faits par l'araire aux commencements des pluies, quand les marins rentraient au port et que la cueillette des olives commençait. La plupart des terrains avaient été ensemencés d'amidonnier, de blé, d'escourgeon, de ricin et de lin dont la graine, huileuse, permettait à Kallisthès de soigner la toux.

Ayant obtenu auprès de l'un d'entre eux les renseignements qu'il souhaitait, Kallisthès monta la colline sur les pentes de laquelle s'étalaient les modestes demeures groupées des paysans et des artisans. Des perrons de marins étaient encombrés de pesons, de coquillages et de pierres ponces. Des jeunes gens réparaient des filets et des nasses.

Au retour des champs, après s'être occupées des bêtes et des abeilles, de nombreuses femmes pilaient des grains dans des mortiers ou préparaient des bouillies de son. Elles roulaient de petites boules de viande dans la farine pour en fabriquer des galettes. Puis elles rassemblaient leurs récipients remplis de pois chiches, de fèves, de lentilles, de bettes, de chicorée et confectionnaient des salades ou d'autres bouillies agrémentées de concombres, de fenouil, de mauve ou de radis qu'elles assaisonnaient d'huile d'olive, de graines d'origan, d'ail et d'oignon.

D'autres femmes filaient et tissaient des vêtements, des couvertures, des tapis, des étoffes pour décorer les coffres et les tabourets, mêlant habilement les chevrons et les spirales. Elles tenaient de la main droite leur quenouille de laine teinte qui s'enroulait sur un fuseau équilibré grâce à un poids suspendu à l'instrument.

D'autres encore, portant autour du cou des symboles magiques, trayaient des brebis, tondues pour l'été. Elles recueillaient le lait dans des récipients en bois ou en cuir puis le faisaient tiédir avec du jus de figue dans de grands chaudrons, le remuant avec des ustensiles en cyprès. Dans les étables aux portes ouvertes étaient alignées des faisselles en osier pleines de lait caillé qui gouttait dans des pots en argile. Les pâtres dormaient sous les claies. Là reposaient les fromages abrités de la poussière et des insectes par de fines étoffes de lin.

Comme dans toutes les maisons de bergers, on se préparait à échanger du lait, du fromage, de la laine ou des agneaux contre de l'huile, du vin et des vêtements. Les fêtes des sources et des cavernes approchaient. Les pâtres y danseraient toute la nuit et rivaliseraient à la course.

Puis s'étalaient des demeures plus vastes, rectangulaires, construites avec d'énormes pierres et entourées d'une enceinte. Un mur de la hauteur d'un homme protégeait étables et bergeries. Plus Kallisthès avançait, plus les maisons s'avéraient imposantes. Parfois habitées par plusieurs locataires, elles étaient entourées de citernes et de sanctuaires privés. De nombreux domestiques s'y activaient avec frénésie.

Kallisthès s'arrêta devant une demeure de forme carrée au haut colombage et au toit-terrasse en poutres de bois recouvert d'argile et de branches. Le propriétaire y avait mis des fruits à sécher et somnolait sous les rais du soleil attiédis par de larges branchages.

Près de la maison, entourée d'un muret de pierre sur lequel couraient des buissons épineux et une vigne aux raisins blonds, avait été construite une cabane à oies importées d'Egypte et un enclos à porcs. Contre sa façade, des grappes, entassées dans des paniers, mûrissaient au soleil et à l'air. Celles qui avaient déjà confit pendant une douzaine de jours se trouvaient à l'ombre, prêtes à être foulées dans une cuve où s'activaient déjà quelques enfants qui écrasaient avec allégresse des grains odorants. Deux hommes mélangeaient le jus à de l'anis et du genièvre, avant de le verser dans de hautes jarres en argile qu'ils fermaient avec une étoffe de lin, un bouchon et de la cire.

Ils mettaient le marc de côté pour le donner aux bêtes et destinaient quelques jarres aux dieux.

Le long du mur de façade en pisé étaient suspendues des pioches et des cordes. De chaque côté de la porte d'entrée étaient alignées des petites jarres de blé, d'olives et de vesces de taille identique, fermées par des couvercles en bois.

Kallisthès appela le paysan en faisant de grands gestes. Celui-ci se leva sans empressement et demanda d'une voix autoritaire qui le réclamait. Kallisthès se présenta et lui cria de lui ouvrir la porte. Le paysan descendit et ôta la barre transversale qui fermait sa demeure. Il poussa la porte qui racla le sol vers l'extérieur.

Kallisthès entra dans la pièce principale. Celle-ci était encombrée d'une colonne centrale qui soutenait le toit. Le paysan avait obturé ses fenêtres déjà petites avec du papyrus. Aussi distingua-t-il avec peine sur les murs en pisé un lavabo et un égrugeoir. Des jarres, des amphores, un broyeur d'olives, des fiasques, des glimbettes, des gobelets et des coupes occupaient les recoins et les étagères. D'autres objets prouvaient que le paysan avait connu d'excellentes années. Il possédait, en effet, des vases en forme d'animaux, des conques et des lampes en argile de toute beauté. Une cruche d'eau, fermée par un amalgame de plantes à épines, avait été placée sur le mur situé au nord.

Kallisthès s'assit sur un tabouret en bois tandis que le paysan allait chercher dans son cellier une mixture à base de gruau d'orge, d'eau et de pouliot au goût mentholé. Sa femme tissait dans la salle du haut avec une amie. Elle abandonna son travail pour attiser le foyer allumé à l'extérieur. L'heure du dîner approchait, même si les Crétois étaient plus habitués à grignoter à longueur de journée qu'à prendre leurs repas à heure fixe. Mais le couple avait manifestement prévu d'inviter des amis. Aussi la maison embaumait-elle de l'odeur des pâtisseries au sésame, au safran et au pavot recouvertes de miel doré.

Le paysan prit place sur un banc recouvert de

peaux de bêtes. Il choisit une amande dans une coupe et en cracha la peau dans sa main.

— J'ai besoin de toute urgence de marjolaine, de sauge, de sarriette, de thym et surtout d'origan, dit Kallisthès.

Le paysan refusa de le servir sans connaître le motif réel de sa visite. Aussi Kallisthès dut-il révéler son prochain départ pour l'Egypte.

— Tu vas prendre ces étoffes peintes avec de la gaude, de l'iris, du narcisse et de la noix ainsi que ces parfums composés par mon épouse avec de la coriandre et de la résine, lui dit le paysan. Je veux que la reine d'Egypte reçoive ces cadeaux.

— Je crois que la reine a davantage besoin de bois, de talents, de cuivre ou de cette stéatite qui plaît tant aux Egyptiens. Voilà ce qu'il me faut, dit Kallisthès satisfait : cette plante, mêlée d'origan, qui est efficace sur les chèvres, le sera bien sur l'Egyptienne ! Elle me permettra de réaliser la meilleure fève qui soit.

Il tâta entre ses doigts les feuilles veloutées de l'origan et écrasa les fleurs violettes dans sa main. Il s'en dégagea une matière huileuse.

— Que me donnes-tu en échange ?

— Des escargots et des biscuits à l'orge.

L'affaire était conclue.

Avant de rentrer chez lui, Kallisthès offrit à plusieurs divinités des figurines en bronze, des pots de lait, des bijoux et des scarabées symbolisant la renaissance. Il se procura aussi de l'eau fécondante et alla caresser à la place de la reine d'Egypte le ventre de la déesse protectrice des accouchements. Il se rendit ensuite dans les marais déserts et poursuivit aussi ses recherches sur les sols tièdes des vignobles, sur les champs de céréales puis dans les carrières dans l'espoir de trouver, parmi l'azurite bleue, la verte malachite ou la rouge cuprite, une fleur inconnue à l'efficacité insoupçonnée.

Hormis les plantes, Kallisthès s'intéressait aussi aux sources réputées pour leur vertu thérapeutique. Nombreux étaient les Crétois qui honoraient Dikhtynna, la déesse des sources et des torrents. Aussi gardait-il précieusement chez lui des jarres classées par lieu d'origine, de l'eau d'Hyrtacos réputée pour la digestion, de l'eau d'Einatos recherchée pour soigner les intestins. Il avait ramené de Kydonia, situé à l'ouest de l'île, du vin qui égalait celui des monts de l'Ida.

Kallisthès s'était même rendu à Phaïstos malgré les discordes qui opposaient le roi de Knossos à celui de Phaïstos afin de s'entretenir avec d'autres savants.

Bien qu'il fût très tard lorsqu'il rentra à Knossos ce soir-là, Kallisthès alla encore acheter du salepi. Il avait pourtant l'habitude de préparer lui-même ce mélange fermenté d'oignons d'orchis, de cannelle et d'amandes amères qui, outre ses vertus aphrodisiaques, avait la réputation d'influer sur la formation et le sexe du fœtus.

Il choisit également de la *pakhounta* à l'orge et au miel battus dans de l'eau de Gavdos et de la *soumada* aux amandes. Quoiqu'il préférât de beaucoup compter sur ses propres décoctions, le peu de temps que Minos lui avait accordé ne lui permettait pas d'opter pour la solution la plus efficace.

Kallisthès entreprit, cependant, de confectionner quelques médicaments avec les plantes qu'il avait récoltées ou achetées. Il écrasa le dictame dans un bol, y ajouta de la malotira propre à guérir les rhumes, de la marjolaine et du pouliot connus pour leurs actions et leurs pouvoirs de remise en forme. Mais il accorda une attention particulière au safran qui durcissait la membrane de l'utérus et au polykobo qui facilitait la digestion. Il pela une variété de sauge dont il tira une huile efficace pour le transit intestinal et bénéfique aux enfants pour ses vitamines.

Toutes ces préparations l'occupèrent une bonne partie de la nuit. La déesse Séléné veilla très tard sur son travail. Brillante au milieu des étoiles dans un ciel si peuplé d'astres qu'on se serait presque cru en plein jour, elle lui insufflait le courage et l'intelligence.

IX

Quand le soleil se leva le lendemain, Kallisthès ne s'accorda que deux heures de repos car il voulait contenter son roi et embarquer pour l'Egypte le plus tôt possible. Il profita du départ des bateaux de nombreux tributaires qui emportaient régulièrement aux vizirs, aux prêtres et aux principaux responsables égyptiens des vases et de l'or. En échange de ces dons, les Crétois recevaient l'autorisation de faire du commerce dans les ports égyptiens ou dépendant de l'autorité du pharaon.

Avant de partir, Kallisthès passa un long moment à sa toilette. Il frictionna sa peau brune d'huile bienfaitrice, dessina entre ses joues et son nez un discret tatouage rouge réalisé à l'ocre, tressa ses longues mèches de cheveux noirs qui ondulaient sur ses épaules en prenant soin de ramener sur son front quelques boucles esthétiques.

Avec ses yeux grands et noirs soulignés de galène et de manganèse, ses sourcils épilés, sa bouche large aux lèvres sensuelles teintes d'hématite et de cinabre adoucis d'une crème hydratante, son nez droit, sa taille fine et ses bras musclés rutilants d'huile, il connaissait beaucoup de succès auprès des Crétoises. La largeur de ses épaules tranchait avec la minceur de sa taille tandis que les muscles de ses jambes révélaient quel sportif il pouvait être.

Pour la reine Ahmose, il se voulait irréprochable. « La reine s'attend sans doute à trouver en face d'elle un paysan crétois ou un montagnard fanfaron et grossier. Les Egyptiens ont eu tôt fait de nous bâtir une réputation désastreuse en inventant des expressions à notre désavantage. Je lui démontrerai que les Crétois ne sont pas seulement des montagnards vivant de rapines, des beaux parleurs de Réthymnon, des marchands de vin ou des paresseux.

« Les Crétois valent bien les Egyptiens ! Ils sont plus généreux, plus honnêtes, plus courageux, plus économes et plus malins. Nous avons ici les meilleurs athlètes et les meilleurs soldats. Les mille cinq cents habitants de Knossos vont tous me donner un présent pour la reine Ahmose. Voilà qui montrera à la souveraine que, malgré les sécheresses, le ravage des sauterelles, la pauvreté qui nous fait parfois vivre à plusieurs dans une modeste demeure, les maladies ou les épidémies qui s'abattent sur notre pays, les Crétois ont le cœur sur la main. »

Parce qu'il était toujours sûr de lui comme la plupart des Crétois, Kallisthès ne remettait pas en cause le fait qu'il pouvait aider la petite Hatchepsout à devenir robuste et à échapper à une maladie infantile, ce que la reine redoutait plus que tout. Il lui arrivait pourtant plus fréquemment de soigner à Knossos les rhumatismes, les pneumonies, les maux oculaires ou intestinaux. Mais les Crétoises, comme les Egyptiennes, n'étaient pas à l'abri de la stérilité ou des fausses couches. Aussi Kallisthès leur donnait-il de l'eau recueillie dans les grottes proches de l'Amnisos, connue pour sa richesse en magnésium. Les jeunes mères en buvaient aussi pour avoir du lait abondant et riche.

Kallisthès ajoutait même à certaines de ses compositions des miettes de pierre ponce glanée sur les côtes de la Crète, qui servait habituellement aux revêtements des balcons et que le maçon ou le potier ajoutait, le premier, au béton qu'il utilisait, le second à l'argile dont il faisait ses vases.

Bien que cette méthode relevât plus de la magie que de l'efficacité médicale, elle était éprouvée et recherchée.

Kallisthès remplit une besace de talismans et de feuilles vertes, symboles de renouveau, qu'il ne manquerait pas de donner, dès son arrivée, à la reine égyptienne pour favoriser l'arrivée d'un petit prince dans la famille.

Il ferma sa maison en pierre, plus haute que longue, bâtie sur deux étages dont les fenêtres du rez-de-chaussée donnaient toutes sur une cour intérieure et se rendit chez le céramiste qui devait lui remettre plusieurs vases commandés la veille par le roi Minos, lequel s'était retiré dans son petit palais situé non loin de Knossos.

Quand il arriva chez le fabricant de vases, l'artisan examinait la terre qu'il allait travailler.

Il la jugea grasse mais très facile à modeler. Il lui ajouta, malgré tout, du sable, des coquillages en morceaux, un peu de paille et de la pierre ponce pilée puis il ôta les petites pierres qui gâchaient sa pureté. Comme il l'avait déjà laissée reposer dans sa cave depuis un mois, il vérifia si elle était suffisamment élastique et souple. L'ayant estimée de bonne qualité, il la pétrit, lui ajouta un dégraissant et la battit jusqu'à ce qu'elle fût aussi lisse qu'une balle. Il en fit une boule qu'il humidifia et recouvrit d'un linge.

— Je t'attendais, dit-il à Kallisthès en essuyant ses mains pleines de glaise sur son tablier. J'ai travaillé toute la nuit pour satisfaire le roi Minos mais je n'ai pas terminé. Quand pars-tu ?

— Très bientôt, lui répondit Kallisthès. Dès que tu auras fini.

L'artisan posa la boule d'argile sur un disque tournant. Il resserra le haut du vase en un col étroit, ourla l'ouverture, diminua la largeur du pied et arrêta le tour pour former deux anses. Il détacha le récipient de son support à l'aide d'un fil et le plaça à l'ombre avant de passer au suivant. Il modela le fond d'une jarre, y ajouta des étages de glaise qu'il affina en trempant préalablement ses mains dans de l'argile liquide et donna à l'anse une forme de serpent.

— Aide-moi à la placer au soleil, dit-il à un jeune garçon qui l'assistait pour faire tourner le disque et entretenir le feu du four. Et va voir si les autres pots sont secs.

L'artisan ouvrit son four où s'alignaient statuettes et vases prêts à cuire.

— Les vases sont enfin secs ! lui dit l'adolescent.

— Bien. Enduis-les d'argile de couleur mêlée de cendre de bois. J'ai choisi des teintes variées :

rouge, noire, violette et bleue. Le roi m'a demandé là un travail impossible ! Ces vases doivent sécher pendant des jours avant d'être cuits ! Je ne garantis pas le résultat...

— Fais au mieux, lui répondit Kallisthès. Je t'envoie un marin qui a accepté de les prendre à son bord.

Kallisthès se rendit ensuite chez le teinturier à qui la reine des Crétois avait confié quelques-uns de ses plus beaux vêtements. Il était occupé à les tremper dans un mélange d'alun et de tannin avant de les teindre en rouge, en bleu de jacinthe, en jaune de narcisse ou de carthame et en noir d'encre de seiche.

Il laissa, là encore, l'ouvrier achever sa tâche et courut chez l'*arepaso*, le mélangeur de fards et d'onguents, habile dans l'art des parfums.

Dès qu'il entra dans son atelier, Kallisthès fut frappé par l'odeur des gommes de ciste et de lentisque qui brûlaient dans de petites coupes et par celle de graines d'anis qui émanait d'une petite boîte de senteurs au couvercle troué.

— J'espère que tu as évité d'utiliser la cannelle, le cinnamome, le henné, la myrrhe et le nard que nous importons d'Egypte, lui dit Kallisthès. La reine sera plus séduite par des odeurs qu'elle connaît moins.

— J'ai choisi de la brenthis, de l'iris, du lis, du myrte, du souchet et de la marjolaine. Afin de gagner du temps, je ne les ai pas fait fermenter dans l'eau mais les ai enfermés dans un linge et en ai recueilli ce matin l'essence que j'ai mêlée à un peu de sel et à de l'huile d'amande, de coloquinte ou de bœuf. J'ai également utilisé des roses que j'avais fait tremper pendant plusieurs jours dans de l'huile d'olive.

Kallisthès emporta les petits flacons et se précipita chez le bijoutier qui, lui, taillait, la sueur au front, le quartz, le jaspe, l'agate, la cornaline, l'améthyste et la sardoine avec une dextérité étonnante.

— J'ai laissé de côté la stéatite bien qu'il me soit agréable de la travailler pour son aspect velouté mais il faut bien reconnaître qu'elle n'est maintenant utilisée que par ceux qui n'ont pas les moyens de se procurer des matières cristallines, dit-il à Kallisthès.

Le bijoutier découpa avec une scie un dernier rectangle qu'il perça avec un foret à mèche en obsidienne et qu'il épannela avant d'y dessiner au burin des formes géométriques. Puis il polit son travail avec du schiste et du talc après l'avoir parfait à l'aide d'une fine aiguille. Il épousseta la poussière siliceuse qui restait dans les creux. Le bijou alla rejoindre les autres pièces ovales ou rondes dans lesquelles un assistant ajustait une petite lanière de cuir afin de pouvoir les suspendre au cou.

Devant la boutique du bijoutier, des ouvriers égalisaient la rue et aménageaient des conduites en argile. De jeunes Crétois aidaient le potier à hisser des jarres profondes sur des ânes. Non loin de là, les paysans et les artisans négociaient leurs produits sur la place du marché. Près de la porte nord, les marchands étrangers honoraient les petites divinités du commerce. Selon la direction du vent, ils avaient mouillé dans l'un ou l'autre port de Knossos. L'arrivée de ces étrangers créait une agitation manifeste.

Quand le marchand d'esclaves s'installa à sa place habituelle, des Crétois accoururent pour se mettre au premier rang et sifflèrent quelques jeunes filles, honteuses d'être ainsi exposées. La plupart avaient été enlevées ou capturées en pleine mer.

Tous ces marchands, à la voix puissante et aux propos vulgaires, vêtus de robes riches en couleur, ne présentaient pas les traits habituels des Crétois. Ils sentaient le sel et la poix servant à réparer les bateaux. Malgré le mélange des langages, le marchandage allait bon train. Des mains commencèrent à se lever pour faire monter les prix. Certains Crétois se querellèrent.

— Je hais ces étrangers sans éducation, murmura Kallisthès en observant la finesse du travail du bijoutier.

— J'ai bientôt terminé, lui dit celui-ci en retournant entre ses doigts un pendentif pour lequel il n'avait pas ménagé sa peine. Je te le donne bien qu'il m'ait été commandé par un riche Crétois pour son épouse mais je lui expliquerai qu'il s'agissait d'une raison d'Etat et que je lui en fabriquerai un plus esthétique et plus coloré.

— Il conviendra parfaitement, dit Kallisthès en regardant le ciel. Le soleil poursuit sa course. Il me faut embarquer et profiter de cette mer calme. Tous tes bijoux sont superbes. On voit que tu es habitué à travailler pour le *wanax*[1], fils du dieu qui consulte Zeus dans la caverne de l'Ida afin d'établir le calendrier et définir les lois.

Comme Kallisthès s'inquiétait de la manière dont le bijoutier voulait être payé, celui-ci lui rétorqua que le roi lui avait promis des mesures de froment et d'orge.

Des prêtres, vêtus de longues tuniques ou habillés de peaux de bêtes dissimulant jusqu'à leurs cheveux, s'apprêtaient à sacrifier des animaux aux dieux. Ils marchaient vers le sanc-

1. Le roi.

tuaire du palais accompagnés de prêtresses à la poitrine dénudée qui laissaient ramper entre leurs épaules et derrière leur cou des serpents inoffensifs.

Ils avançaient en procession, les uns derrière les autres, à un rythme lent et esquissaient quelques pas de danse sur la musique d'un joueur de sistre.

Ce cérémonial signalait aux passants l'approche d'un convoi funéraire. Quand celui-ci apparut, les prêtres encadrèrent les amis et les parents du défunt suivis des pleureuses, des animaux et des offrandes.

Quand il eut rassemblé tous les biens qu'il emportait pour lui-même ou pour les souverains égyptiens, Kallisthès loua des âniers à l'affût du moindre chargement à transporter jusqu'aux ports de Knossos.

Kallisthès ne voulait toutefois pas quitter la Crète sans monter jusqu'au tombeau de sa mère qui avait été aménagé près d'une grotte, non loin de Knossos. Il y grimpa en traversant un bois odorant si touffu que les feuilles dissimulaient au regard le palais de Knossos situé en contrebas. L'endroit était frais et propice à la méditation. D'autres Crétois y avaient fait construire leurs tombes.

Kallisthès déposa devant celle de sa mère un ensemble de peignes, de rasoirs et de fioles pour entretenir, rajeunir ou adoucir le corps. Il y ajouta des coupes zoomorphes pour le jour de sa résurrection et de sa réincarnation. Puis il déposa sous des coupelles retournées quelques aliments qu'elle aimait et qui calmaient les maux de gorge afin qu'elle revînt sur terre dans les meilleures dispositions possibles.

Si elle ne retrouvait pas, tel Pharaon, le dieu

Soleil pendant ses courses nocturnes, elle vivait dans l'Au-Delà dans l'attente de son retour sur terre. Et Kallisthès mettait tout en œuvre pour que celui-ci fût incomparable.

X

Près du port d'Amnisos, l'agitation était à son comble. Les présents de la reine Ahmose furent transbahutés à dos de mule jusqu'au bateau qui allait emmener Kallisthès en Egypte.

Des Crétoises venaient observer l'activité du port. Elles avaient relevé leurs cheveux avec des épingles en os ou des résilles à fleurs. Certaines portaient par-dessus leur chevelure des chapeaux en forme de corbeille. Des chats, des singes, des cailles et des serpents apprivoisés couraient ou rampaient près du rivage, recherchant le soleil ou l'ombre. Des chevreaux, à peine effarouchés, se détachaient sur le sommet des collines.

Coiffés d'un bonnet pointu ou d'un serre-tête d'où jaillissaient leurs longues boucles ondulées, fabricants et cordiers vaquaient à leurs tâches. Des ouvriers travaillaient sur la charpente de futurs bateaux en comblant les trous de la coque avec de la poix ou de la cire. Ils polissaient l'intérieur avec de la pierre ponce ou le peignaient de couleurs gaies. D'autres ajustaient les voiles, les drisses, les cordes et les câbles. Les charpentiers creusaient les bois de cyprès et d'acacias. Ils liaient les planches les unes aux autres par des tenons.

Les marins, qui pouvaient redevenir paysans quand les vents ou les flots se soulevaient, chargeaient avec empressement du vin et de l'huile sur des embarcations à la proue recourbée semblables aux bateaux chypriotes ou égyptiens.

Le long du rivage, des pêcheurs actionnaient l'aviron placé à la proue de leur barque. Les voiles en toile ou en papyrus faisaient un ensemble coloré. D'autres vaisseaux, à double vergue, plus imposants, construits sur le modèle de ceux de Byblos, doublaient des navires qui pouvaient avancer d'avant en arrière ou d'arrière en avant.

Toute cette activité était sévèrement contrôlée et surveillée par des gardes-côtes qui recevaient de Minos des instructions précises.

Kallisthès offrit au dieu de la mer une offrande de vin pour s'assurer d'une paisible traversée. Il se rendit au sanctuaire le plus proche, les bras chargés de paniers pleins de pots de miel, de vin et de bouillies.

Après avoir posé ses encombrants récipients à terre, il répondit aux gestes figés des idoles qui se trouvaient devant le sanctuaire. La plupart avaient les mains pressées sous leur cou. Il joignit donc les doigts comme elles et s'aspergea d'eau lustrale puisée dans un bassin en pierre. Puis il reprit ses offrandes et entra en portant avec ostentation ses coupes et ses calices à bout de bras. Il répandit à terre du vin, du miel, du lait et du sang d'animal puis il retourna au pied de l'autel les coupes pleines de victuailles. Il pria longuement et promena son encensoir dans la pièce sacrée.

Dans un autre sanctuaire, les marins avaient organisé une procession accompagnée de danses et de concours de courses aux flambeaux. Ils portaient de gigantesques idoles dans des palanquins ou des coques de bateaux.

Des prêtres, habillés de longues tuniques blanches à franges, tenaient une double hache dans la main. Les prêtresses avaient revêtu des robes à volants. Le clergé sacrifia un veau sur l'autel. Puis les courses entre jeunes gens commencèrent. Elles furent écourtées en raison du départ imminent des bateaux mais chaque adolescent put mesurer sa rapidité et sa puissance et remporter un trépied ou un rhyton.

Ils escortèrent tous les marins jusqu'au navire en chantant à tue-tête et en esquissant des pas de danse, buvant telles des bacchantes lascives autour du dieu Dionysos.

Quand tout fut chargé à bord, Kallisthès monta, non sans nostalgie, sur le bateau qui allait le conduire en Egypte. Celui-ci présentait sur la poupe des dessins d'animaux fantastiques. Il fit un signe d'adieu à des pêcheurs crétois qui faisaient sécher des éponges sur le rivage rocheux et aidaient des pêcheurs de bars, de rougets et de daurades à fabriquer des merdoles[1].

— N'oubliez pas mes leçons, leur lança-t-il en riant. L'espadon s'attrape avec des morceaux de mulet. Gardez-moi des œufs salés et séchés au soleil pour mon retour en Crète ! Et pêchez plutôt de nuit. Vous aurez plus de chance de rentrer avec des paniers pleins !

— Que les dauphins qui guident les anchois vers nos filets t'accompagnent pendant ton voyage, leur répondirent-ils.

Le bateau doubla des pêcheurs debout dans leur barque qui maniaient en vain harpons et

1. Appâts constitués de morceaux de poisson.

nasse. Des gardes les accompagnèrent sur une bonne distance.

— Nous ferons la traversée sans escale, dit un marin à Kallisthès. Avec un vent arrière favorable, le voyage sera court. En revanche, pour revenir, nous devrons longer les côtes et nous arrêter à Tyr et à Byblos en espérant que les vents étésiens ne souffleront pas face à nous.

Kallisthès ne répondit pas. Il se demandait s'il rentrerait chez lui avant l'automne. Au cas où la reine aurait besoin de ses soins, il lui faudrait patienter jusqu'au printemps suivant pour revenir en Crète.

Au bout d'un long moment, il remarqua :

— Si vous ne faites pas escale en Asie, ce sera pour vous une perte. C'est là que vous recueillez l'or, le lapis-lazuli, l'obsidienne, les aromates et toutes ces pierres si étranges que vous vendez en Egypte.

— Nous ne le regrettons pas. Notre bateau est plein de robes, de cruches et de bibelots et nous avons suffisamment d'escargots, d'armes, d'outils en bronze, de lingots de cuivre, de bijoux en céramique, en métal, en os ou en pierre pour satisfaire les Egyptiens. Nous vendons à chaque voyage des armes ornées de griffons, identiques à celles qu'utilisait le pharaon Ahmosis.

Kallisthès sortit de quelques sacs des rhytons en argent représentant des guerriers revêtus d'une armure et coiffés d'un casque en dents de sanglier. Certains assiégeaient manifestement une cité ; d'autres se tenaient en faction aux portes d'un palais.

— Si j'étais soldat, je vivrais tranquillement des revenus de la *kama*[1] que le roi aurait mise

1. Terre.

à ma disposition et je me serais enrichi avec les butins que j'aurais glanés dans les combats, remarqua Kallisthès. Au lieu de quoi, je suis aujourd'hui contraint de quitter mon pays alors que je ne suis qu'un connaisseur de plantes.

— Ta langue s'agite et tes mots fusent sans réflexion, lui répondit le marin en enroulant le câble d'amarrage dans un coin du bateau. A moins qu'ils ne soient *lawagetas,* commandants d'armée au côté du roi, *egetai,* membres de son escorte, *oka,* responsables d'escadrons, ou chefs de liaison entre le *lawagetas* et les souverains régionaux, les militaires sont plus souvent absents de leur pays que nous. Quand ils ne proposent pas leurs services comme mercenaires, ils partent à l'étranger chercher de quoi subsister.

— Tu dresses là un tableau bien terne de leur vie. Mes amis ont tous épousé des Grecques très riches. Les filles du roi Minos ont été données en mariage à de courageux commandants.

— Quand elles ne partent pas, elles aussi, rejoindre les femmes du harem égyptien !

Kallisthès regarda le rivage crétois que longeait le bateau. Les rochers gris et noirs étaient envahis par une foule animée. Au loin, des oliviers noueux, d'un autre âge, avaient réussi à pousser çà et là sur la terre aride. Le ciel était d'un bleu si pur que rien ne semblait pouvoir troubler l'île.

Kallisthès aimait tant entendre sur la coque des bateaux le clapotis des flots paisibles que fendait la proue ! Celle-ci semblait glisser sur l'eau plane d'un lac. Les marins mirent le cap sur la haute mer en chantant.

Kallisthès se souvint alors de sa jeunesse studieuse passée en Egypte puis en Crète. Adolescent, il avait fait partie de ces troupes entraînées à porter les armes et formées dans les maquis. Il savait ce que signifiait dormir dans une grotte, tirer à l'arc dans des vêtements féminins[1], chasser de nuit seul et sans armes, utiliser des pièges ou des fosses, ruser ou traverser une rivière d'eau glacée. Il était habile dans le maniement des lances et des épées courtes. Il avait gagné son statut d'homme et ses droits civiques ; il était rentré un jour glorieux et fier de son nouveau titre de « coureur » dans sa ville où sa mère attendait le retour de ce cortège de jeunes gens partis s'endurcir dans les montagnes. Comme elle était heureuse que, tel Leukippos changé en homme par une déesse, son fils abandonnât ses habits féminins d'enfant lors de la fête des Ecdysia pour entrer dans le monde des adultes !

Kallisthès eut un pincement au cœur en pensant à sa mère, si belle, si majestueuse, si respectable qui avait rejoint les rives du noir Achéron l'année précédente et qu'il avait fait enterrer dans cette magnifique tombe circulaire digne des plus hauts dignitaires. Il ne faisait pas de doute qu'il serait, lui aussi, enseveli là un jour.

— Les dieux ont voulu que nous fussions d'excellents combattants, dit le marin en tirant le tas de corde semblable à un cobra lové sur lui-même. Qu'ils en soient mille fois honorés car il nous faut lutter contre les pirates ou les concurrents, multiplier nos marchés parfois par la force et nous faire respecter.

— C'est si rare... renchérit Kallisthès. Notre pays vit en paix.

— Il peut être menacé à tout instant par les

1. Symbole de l'enfance. En devenant adulte, le garçon revêt des vêtements d'homme.

Hellènes du continent, les Egyptiens, les Asiatiques...

Le Crétois s'assit sur le pont au milieu des provisions. Une vingtaine de rameurs et trois gabiers occupaient les coursives. Les vases à médicaments, à olives, à poissons, à vins et à aromates, de contenance et de forme diverses, avaient également été entassés sur le pont. A côté d'eux, des sacs d'amandes et de céréales s'étaient affaissés sur des planches de bois recherchées par les Egyptiens pour la construction des bateaux et des maisons.

L'argent, plus cher que l'or parce que plus rare, était une valeur sûre pour les Crétois qui en vendaient en quantité appréciable aux Egyptiens. Aussi côtoyait-il des lingots de cuivre et de plomb ainsi que des pierres semi-précieuses, des rhytons en forme de tête de bélier ou de taureau, des coupes et des aiguières ocre.

— Au retour, nous nous arrêterons à Milo pour faire provision d'obsidienne, ajouta le marin. Nous irons également chercher de la terre à foulon à Kimolos, de la diorite en Asie, de l'argent près d'Athènes, du porphyre sur le littoral du Péloponnèse, du cuivre dans l'île d'Eubée et à Chypre, de l'étain à Ugarit, de l'ivoire à Milet et du papyrus à Byblos. Nous trouvons toujours quelques marchands qui proposent à Ugarit de l'étain qui vient de l'intérieur du pays. Nous rapporterons d'Egypte du natron, des épices, des cachets aux dessins variés, des amulettes, des singes du pays de Pount, et, avec de la chance, des vases en albâtre aux dessins rubanés et des statuettes.

— Ainsi que des *doera*[1]...

1. Esclaves.

— Peut-être... Mes acolytes savent bien les attirer sur les marchés en leur montrant des étoffes. Il est ensuite facile de les isoler et de les entraîner malgré elles dans un coin sombre d'une ville avant de les embarquer pour Memphis où elles auront la joie de finir dans un harem princier.

— Ou dans un lupanar d'Asie...

Le visage de Kallisthès s'assombrit. Il refusait d'entendre ce genre de propos qui soulevaient sa révolte et évoquaient pour lui tant de mauvais souvenirs.

Le marin ouvrit l'un de ses coffres. Il avait à sa disposition, pour authentifier ses actes d'achat et les trocs qu'il effectuait, un nombre impressionnant de cachets en forme de poissons, de poulpes et de bateaux. Il était équipé d'une balance et gardait précieusement ses lettres de recommandation, ses reçus et ses listes de chargement.

— Je n'ai jamais eu recours à un seul gouverneur d'Asie ! dit-il fièrement. Les habitants de tout le littoral me font une confiance absolue. Il est vrai que les Crétois ont la réputation d'être rigoureux en affaires et que le dieu Naar n'a pas besoin de trancher nos différends en cas de litige.

Le marin sembla soudain réfléchir.

— Tous les pays achètent nos œuvres artistiques mais le pharaon est seul maître des côtes. Où n'impose-t-il pas ses tributs ou ses volontés ? Si nous pouvions faire du commerce sans payer de taxes, nous gagnerions beaucoup plus d'argent...

— Le roi Minos a autrefois tenté de négocier avec Aménophis.

— Sans succès et son successeur paraît plus intraitable encore...

— J'ai entendu dire que Thoutmosis ne restera pas longtemps pharaon... avança Kallisthès.

— Ce ne sont que rumeurs stupides. Aménophis a bel et bien imposé son gendre au peuple égyptien !

Le rivage crétois devenait de plus en plus minuscule. Le bateau semblait maintenant un point à peine perceptible au milieu des flots sur lesquels le dieu Soleil Atymnos miroitait.

En s'éloignant de la Crète, Kallisthès avait l'impression de ne rien abandonner. Ne pouvait-il pas exercer son art dans tout le pays ? Il n'était rattaché à aucune communauté rurale, de celles qui payaient une redevance au roi, à sa famille, au clergé et aux militaires pour entretenir les escadrons de défense, l'infanterie, les chefs et les instructeurs. Il n'avait jamais fait partie de ces *damoi* auxquelles appartenaient les paysans qui reversaient aux palais et aux prêtres leurs récoltes et leurs produits fabriqués. Il n'avait jamais reçu de *kekemena*[1] et n'avait jamais travaillé sur une terre collective ou un terrain octroyé par le roi en échange de services divers comme les prêtresses crétoises.

Il n'était même pas contrôlé par ces inspecteurs et ces percepteurs haïs du peuple qui comptaient scrupuleusement les biens de chacun. Mais s'il avait dû défendre l'île, sa formation de guerrier, sa rapidité, son endurance et son adresse lui eussent permis de se distinguer. Il n'était pas un démiurge[2] et il avait toujours refusé d'être rattaché, comme la plupart des Crétois, à une corporation de métiers.

1. Parcelle de terrain exploitée par un particulier.
2. Artisan travaillant pour la collectivité.

S'il avait de nombreux amis parmi les potiers, les forgerons, les menuisiers, les fabricants d'arcs, les bijoutiers groupés autour du palais de Knossos, qui attendaient comme lui les commandes de Minos parce que le roi, propriétaire des mines, leur donnait leur matière première, Kallisthès avait toujours su préserver son indépendance.

Comme les métallurgistes, il passait pour avoir des pouvoirs magiques mais rien ne le rapprochait des fils de Minos, tous représentatifs d'une caste, qu'il s'agît de Deucalion symbolisant les prêtres, du guerrier Androgéos, de Katreos, le chef des pâtres, ou de Glaukos, le responsable des artisans. Il se sentait davantage d'affinité avec la pure Ariane, l'excellente Phèdre et Xenodikè qui protégeait les étrangers et les marchands de passage. N'était-il pas égyptien même s'il honorait aujourd'hui les Titans, les Cent-Bras, patrons des paysans, et les Cyclopes, dieux des artisans ?

Grâce à son talent, il avait été exempté de ces taxes que payaient les étrangers habitant à Knossos même si sa mère avait autrefois appartenu à la classe des périèques[1] et si elle avait recouvré sa liberté en épousant un soldat mort au combat, trop tôt pour accumuler une fortune. Mais il n'en avait guère souffert car les Crétois appréciaient les Egyptiens et sa mère n'avait jamais été la concubine de Minos. Elle avait seulement été employée au palais pour confectionner des robes dont elle avait le secret.

« L'idéal serait que la reine Ahmose puisse venir jusqu'en Crète pour se purifier dans la grotte sacrée, se dit Kallisthès en s'étendant à l'ombre de la voile carrée. Elle offrirait en per-

1. Serfs et esclaves.

sonne à la déesse des accouchements des pots de miel et de lait. Elle honorerait le saule de la caverne de l'Ida où était suspendu le berceau des dieux enfants ; elle danserait près du myrte offert à Pasiphaé et à Aphrodite, déesse de l'amour et de la fécondité. Ainsi la petite Hatchepsout serait-elle sûre de grandir et de vivre en excellente santé. »

Kallisthès eut soudain un scrupule. N'avait-il rien oublié ? Les vases, les aiguières, les buires, les bols à fruits et à compotes, les cruches et les calices étaient-ils solidement attachés et protégés ? Il fit une rapide inspection des albâtres, des encensoirs, des gigantesques pots à offrandes, des coquillages en terre cuite et en faïence. Puis il se mit à prononcer des formules magiques que son instructeur tenait autrefois des Corètes et des Dactyles. Il jeta même un vase à la mer.

— Eh bien ! Que fais-tu ? s'étonna le marin qui se précipita vers lui pour l'empêcher de gâcher de si belles œuvres.

— Un sacrifice aux dieux. Qu'ils nous permettent d'effectuer une paisible traversée et qu'ils nous éloignent des vents violents et des pirates.

— Ne t'es-tu pas purifié aux bassins de lustration avant de partir ?

— Si. J'ai même enduit mon corps entier d'eau pure et d'huile parfumée.

Comme pour rappeler le rituel qu'il avait effectué, Kallisthès rassembla ses deux poings devant sa poitrine et leva la main droite jusqu'à son front.

Les marins continuaient à chanter de la poésie sur le mode crétique faisant alterner une syllabe longue et une syllabe courte et des péons en l'honneur du dieu Tarra. Ils évoquaient les divinités du ciel, des éléments, des animaux, des minerais et des plantes aquatiques, les vagues qui rappelaient si bien ces formes courbes et vivantes — roues, spirales, fleurs à longues tiges souples ou poulpes aux imposants tentacules — décorant les jarres, les assiettes et les vases crétois.

En entendant ces vers chargés de poésie chantant la beauté de l'art crétois, Kallisthès revit les gestes du potier ornant ses jarres brunes de fleurs de lis et de corolles, ses vases fins à engobe marron sur lequel ressortaient des lignes noires ou rouge sombre. Les volutes de fleurs se mêlaient aux papyri et aux palmes enroulant leurs branches fines et anarchiques autour des anses des vases. Les hirondelles occupaient l'espace supérieur. Tantôt une scène d'agriculture était surmontée d'un autre décor représentant des danseuses aux jupons à étages, tantôt des pêcheurs tenaient à bout de bras un fil armé d'un hameçon au bout duquel pendait encore un poisson.

Mais le potier aimait par-dessus tout peindre la valse des murex, des étoiles de mer, des dauphins accompagnant les navires, des algues et des coraux. Nul rapport avec ces grandes jarres à céréales incisées aux motifs terrestres. La fragilité des nautiles, la grâce des poissons volant au ras de l'eau, les oursins échoués sur le roc terne et brûlant presque rougi par le soleil submergeaient par leurs évocations cette odeur marine qui entourait la Crète. Nulle ressemblance avec ces coupes à haut pied en or aux décors simplifiés et rigides inspirés des artistes mycéniens.

La mer chantait et, avec elle, ses marins, avec elle Kallisthès.

XI

Kallisthès arriva quelques jours plus tard dans le delta du Nil. Il loua un équipage et un navire égyptiens et remonta le fleuve jusqu'à Thèbes.

Quand il parvint à la hauteur du Fayoum, il fut séduit par les immenses champs de lin et de dattiers qui longeaient le fleuve et par ces artisans qui répétaient sur les rives les mêmes gestes qu'en Crète. Kallisthès se sentit immédiatement à l'aise dans ce pays qu'il n'avait pourtant connu qu'enfant.

Des passeurs, debout, faisaient avancer leur barque à l'aide d'un long bâton qu'ils enfonçaient dans le limon, poussant de toutes leurs forces vers l'avant. Le fleuve était pourtant étroit entre la rive aride et celle qui lui faisait face, plantée d'arbres aux troncs maigres. Puis le Nil, sinueux, s'élargissait. Les branches de quelques arbres noueux retombaient dans l'eau, caressant de leurs feuilles la surface grise. Kallisthès distingua des jarres, alignées près des cabanes en pierre des potiers, qui servaient à l'irrigation des champs. Par endroits, les rives devenaient plus escarpées. Elles s'ocraient sous le soleil.

Les tours des potiers tournaient, livrant la terre aux mains des artisans qui formaient le corps des vases avec une rapidité déconcertante. Ils donnaient une forme aux récipients de leur main droite et tenaient le haut des vases de leur main gauche. Le bord des pots s'arrondissait entre leur index et leur majeur tandis que le tour continuait de tourner. De temps à autre, ils arrosaient leurs doigts d'eau boueuse puisée dans un pot achevé. Saisissant des morceaux de matière qu'ils roulaient entre leurs doigts, ils l'ajustaient autour du col puis le pinçaient et l'arrondissaient afin de lui donner l'épaisseur voulue, le fondant dans la ligne du vase.

Pendant ce temps, de jeunes garçons, les pieds nus enfoncés dans la boue, plongeaient les mains dans le Nil gris et remontaient par brassées du limon précieux. Ils le transportaient jusqu'aux cabanes des potiers qui le mélangeaient avec de l'herbe sèche jaunie par le soleil avant de fabriquer des pots légèrement poreux qui permettaient à l'eau de s'évaporer sous les rayons ardents. Ces cruches étaient vendues dans de nombreux pays car elles avaient la propriété de garder les aliments au frais.

D'autres artisans passaient le limon au tamis afin d'en ôter toute pierre ou gravats. Leurs ânes broutaient du foin ou transportaient des cruches, un filet sur le dos solidement attaché autour du licol.

Les palmiers devenaient parfois plus nombreux. Les rives étaient alors recouvertes d'une véritable forêt où disparaissaient des travailleurs. Au-delà des plaines alluviales ou de ces forêts qui bordaient le Nil commençait le désert aux collines sableuses, immuablement doré.

Kallisthès navigua jusqu'au soir au moment où le soleil, boule rouge à l'horizon, disparaissait derrière les dunes. Afin d'être épargnés par la chaleur, des menuisiers attendaient cette heure pour construire des barques. Ils coupaient d'énormes troncs d'arbres qui venaient de la rive opposée, les débitaient puis les transformaient en planches avant de les assembler à l'aide de clous énormes. Les carcasses des barques immobilisées par de nombreux piquets figés dans le sol boueux étaient savamment travaillées. A l'exception du vacarme insolite de leurs outils, aucun bruit n'accompagnait les voiliers qui longeaient la rive rocailleuse à la végétation rare, évitant les petites embarcations des pêcheurs abandonnées çà et là, si ce n'est le frémissement à peine perceptible du glissement de ces bateaux sur l'eau endormie.

*
* *

Dès qu'il débarqua à Thèbes et qu'il se fut présenté aux gardes-côtes, Kallisthès fut immédiatement reçu au palais par la reine Ahmose qui excusa le pharaon pour son absence. Il fut étonné de voir courir la petite Hatchepsout alors qu'il la croyait à peine âgée de quelques mois. Lâchant la main de sa nourrice tout en gardant son singe au poil bleuté avec elle, celle-ci vint se placer auprès de sa mère et fixa ses yeux délurés sur lui.

Kallisthès remarqua aussitôt le travail de deux artistes qui peignaient à la détrempe sur un enduit de plâtre très lisse au fond de la salle. La peinture s'imbibait si bien dans cet enduit qu'elle semblait se fixer sur les parois pour l'éternité. Un des deux peintres colorait à deux mains le dessin qu'il avait à peine esquissé. Les bras des femmes étaient si blancs, ceux des hommes si rouges, ils ressortaient si nettement dans un effet d'ombre et de lumière, attachants et poétiques au milieu des iris, des crocus et des églantines, des dauphins et des hirondelles, en des formes courbes et fantaisistes parfois dissymétriques, que Kallisthès reconnut le travail des Crétois. Seul le regard de face et le corps de profil pouvaient être égyptiens. Il se garda, cependant, de tout commentaire.

Le gypse et l'albâtre recouvraient les sols. Un décor central en plaques de gypse vert entourées de rouge semblait lui aussi avoir été réalisé par un artiste crétois. Des statuettes en bois, en os ou en argile étaient signées Dédale. D'autres, en bronze, en ivoire et en marbre, la main droite saluant, rappelaient à Kallisthès les statues des sanctuaires crétois. Une déesse brandissant un serpent, un vase en forme de taureau, des gobelets en stéatite recouverte d'or présentant une scène agricole, des armes damasquinées évoquaient cette vivacité, cette harmonie, cette précision, cette création, ce goût pour les scènes de genre crétoises que Kallisthès appréciait tant.

Il mit sa main aux sceaux de pierre lenticulaires et amygdaloïdes qu'il portait à son cou, enfilés sur une cordelette en cuir. Kallisthès possédait également une bague en schiste dont le sceau représentait un dessin extrêmement travaillé.

La reine le remarqua et lui adressa un compliment à son sujet.

— Il n'est qu'en schiste, répondit Kallisthès en rougissant.

— Mais il est magnifiquement dessiné.

— Il s'agit d'un cygne. En Crète, nous possédons tous des sceaux différents. Ils sont en stéatite ou en serpentine si la personne est pauvre. Ils sont fabriqués avec des pierres semi-précieuses si elle est riche. Les cercles, les croissants et les points sont les décors les plus fréquents et les moins originaux. En revanche, les animaux, les dieux, les sanctuaires, les barques mais aussi les monstres — griffons, sphinx, génies, lionnes ailées — ornent les sceaux des riches Crétois.

— Tu n'es donc pas un Crétois comme les autres, lui répondit la reine. Montre-moi la beauté de cet animal. Quel dessin précis et délicat !

Kallisthès dut s'approcher de la reine et lui présenter le sceau qui décorait la chevalière de sa main gauche. Il fut aussitôt conquis par la grâce et la majesté de la reine Ahmose qui portait une robe soulignant sa poitrine menue et descendant en plis souples jusqu'à ses sandales d'or. Elle embaumait des parfums les plus envoûtants et les plus capiteux. Son pectoral représentait un cobra et un vautour aux éclatantes couleurs de cornaline, de turquoise et de lapis-lazuli. Sa coiffe était imposante et lourde. Il en jaillissait des plumes esthétiques du plus bel effet.

Kallisthès remarqua surtout la finesse de ses mains, son cou gracieux et son regard langoureux qui semblait dissimuler une tristesse installée.

Quand elle claqua des doigts en les levant jusqu'à ses tempes avec une grâce exquise, des danseuses et des musiciennes entrèrent. L'une jouait de la lyre crétoise à trois cordes, une autre de l'antique lyre à quatre cordes, la troisième d'un instrument à huit cordes en boyau dont la caisse rectangulaire, tendue de peau d'animal, résonnait d'accents pastoraux. Un musicien vint se joindre à elles avec une double flûte dans laquelle il souffla avec passion tout en bouchant alternativement les huit trous qui jalonnaient les deux tuyaux de l'instrument. Du tube de droite sortait un son plus grave que de celui de gauche. Il abandonna un moment sa double flûte pour utiliser une conque puis un flageolet, un chalumeau et un mirliton. La souplesse de ses jambes sans cesse en mouvement et sa facilité à passer d'un instrument à l'autre lui donnaient des allures de dieu Pan.

Bientôt pénétrèrent dans la pièce toute une ribambelle de musiciennes jouant du sistre et des clochettes destinées à éloigner les esprits du mal. Les danseuses tournaient autour d'elles en emportant leur voile léger dans leurs évolutions. Leur poitrine et leur nombril nus s'agitaient avec langueur. Bientôt, les rondes se transformèrent en danses complexes. Les bras tendus, les danseuses tournèrent sur elles-mêmes puis elles enlacèrent leurs bras toujours tendus et formèrent de nouveau des cercles autour des musiciennes.

Kallisthès rougit à nouveau dès qu'Ahmose lui adressa la parole d'une voix chantante tandis que les servantes et les domestiques entraient en file dans la salle du trône, portant chacun un cadeau du roi Minos.

— Ton roi me comble, dit Ahmose à Kallisthès qui restait prosterné au pied de l'estrade, le visage près du sol et la croupe relevée. Voilà des robes, des ceintures et des perruques que mes vizirs vont se plaire à imiter dans toute l'Egypte ! Quant à ces capes en mouton recouvertes de cuivre, elles feront la joie de mon époux qui apprécie ces ceintures rouge et bleu ornées de formes géométriques semblables à celle que tu portes aujourd'hui sur ton pagne à deux bandes de cuir superposées.

— J'ai également apporté pour le pharaon des ceintures de bronze que j'ai fait monter sur des morceaux d'étoffe, dit-il, des corsages aux manches bouffantes et au col haut avec de gros nœuds dans le dos et des jupes longues légèrement évasées, resserrées à la taille ainsi que les portent nos femmes.

— J'espère qu'elles sont plus sages que ces robes laissant la poitrine découverte qui donnent à vos prêtresses des airs si dégagés.

Kallisthès sourit.

— Hélas, reine des Deux Egyptes, je crains, pour ma part, d'avoir préparé à ton intention et à celle de ta fille des décoctions et des tisanes qui ne seront plus de saison. Le roi Minos m'avait expliqué que tu venais de mettre au monde une fille et non qu'elle marchait déjà...

Ahmose regarda d'un air attendri sa fille qui levait les yeux vers elle.

— Ce n'est qu'un bébé, répondit-elle, même si les dieux lui transmettent cette vigueur qui la distingue des simples mortels. Je suis convaincue que tes potions lui seront bénéfiques. J'ai surtout demandé au roi Minos de m'envoyer un savant qui fût capable de placer dans mon ventre une graine d'enfant mâle.

— A ce sujet, j'ai apporté ce qu'il te faut.

— As-tu testé l'efficacité de ces produits ?

— Notre déesse des accouchements guide toujours ma main vers la réussite.

Ahmose lui adressa un sourire qui lui redonna de l'assurance.

— J'ai confiance en toi, dit-elle. Hatchepsout n'est pas encore à l'abri des maladies même si Osiris l'a épargnée lorsqu'elle était nouveau-née. Son arrière-grand-mère, la vénérable Ahmès-Néfertari, a vu mourir tous ses fils excepté celui qui a régné, mon père bien-aimé. Les pharaons ont toujours perdu la moitié de leur progéniture. Je m'occupe, certes, de ma fille le plus souvent possible mais la vie de reine ne permet guère de voir grandir ses enfants. Je lui consacre un peu de temps chaque après-midi dans les appartements royaux. Même si elle est trop jeune pour les comprendre, je lui raconte des légendes de l'Egypte ancienne quand ma coiffeuse tresse mes cheveux ou que ma masseuse répand sur ma peau ces agréables onguents parfumés venus de Crète ou d'Afrique. Elle aime entendre le son des castagnettes et de la flûte, apprécie les danseuses qu'elle tente d'imiter...

Kallisthès fut touché par la simplicité des propos de la reine. Le regard effronté et scrutateur de sa fille lui parut plus intraitable que le sien. La petite, vénérée depuis sa naissance, entourée des plus grands égards, était née le pouvoir entre les mains et elle le savait. Sa bouche épaisse et boudeuse, son port altier laissaient deviner son caractère futur.

Nul doute à la voir qu'elle appartenait à la lignée royale. Elle comprenait qu'elle n'avait jamais été portée comme les enfants du peuple dans une besace sur le dos ou le ventre de sa mère et qu'elle n'avait jamais joué dans la poussière des rues. N'avait-elle pas vu dès sa naissance son père coiffé de l'uræus d'or se pencher sur son berceau ?

Kallisthès attendit que la reine se retirât avec sa fille. Il était si troublé par sa beauté et sa spontanéité qu'il demeura longtemps debout sans bouger. Il fallut qu'un domestique l'invitât à le suivre pour que les divinités lui redonnassent conscience de l'endroit où il se trouvait. Le décorum de la salle du trône l'impressionnait encore plus que celui du palais de Minos.

XII

Thoutmosis reprit son pagne royal et chaussa ses sandales d'or, tenue qu'il avait peu l'occasion d'arborer.

— Je resterais bien avec toi plus longtemps, dit-il à Moutnéfret, sa première épouse, qui était entrée dans le harem et qu'il préférait pour sa grande beauté et sa prestigieuse origine à toutes les autres femmes. Mais mes obligations me réclament...

— Et surtout ta petite fille, dit Moutnéfret, les coins de la bouche affaissés de dépit.

Seules ornaient son corps nu une chaîne entourant l'une de ses chevilles, une autre ceignant sa taille et une troisième faisant étinceler le haut de son bras. Son ventre, légèrement arrondi, que le bout de ses cheveux noirs allait caresser témoignait de son état. La belle Egyptienne attendait un nouvel enfant du pharaon.

— La Grande Epouse n'a toujours pas les faveurs du dieu ? demanda-t-elle.

— Qu'entends-tu par là ?

— Est-elle enceinte ?

— Tes propos outragent la Grande Epouse, l'honorable Ahmose, répondit Thoutmosis sévèrement. Contrôle tes paroles sinon tu pourrais bien subir un jour la punition des dieux.

Connaissant son pouvoir, Moutnéfret se tourna sur le lit à plusieurs reprises avant de prendre des poses. Elle appela la manucure qui lui repeignit les ongles et se fit tresser les cheveux.

— Si la déesse Isis me comble en me donnant un garçon, il aura plus de chance de plaire qu'Hatchepsout qui n'est qu'une fille.

Moutnéfret devinait l'affection que Thoutmosis éprouvait pour les deux fils qu'elle lui avait donnés. Militaire avant tout, il était conscient que seul un garçon pouvait devenir son successeur sur un champ de bataille.

— Oublierais-tu, Moutnéfret, que le sang d'Hatchepsout est royal par sa mère ? répondit, cependant, le roi.

— N'es-tu pas pharaon ? répliqua la jeune

femme en flattant la vanité de Thoutmosis. Le sang royal coule donc également dans tes veines.

— Je ne suis pas, hélas, le descendant d'Ahmosis. Aussi l'enfant qui grandira dans ton ventre n'aura-t-il jamais dans les veines ce sang divin qui contraint les plus grands dignitaires de la cour à se courber devant ma fille et à baisser la tête sur son passage.

Bien qu'elle jugeât plus prudent de se taire, Moutnéfret ne perdait pas l'espoir d'évincer un jour Ahmose et de placer l'un de ses enfants sur le trône surtout si celle-ci n'avait pas de fils.

Elle s'étira comme un chat et poussa un soupir langoureux qui en disait long sur sa confiance en elle. Puis elle se leva pour aller se baigner avec cette nonchalance propre aux femmes de la plus haute noblesse. Moutnéfret était en effet issue du plus haut rang. Sa famille était célèbre et riche. Ses moindres gestes, jusqu'à la manière dont elle se déplaçait, signifiaient qu'elle n'était pas une fille du peuple. Les plus hauts dignitaires la respectaient et l'appelaient « fille de souverain ».

Elle avait fait en sorte de donner à ses fils les meilleurs précepteurs. L'aîné suivait les cours d'Itiri et de Paher, petit-fils d'une concubine du pharaon Ahmosis. Son autre enfant était formé pour devenir un jour chef de l'armée. Son père s'apprêtait déjà à l'emmener avec lui chasser les bêtes sauvages dans le désert. Il savait manier l'arc et conduire les chars derrière les lions et les autruches.

Elle regarda le pharaon avec fierté et releva la tête comme pour le toiser. Ses muscles étaient tendus tels ceux d'une lionne en chasse. Ses prunelles noires brillaient comme celles d'un fauve prêt à bondir. Mais elle se détendit soudain et parut se calmer. Son dos se relâcha. Ses épaules s'affaissèrent. Elle bâilla de si bon cœur que le coin de ses paupières s'enduit de larmes.

— Pourquoi m'observes-tu ainsi ? lui demanda le roi, séduit par sa personnalité féline et indomptable.

— Je ne te regarde pas, dit-elle en haussant les épaules, digne pharaon des Deux Egyptes, aimé d'Amon et du Soleil, grand par ton courage et ta générosité.

— Souviens-toi de mes paroles, insista le pharaon. Ne médis jamais sur la reine Ahmose. Elle est très aimée et tu aurais tôt fait de soulever la colère des dieux !

Quand le pharaon la quitta, Moutnéfret murmura :

— Il vaudrait mieux que cela se passe comme je l'ai décidé car je ne réponds pas de ce qui pourrait arriver dans ce palais !

Puis elle ajouta avec violence, comme si elle voulait passer sa fureur sur ses servantes :

— Je me sens subitement prise de vertige. Au lieu de tourner autour de moi comme des mouches, apportez-moi un flacon d'eau citronnée et rafraîchissez-moi le cou et le visage ! Cette odeur d'encens m'écœure !

Les domestiques ôtèrent aussitôt de la pièce tous les récipients qui dégageaient une senteur un peu forte. « Je sais comment le convaincre, se dit Moutnéfret. J'ai plus d'influence sur lui qu'Ahmose. Je réussirai bien à le conduire là où je veux qu'il aille ! »

*

* *

Dès qu'il reçut la réponse du roi Minos, Abou convoqua chez lui ses complices qui s'étaient multipliés depuis des mois.

— Nous savons maintenant quels sont nos alliés et sur qui nous pouvons compter, dit-il à ses plus fidèles amis. Bien qu'il ait offert à la reine Ahmose de nombreux présents, le roi Minos est de notre côté. Il m'a envoyé un messager du palais pour nous confirmer son soutien. Sans doute a-t-il hésité avant de faire alliance avec nous.

— Tu as su habilement manœuvrer, reconnut Ahmès. Quelle excellente idée que de lui proposer la suppression des tributs pour les marins crétois qui font du commerce dans les ports égyptiens. Ces taxes, de plus en plus élevées, sont très impopulaires dans les pays amis de l'Egypte.

— En échange de mes promesses, Minos m'écrit qu'il est prêt à mettre son armée à notre disposition. Nous avons également le soutien de plusieurs rois d'Asie même s'ils se montrent encore timorés. Quand ils constateront notre supériorité, ils viendront immédiatement grossir nos forces.

— Par Isis, le moment te semble donc propice pour agir, intervint Kay.

— Oui, d'autant que l'âme militaire de Thoutmosis se réveille. Il souhaite mener une campagne en Nubie et se révèle aussi avide de combats que les pharaons qui l'ont précédé.

Chaque conjuré approuva d'un hochement de tête.

— Certains d'entre vous auraient souhaité agir plus tôt, poursuivit Abou. Notre patience va sans doute être récompensée. S'ajoute au prochain départ du pharaon le fait que son épouse n'a toujours pas de fils. Parce qu'il entretient une relation suivie avec l'une des anciennes femmes du harem d'Aménophis, Kay a pu nous apprendre que la reine en souffrait et qu'elle affichait une constante mélancolie.

— Il est certain, ajouta Kay, que Moutnéfret, la première femme du pharaon, attend un nouvel enfant et qu'elle a déjà deux fils. Or, Thoutmosis fréquente sa couche plus souvent que celle d'Ahmose.

— Ce climat de tension joue en notre faveur, approuva Abou.

Le vieil Ahmès, plus circonspect, calma toutefois ces velléités.

— Certes, nous allons agir. Rê s'est trop souvent levé en illuminant le trône égyptien occupé par Thoutmosis. Mais j'ai longuement réfléchi ces derniers mois. N'oubliez pas que depuis le règne du roi Ahmosis, les femmes ne sont plus aussi effacées qu'elles l'étaient auparavant. Ahmosis a tellement honoré et respecté sa mère que les femmes en ont acquis un nouveau pouvoir. Depuis cette époque encore très proche, les épouses royales sont écoutées et influentes.

Un âne se mit à braire longuement. Son cri déchira le silence.

— Un homme aura toujours plus de pouvoir qu'une femme ! dit Kay. Que Rê, autrefois honoré à Héliopolis, que le dieu Amon de Thèbes coiffé de la double plume, roi des divinités et des trônes du Double Pays, et le dieu Min de Coptos qui facilite les crues du Nil nous aident ! Que l'épouse d'Amon, la divine Mout, assistée des déesses Hathor et Bastet, convainque la terrible Sekhmet à tête de lionne, protectrice des combats et génératrice de maux, de se tenir éloignée de nous ! Que son fils lunaire, le dieu Khonsou, dont le temple se trouve au nord de celui d'Amon, entende nos prières ! Si nous devenons demain maîtres de l'Egypte, toutes les divinités auront des temples en pierre ornée de fresques et non plus de pauvres bâtisses en brique. Ainsi seront-ils élevés pour l'éternité. Tout autour des temples seront bâtis des chapelles et des bureaux. Les dieux seront si majestueusement représentés par les sculpteurs qu'ils resplendiront dans l'obscurité de leurs maisons sacrées protégées du vulgaire par un mur d'enceinte solide et élevé.

— Voilà des paroles qui me plaisent ! déclara Abou. Tu es enfin décidé à nous aider sans réserve ! Les dons crétois que la reine Ahmose a faits au dieu Amon et qui servent tout juste à payer le personnel employé sur le domaine du dieu ne sont rien comparativement à ceux que nous lui offrirons. Nous organiserons chaque jour des défilés dans les rues de Thèbes où il paradera sous les applaudissements. Nous lui donnerons encore plus de terre, des bateaux, des carrières, des villes, des prisonniers, de la bière, du vin et de la viande. Une bonne partie des Egyptiens travaillera pour lui.

— Acclamer Amon, n'est-ce pas là faire le jeu des rois régnants ? les interrompit Ahmès. Tous les pharaons se plaisent à souligner leurs liens avec le dieu Amon pour renforcer leur puissance divine. Thoutmosis est le premier à clamer devant la foule que sa fille est issue d'Amon. Il insiste ainsi sur la différence entre ses origines et celles de nos ancêtres, les conquérants venus d'ailleurs...

— Cette force qui est la leur peut devenir la nôtre ! répondit Abou. Développons le clergé d'Amon qui détient déjà un pouvoir exceptionnel et manœuvrons pour le soulever contre le pharaon.

— Comment ? demanda Kay avec un grand scepticisme.

— En lui faisant croire qu'il est aussi puissant que la famille royale et qu'il peut régner en Egypte.

— Il faudrait, pour cela, que Thoutmosis perde des batailles...

— Autour de nous éclate la prospérité de l'Egypte, dit Kay. Un pharaon n'a jamais été représenté aussi souriant que l'est Thoutmosis. Ses joues rondes témoignent de la richesse de notre pays ! Les greniers de l'Etat débordent de grains !

— Il est facile de faire courir des rumeurs... suggéra Abou. Rien de plus facile que d'entraîner un peuple là où on le désire ! Le pharaon a beau être le prêtre des prêtres, le chef du gouvernement et de la justice, le général des troupes, il peut seulement compter sur les deux mille familles nobles qui le vénèrent. Mais que représentent deux mille familles face aux millions d'Egyptiens qui peuplent ce pays ?

Ahmès grommela.

— Je te trouve, comme toujours, trop enthousiaste, dit-il. Le peuple égyptien aime Thoutmosis, ne l'oublions pas. Les fonctionnaires, les artisans, les prêtres, les soldats n'ont jamais été aussi heureux. Les ouvriers et les paysans ont beau exploiter les terres des dieux ou celles du roi et verser des impôts, leur niveau de vie demeure, nous rapportent les Anciens, inégalé.

— Qui le prétend ? répliqua Abou, légèrement agacé de recevoir une leçon devant les autres. Des textes de prières écrits en l'honneur du roi, des écrits de propagande clamant sa clairvoyance et sa bonté, des légendes qu'on lit aux enfants pour leur faire aimer leur souverain dès le berceau...

Ahmès se leva et se racla la gorge.

— Le moment de notre revanche approche.

J'entends déjà les pas des dieux en marche contre le pharaon. Je vois, la nuit, la course de Rê se détourner de celle d'Ahmosis. Mais je vous mets en garde encore une fois. Ne mésestimez pas nos ennemis. L'armée de Thoutmosis est composée de fantassins et de conducteurs de chars habiles et entraînés. Elle comprend plusieurs divisions de milliers d'hommes répartis en bataillons, des compagnies de plus de deux cents guerriers, des pelotons d'une centaine de militaires. Le roi ne cesse de le répéter : il agit guidé par la main d'Amon, en suivant ses ordres et ses conseils.

— Dès que la nouvelle saison commencera, nous agirons, dit Abou. Dans quelques mois, Thoutmosis ne sera plus pharaon.

Un éclat de rire leur parvint. Des enfants jouaient devant la porte de la maison d'Abou. Des femmes les tancèrent en riant, elles aussi.

— Ta fille est presque aussi belle que la divine Hatchepsout ! cria une Egyptienne.

XIII

Comme toutes les fois que ses obligations lui en laissaient l'opportunité, Ahmose rejoignit Hatchepsout qui écoutait un prêtre lui narrer des mythes sur l'histoire de l'Egypte.

La petite fille bâillait et ne semblait pas manifester un grand intérêt pour les récits qu'on lui racontait.

— Les princesses doivent connaître l'histoire de leur pays, lui dit sa mère en l'embrassant. On a dû t'apprendre aujourd'hui que ton arrière-grand-père s'envolait pendant la nuit dans les airs avec le dieu Rê et que son *ba* allait se rassasier dans les chapelles de la Vallée, que tous les pharaons depuis le premier qui s'appelait Narmer devaient respecter les dieux.

Hatchepsout hocha la tête de haut en bas en bâillant de nouveau et en prenant son singe par la patte.

— Si tu n'écoutes pas sérieusement tes leçons, ajouta la reine, je t'enverrai dans le désert, là où ton père emmène chasser Amemesis.

La petite fille haussa les épaules. Sa mère la prenait-elle pour une enfant de paysan que l'on menace des étendues mortes du désert ?

— Tu as tort de ne pas avoir peur de ces dunes inhospitalières. Autrefois, le désert n'était que marais où rampaient les crocodiles et où buvaient les hippopotames...

Comme Hatchepsout quittait son siège avec la plus grande indifférence, sa mère la saisit par le bras et la contraignit à adresser avec elle une prière au dieu Khepri pour qu'il apportât chaque matin la lumière et au dieu Hâpi afin qu'il inondât chaque année au mois de juillet les plaines d'Egypte.

L'enfant réclama son père.

— Elle est encore trop jeune pour comprendre, dit un prêtre à Ahmose.

— Ce n'est pas à nous d'en juger, répondit sévèrement Ahmose. Je ne marchais pas encore quand mon père me racontait ces histoires qui se transmettent de père en fils et je m'en souviens encore...

Elle se tourna un peu déçue vers sa fille.

— Ton père doit recevoir des ambassadeurs. Il viendra t'embrasser quand il aura terminé. En attendant, tu vas m'accompagner dans la chapelle funéraire de tes ancêtres. Nous apporterons des offrandes à ton grand-père Aménophis. Nous enverrons des domestiques acheter pour lui des œuvres d'art aux artisans qui se sont installés dans la vallée.

Hatchepsout manifesta une nouvelle fois son mécontentement. Elle préférait jouer à l'ombre des arbres du palais royal. Sa mère la savait contrariée par le fait que le pharaon la délaissait pour s'occuper de l'éducation de ses fils. Elle-même cachait mal sa déception.

— Ton père viendra jouer à la balle avec toi en fin d'après-midi, lui dit-elle en refaisant sa natte. Je te le promets.

Afin de la faire sourire, elle ajouta :

— Ensuite, nous nous promènerons ensemble en barque sur la mare du palais.

Cette fois-ci, Hatchepsout éclata de rire. Elle releva le bas de sa longue robe blanche et suivit sa mère...

— Nous allons nous rendre dans un endroit sacré, dans un espace divin, là où reposent l'âme et le corps des antiques pharaons qui vivent dans l'Au-Delà, lui dit Ahmose en la serrant contre elle avec amour. Un jour, toi aussi tu reposeras là tout près du tombeau du grand Aménophis creusé dans la pierre ocre de la vallée. Fasse que ce temps soit le plus lointain possible grâce à ce Kallisthès crétois que Minos nous a envoyé, même si notre vie continue après la mort et pour l'éternité.

De nombreux gardes accompagnèrent la reine et sa fille jusqu'à la Vallée des Rois. Elles se rendirent près de la tombe de Titihéri, la grand-mère d'Ahmosis qui avait autrefois fait graver un texte en son honneur.

La reine ordonna à ses soldats d'attendre à

l'écart puis elle prit Hatchepsout par la main et lui lut les lignes d'Ahmosis.

— Gloire à la mère de ma mère, Grande Epouse royale, que l'on honore à Thèbes et à Abydos, épouse de Seqnrê Tioua. Sa pyramide et sa tombe se trouvent pour l'éternité près de celles du pharaon. Qu'un lac et des arbres agrémentent la proximité de son sanctuaire car je l'aime telle une déesse.

Le sable doré se souleva dans une chaude bourrasque de vent et s'engouffra dans la chevelure noire de la reine. Hatchepsout se frotta les paupières et se mit à sangloter.

— Allons, ce n'est rien, lui dit sa mère en la prenant dans ses bras.

Il se dégageait de ces étendues de sable une atmosphère si pesante qu'Ahmose en était troublée toutes les fois qu'elle se trouvait à cet endroit. Elle sursauta : un garde venait de jurer en butant sur une pierre. Agacée, elle lui donna l'ordre de se retirer dans son domaine personnel. Du travail l'y attendait. Sa coiffe aux deux serpents couvrant son front lui sembla soudain trop lourde pour elle.

— Nous allons ordonner la création d'une statue représentant Hathor et Isis. Cette dernière portera sur sa chevelure la tête de vautour avec les plumes de faucon.

Ahmose lut une seconde inscription.

— Je rends à ma mère par ces offrandes la nourriture qu'elle m'a donnée de son vivant. Je l'aide comme elle m'a aidé quand j'avais besoin de son soutien pour grandir avec droiture. Pendant de longs mois, elle m'a allaité. Elle m'a bercé. Au lieu de me confier à des servantes, elle faisait elle-même ma toilette.

Hatchepsout admirait les scènes de banquets et d'agriculture qui ornaient les côtés de la petite chapelle en briques crues où étaient déposés des fleurs et des fruits.

Chaque membre de sa famille y était représenté. En voyant Hatchepsout devant la chapelle royale, Ahmose eut soudain une folle pensée dont elle eut presque peur. Si les dieux ne lui accordaient pas le privilège d'avoir un fils, sa fille régnerait peut-être un jour. Son regard se perdit au loin, là où, à l'entrée du désert, étaient enterrées les Egyptiennes du harem.

Elle frissonna malgré l'insupportable chaleur. Une nouvelle vague de sable se souleva et les enveloppa d'un nuage ocre qui se déposa sur leurs visages.

Pourquoi redoutait-elle à ce point qu'un jour Thoutmosis n'eût un fils d'une femme secondaire ? N'avait-il pas déjà plusieurs héritiers de Moutnéfret ? Elle comprenait combien il lui plaisait de les entraîner, de les endurcir et d'en faire des hommes. Au lieu de quoi, que se passait-il avec Hatchepsout ? Ce n'était qu'une fille élevée par sa mère et sa nourrice, qui apprendrait la musique et la lecture mais non la chasse ou le métier de soldat.

Hatchepsout leva vers elle ses grands yeux allongés. Elle se blottit contre sa poitrine pour se protéger de la poussière.

— Va déposer toi-même cette corbeille de fruits dans la chapelle, murmura la reine en plaçant sa fille à terre.

Hatchepsout s'empara du panier en osier que lui tendait un garde et courut en direction de la chapelle. Mais, comme si un dieu s'était soudain présenté devant elle, elle s'arrêta net et se retourna vers Ahmose. Celle-ci lui fit signe de continuer. Elle prit alors la corbeille à deux mains et s'avança lentement comme si elle avait conscience d'entrer dans un lieu sacré. Elle y pénétra, déposa les fruits à terre et en ressortit aussitôt.

— L'âme de ton ancêtre viendra cette nuit se repaître de tes dons, lui expliqua sa mère. La crainte ne doit pas paralyser tes membres. Tu dois bien davantage redouter tes demi-frères, ceux qui seront peut-être un jour tes rivaux. Combien sont-ils à fréquenter la Maison des enfants royaux où les fils du pharaon reçoivent la meilleure des éducations ? A quel Enfant du palais le directeur ou le professeur du harem apprend-il à devenir un noble digne de ce nom, qui jalousera ta divine origine ? Je frémis toutes les fois que je vois le mur qui entoure les bâtiments du harem. J'imagine ces enfants jouer autour du bassin de la cour et grandir chaque jour davantage. Il m'arrive même de rêver la nuit que tous les fils de Thoutmosis meurent au combat. Tant de jeunes soldats périssent à la guerre !

A force de s'en convaincre, Ahmose espérait bien que cela arriverait. Elle savait aussi qu'un fils de roi n'avait d'intérêt aux yeux du peuple ou de son père qu'à la condition qu'il s'illustrât dans une bataille. Un lâche ou un incapable n'avait pas sa place à la cour, encore moins à la tête du pays. Mais Thoutmosis n'était-il pas déjà fier de son aîné qu'il voulait nommer Grand Général d'armée ? N'évoquait-il pas la possibilité de donner à ses autres fils un rang important dans le clergé ou l'administration ?

Ahmose ne quitta pas la Vallée sans honorer également Ahhotep, la sœur et épouse du second Seqnrê Tioua, la mère d'Ahmosis, qui savait parler aux soldats et qui avait sauvé et pacifié son pays.

Elle rendit aussi hommage à Ahmès-Néfertari, la première femme à porter les titres de

Prophète d'Amon et d'Epouse du dieu qu'elle avait transmis à sa fille.

A Hatchepsout qui ne comprenait pas, Ahmose vanta les mérites de celle qui avait assumé la régence de son fils et qui était tant aimée qu'elle restait dans la mémoire des Egyptiens la « Reine du Nil », la « Maîtresse de l'Occident » et la « Déesse de Deir el-Medineh ».

Hatchepsout frissonna. Elle se mit à taper des pieds et à s'impatienter. Elle voulait retrouver son père et sa grand-mère, la mère du roi, Senseneb, Vie, Santé et Force, avec laquelle Ahmose avait presque autant de complicité qu'avec sa propre mère. Celle-ci lui avait révélé que Thoutmosis souhaitait faire une campagne en Nubie pour mettre les rebelles dans le droit chemin et repousser les envahisseurs qui risquaient de menacer l'Egypte s'ils s'imposaient en Nubie.

— Mon fils ne sera pas satisfait, avait dit Senseneb, tant qu'il ne rapportera pas la tête d'un Nubien à Thèbes et qu'il n'aura pas installé en Nubie tout un réseau de garnisons égyptiennes. Mais je le connais... Il ne se contentera pas de se rendre en Nubie. S'il réussit, il ira dans le Mitanni. Il ne s'arrêtera pas tant qu'il n'aura pas gagné l'admiration de son peuple à l'égal des pharaons qui l'ont précédé.

Ahmose avait été à la fois intriguée et attristée par la nouvelle que lui avait apprise sa belle-mère. Elle s'était immédiatement renseignée sur le sort que Thoutmosis réserverait à ses fils. Les emmènerait-il avec lui comme il le faisait quand il partait à la chasse dans le désert ?

Ahmose avait presque honte d'espérer que ce fût le cas car aucun d'entre eux n'avait d'expérience. Aussi pouvait-elle imaginer qu'ils ne reviendraient jamais vivants à Thèbes et qu'Osiris serait leur prochain compagnon de route.

Comme Hatchepsout trépignait en sanglotant, elle décida de la contenter. Il était bien rare qu'elle la contrariât. La petite s'imposait à tous grâce à sa noble origine et à son caractère intransigeant que personne ne tentait d'adoucir. Sans doute était-elle, malgré son âge, le personnage le plus vénéré du royaume.

*
* *

Pour rentrer au palais, Hatchepsout se montra beaucoup plus conciliante. Elle gazouillait dans le char d'apparat qui les conduisit jusqu'à la rive du fleuve. Là les attendait la barque royale.

Le marin éloigna l'embarcation de la côte en poussant sur un long bâton qu'il enfonça dans la vase.

— Tu sembles heureuse de rentrer, dit Ahmose en caressant les cheveux de sa fille qui s'était blottie contre elle.

Elle demanda à la nourrice qui avait patienté dans la barque de s'occuper d'Hatchepsout.

— Je lui ai promis une promenade sur la mare du parc avec son père. Tu la changeras et l'habilleras plus chaudement.

Shatra acquiesça de la tête et emmena Hatchepsout dès qu'ils accostèrent. Mais, en voyant son père s'avancer à leur rencontre, l'enfant refusa de le quitter.

— C'est une excellente idée d'être venu nous chercher, dit Ahmose à Thoutmosis. Ta fille souffre de tes absences.

Le pharaon rougit. Il ne s'était toujours pas habitué aux remarques froides et directes de son épouse qu'il respectait plus qu'aucune autre femme. Sans doute Ahmose eût-elle préféré qu'il l'aimât davantage et qu'il la vénérât moins.

— Nous allons rattraper cela, répondit-il.

— Tu as dû être très occupé aujourd'hui avec la visite de ces ambassadeurs.

Thoutmosis fut de nouveau gêné devant le regard scrutateur de son épouse. Car il avait trouvé le temps, comme chaque jour, d'aller rendre visite à sa première épouse.

— Oui... dit-il sans commentaire.

Il prit sa fille dans ses bras pour couper court à toute autre question.

— Allons au jardin, lui dit-il.

Sur le passage du cortège royal, le peuple criait, interpellant le pharaon avec joie. La popularité de la famille allait croissant dans toute l'Egypte.

Dès qu'ils arrivèrent au palais, Thoutmosis se fit conduire dans un coin retiré du magnifique parc où chantaient des oiseaux variés. Des singes bleus, des chats, des petits serpents y couraient en liberté. Hatchepsout sortit de son panier l'orvet que sa nourrice lui tendait et le laissa glisser entre ses mains potelées.

— Attention de ne pas lui faire du mal, lui dit son père. Il est très fragile.

Puis elle caressa longuement son chien qui était aussi docile qu'un gardien de troupeaux. Hatchepsout, qui aimait les animaux, possédait un basset, un slougi à la queue retournée, un lévrier fin et affectueux qui partait courir à toute vitesse dans les jardins du palais et un chien que les Egyptiens utilisaient habituellement comme animal de garde, d'une taille peu impressionnante mais aboyeur et à l'affût du moindre bruit. Il avait les oreilles constamment dressées. Hatchepsout prenait un malin plaisir à susciter ses jappements. Quand le pharaon recevait des ambassadeurs, il lui arrivait de s'asseoir entre les jambes du roi et d'observer ses visiteurs sans bouger, le regard vif et attentif.

Thoutmosis avait déjà prévu, pour les animaux de sa fille, des sépultures dignes des plus grands notables. Certains d'entre eux avaient même leur tombe dans le parc.

Le singe d'Hatchepsout grimpa tout en haut d'un arbre. Il se méfiait du jeune chien qui mordillait tout ce qu'il trouvait sur son chemin. Le nain du roi eut beau l'appeler pour le faire redescendre, rien n'y fit.

— Regarde, dit le pharaon à sa fille, nos oies ont abîmé toutes les dattes et *snen* mange les figues. Ce singe est plus rusé que le chat du palais qui ne pense qu'à détruire les nids et hanter les marais. Le jardinier a retrouvé les restes de plusieurs loriots. Les dieux réveillent chaque nuit l'instinct chasseur de ce félin qui fait ses griffes sur les robes des servantes.

La nourrice apporta les jouets, les balles et les cerceaux. Elle se mit à chanter un air connu en l'honneur de la déesse Hathor, protectrice des plaisirs, afin que la petite Hatchepsout pût danser et tourner sur elle-même. Les boules que Shatra avait accrochées à ses nattes virevoltaient. Alors, les femmes firent cercle autour d'elle et battirent des mains pour l'encourager. Elle sautait, levait les bras, bougeait les hanches, imitant les danseuses qu'elle admirait le soir dans les banquets auxquels son père l'autorisait très exceptionnellement à assister.

— Voici les rafraîchissements et les pâtisseries, dit Ahmose. Asseyons-nous !

Elle servit elle-même un breuvage tiède à l'aide d'une théière. Hatchepsout se précipita sur les friandises et but une pleine coupe d'eau tandis que son père dégustait du vin miellé.

A l'ombre des palmiers, toute la famille était enfin réunie loin des regards et des obligations. Les deux grands-mères d'Hatchepsout la rejoignirent avec bonheur. Ces instants volés à la fonction royale étaient de loin ceux que préférait Ahmose. Thoutmosis la comblait d'attentions. Elle oubliait alors qu'il avait passé des heures beaucoup plus longues avec ses fils. Elle refusait de savoir s'il leur parlait avec autant d'amour qu'il le faisait avec sa fille.

Hatchepsout passait de l'un à l'autre. Elle avait besoin qu'on s'occupât d'elle en permanence.

Quand chacun se fut rassasié, le nain prépara la barque de la mare. Il plaça à l'intérieur de nombreux coussins multicolores et recouvrit le fond d'une étoffe en lin.

Puis il aida les membres de la famille à s'installer en leur tendant des ombrelles légères. Une jeune servante s'assit près d'Ahmose et l'éventa avec de longues palmes. Le pharaon s'étendit auprès d'Hatchepsout quand le singe sauta d'un bond de la branche d'un arbre sur son épaule. Thoutmosis sursauta, provoquant l'hilarité d'Hatchepsout.

— Ce singe est décidément imprévisible, dit-il. Si nous construisons pour lui une sépulture proche des nôtres, il viendra nous déranger même dans l'Au-Delà !

Ahmose éclata de rire devant la tête ébahie de son époux. On eût dit à cet instant une famille ordinaire en balade. Toute contrainte protocolaire, tout décorum étaient relégués loin du calme et de la fraîcheur de cet endroit privilégié isolé du monde. Seuls y étaient admis les membres du personnel proches de la famille royale.

Hatchepsout essaya d'attraper au passage

l'extrémité des branches de certains arbres emportées par le mouvement de l'eau mais sa mère le lui déconseilla en la menaçant de l'abandonner là toute la nuit si elle n'obéissait pas. Des canards dormaient le bec plongé sous leurs ailes. Le jardinier leur avait aménagé une cabane en bois dans un minuscule îlot au milieu de la mare. Un couple de cygnes blancs nagea près de la barque. Hatchepsout leur lança des morceaux de pain et de galette. Quelques papyri bordaient l'eau, abritant des bandes de poissons vifs et petits qu'aucun pêcheur ne venait déranger.

Le jardinier salua la famille royale d'un signe de la main. Il donnait des ordres à ses hommes qui arrosaient le jardin en versant de l'eau dans les rigoles. L'une de ses principales fonctions consistait à vérifier les chadoufs, hauts troncs d'arbres au bout desquels avaient été attachés, à l'aide de cordes, des seaux en poterie que l'on remplissait d'eau avant de les retourner dans les sillons. Ces chadoufs économisaient les forces des travailleurs usées par le transport des jarres.

Le nain se pencha pour tenter d'attraper un nénuphar avec un bâton. Hatchepsout l'encouragea vivement. Des oiseaux nichés dans les roseaux s'échappèrent en criant.

— Regarde ces oiseaux qui s'envolent des *iouns*[1], dit la nourrice à Hatchepsout en tendant le bras vers les volatiles.

La lumière s'assombrit légèrement. Rê venait de disparaître derrière les collines. Il sentait bon la violette, les fruits mûrs et l'aubépine. Soudain, sans qu'elle pût se l'expliquer, toutes ces senteurs rappelèrent à Ahmose quelqu'un qui

1. Marais pleins d'oiseaux.

veillait sur elle et sur sa fille. La surface de la mare, recouverte de nombreuses feuilles, se plissa légèrement. Le visage de Kallisthès parut alors se refléter dans l'eau trouble.

XIV

Comme chaque jour, Kallisthès se rendit au palais dès que Rê illumina Thèbes. Bien que la reine ait tenu à l'héberger, le jeune Crétois avait préféré chercher une maison à l'écart de la ville et des activités du palais. Il le regrettait déjà tant la compagnie d'Ahmose lui était chère et agréable. Aussi répondait-il immédiatement à ses appels dès qu'un messager se présentait chez lui.

Il apporta de nouveaux onguents pour la reine qui voulait retrouver l'éclat de son teint, la beauté de ses jambes et la finesse de sa taille car elle avait beau se plier à des exercices quotidiens, elle n'avait pas encore retrouvé son poids habituel.

Kallisthès s'occupait avec beaucoup d'attention de la petite Hatchepsout à qui il administrait des potions agréables à boire pour faciliter la croissance et la force. S'il la trouvait autoritaire et décidée, il jugeait son état physique un peu faible.

— Elle doit reprendre des couleurs et grossir, disait-il à Ahmose en la rassurant toutefois sur son état général.

Le médecin du palais, qui n'était plus guère consulté, n'appréciait pas les visites fréquentes de Kallisthès qu'il traitait de marchand de plantes. « Il ne connaît rien à la médecine », maugréait-il. Mais la reine lui vantait la science exceptionnelle des Crétois dans ce domaine si bien qu'il préférait se tenir à l'écart en attendant des jours meilleurs.

— Que m'apportes-tu aujourd'hui ? demanda Ahmose à Kallisthès dès qu'il fut introduit auprès d'elle. Cette crème hydratante et parfumée était hier si onctueuse que ma peau est demeurée douce toute la nuit. Ma masseuse m'en a enduit le corps avant que je ne m'endorme et Isis a pu me faire voyager dans le monde des rêves où j'ai connu un bien-être inégalé.

Kallisthès observa le corps de la reine qui se dessinait sous sa robe en byssos. Comprenant que son regard était déplacé, il détourna les yeux et répondit qu'il lui apportait un nouveau baume à la violette.

— J'ai hâte de l'essayer, dit-elle en enlevant sa robe d'un geste audacieux. Donne-le à ma servante et suis-moi.

Kallisthès tendit un petit flacon à la domestique tandis que la fidèle Menis entrait dans la pièce.

La reine s'étendit sur une table en marbre recouverte d'une douce serviette en lin et livra son dos aux mains expertes de la masseuse.

— Voilà Menis, dit-elle à Kallisthès qui n'osait pénétrer dans la salle de bains. Je voulais te la présenter. Elle est pour moi plus qu'une servante. Elle est devenue une amie et je voudrais qu'elle partage avec moi tous les secrets des produits que tu m'apportes.

— Si tu m'ordonnes de venir demain en ce palais, répondit Kallisthès, je prendrai avec moi le double de flacons.

— Déshabille-toi, Menis, et viens me rejoindre ! Etends-toi à côté de moi.

— Je n'oserai jamais, reine du Double Pays, répondit courtoisement Menis.

La reine éclata de rire.

— Est-ce la présence de Kallisthès qui te met mal à l'aise ou le fait d'être massée en même temps que ta reine ?

— Je ne suis qu'une confidente, dit-elle.

— Allons, par Isis, obéis à ta reine et viens t'étendre là.

La jeune femme s'exécuta.

Kallisthès observait les doigts habiles de la masseuse qui était également jeune et belle et qui ne portait autour de sa taille nue qu'une chaîne en or où pendait une pierre semi-précieuse. La pierre s'agitait à chacun de ses mouvements. Ses cuisses légèrement écartées, musclées comme le haut de ses bras, vibraient à chaque massage. Sa poitrine, imposante pour une Egyptienne, suivait le mouvement de ses épaules. Elle malaxait, caressait, tapotait, pinçait, échauffait la peau avant de la masser fermement.

Pendant ce temps, une autre servante versait sur la peau de la reine la mixture apportée par Kallisthès qui répandait des odeurs suaves et fraîches.

— Quel bonheur ! soupira Ahmose en se retournant et en offrant aux regards sa nudité. Douce Menis, tu vas être comblée !

Kallisthès fut bientôt envahi par les voluptueux nuages de vapeur qui s'échappaient du bain de la reine que trois suivantes préparaient avec amour, mêlant des senteurs qu'elles brassaient avec leurs mains fines pour mieux les mélanger.

Le Crétois reconnut l'odeur du musc, de l'aubépine et du pin. En entendant les doux sons qui s'échappaient de la lyre d'une musicienne et en se laissant emporter par les vers chantés d'une voix langoureuse, il abandonna son esprit à d'étranges voluptés et à des rêves indicibles et interdits où la beauté de la reine nue s'unissait à celle de ses suivantes, toutes jeunes, graciles et belles, dont les gestes faisaient une harmonieuse chorégraphie.

Ces femmes s'affairaient autour d'Ahmose et de sa confidente dans un ballet parfumé, chaque mouvement de leur part suggérant l'odeur de leur peau imprégnée d'encens ou de violette.

Le Crétois sentit ses forces faiblir. Sur un ordre de la reine, une des servantes vint lui tendre une corbeille de fruits. Ceux-ci étaient aussi tentants que les corps qui s'offraient à ses regards. Il se servit et croqua à pleines dents dans une datte tandis qu'une jeune fille lui enlevait ses vêtements.

— Viens, toi aussi, t'étendre et te faire masser, lui dit Ahmose.

D'abord réticent, Kallisthès but trois coupes de bière avant de se laisser bercer par le charme de la scène. Il se laissa alors dévêtir. Une servante entoura sa taille d'une serviette qu'elle enleva juste avant qu'il ne s'étendît. Au milieu de ces femmes aux gestes sûrs et expérimentés, tout semblait si évident et si pudique que sa nudité ne lui procura aucune honte. Sous les doigts habiles, des frissons parcoururent son corps, descendant du haut de sa nuque jusque dans ses reins. Ses membres lui parurent soudain paralysés. Il se détendit et ferma les yeux, en proie au bien-être, n'écoutant que les chants murmurés de la musicienne. Il se laissa épiler et peigner. Une adolescente le frictionna avec de l'encens qu'elle tira d'un vase en obsidienne et en or.

A chaque intervention, une nouvelle serviette en lin lui était tendue. Aucune n'était réutilisée. Toutes étaient ensuite jetées dans une corbeille en osier.

Puis une jeune fille mit du natron et du sable dans une *châouty*[1] pleine d'eau. On lui passa sur les gencives et les dents une eau également citronnée et sablonneuse puis une pâte moussante faite de cendre et d'argile avant de les lui rincer avec une eau aseptisée de sel.

Pédicure, manucure, barbier, coiffeur défilèrent devant lui puis s'emparèrent de ses pieds ou de ses cheveux avec une telle dextérité qu'il sentit à peine leur intervention. Le coiffeur utilisait un rasoir en forme de ciseau d'artisan. Il ouvrit ses petits coffres en ébène où étaient soigneusement rangés ses pinces, ses plumes, ses onguents et ses étuis à rasoirs en cuir munis d'une anse.

Une file de serviteurs apporta les parfums dans des vases en albâtre, en cristal ou en obsidienne.

— Voilà tout ce que tu m'as donné, dit la reine en se laissant vêtir d'une robe transparente : cet onguent de térébenthine et d'encens mêlé de parfum pour les parties intimes de notre corps où les pliures engendrent parfois de mauvaises odeurs ; cette poudre d'albâtre, de natron, de sel et de miel pour raffermir la peau ; cette huile de ricin pour faire repousser les cheveux ; cette crème pour débarrasser la peau des poils superflus et inesthétiques.

1. Récipient dont le nom vient du mot *cha,* le sable.

Ahmose s'assit dans un fauteuil à dossier et prit un miroir qu'elle tint à bout de bras. Il était formé d'un disque en argent et d'un manche en or. Comme chaque jour, elle piqua une épingle en ivoire dans ses cheveux pour relever ceux qu'elle ne voulait pas livrer aux mains de sa coiffeuse.

— Refais seulement les tresses de ce côté-ci, lui dit-elle, et apporte-moi auparavant une coupe de vin. Donne également du vin à Kallisthès.

La reine leva sa coupe et dit au Crétois avant qu'il ne la portât à ses lèvres :

— A toi, à ton *ka* et à ton séjour ici ! Qu'Isis le rende agréable.

Peu habitué à boire autant, Kallisthès se leva en riant. Il mit de nouveau une serviette autour de sa taille et observa la coiffeuse qui refaisait les tresses de la reine avec une patience inouïe.

Menis crut bon de s'éclipser et d'entraîner avec elle une bonne partie des servantes.

Quand elle fut prête, Ahmose congédia sa coiffeuse et s'étendit sur sa couche, invitant Kallisthès à s'asseoir près d'elle.

— Tu me plais, Kallisthès, lui dit-elle sans détour. Je suis touchée par l'attention que tu portes à ma fille et à ma divine personne. Le pharaon ne s'occupe guère de moi. Aussi suis-je flattée par tant de prévenances...

— Je ne fais que répondre aux ordres de la reine des Deux Egyptes, répondit sagement Kallisthès.

La reine le regarda en souriant. Bien qu'elle fût souveraine, elle n'en était pas moins femme et devinait les sentiments humains avec une perspicacité sans cesse en éveil.

— Regretteras-tu ton séjour parmi nous ? Ton pays doit te manquer...

— Non, lui avoua Kallisthès. Je suis parti sans joie et regrettais de devoir laisser mon atelier. Mais, depuis que je suis en Egypte, j'ai l'impression de n'avoir jamais quitté ce pays.

— Tu étais donc venu jusqu'ici ?

Kallisthès lui expliqua brièvement qu'il était né en Egypte.

— Tu es donc égyptien ? répliqua la reine avec étonnement et bonheur.

— Oui. Mais je n'ai plus guère de souvenirs de ma petite enfance passée dans ce pays.

— Où habitais-tu ?

— A Thèbes. Nous avons été faits prisonniers des pirates, ma mère et moi. Elle a été vendue comme esclave sur les marchés crétois et achetée par le roi Minos mais elle travaillait si bien au palais qu'elle nous a vite permis d'avoir une vie agréable d'autant qu'elle a rencontré un soldat crétois qui l'a épousée. Il était souvent absent de Crète.

— Et ton père habitait-il toujours en Egypte ?

Kallisthès parut troublé.

— Ma mère ne voulait pas retourner en Egypte. Il l'avait répudiée.

Comme Kallisthès ne semblait pas vouloir se livrer davantage, la reine n'insista pas. Ils demeurèrent quelques instants muets à se regarder.

— Le pharaon va bientôt partir en Nubie, dit-elle. Je serai encore plus seule que je ne le suis aujourd'hui.

Leurs corps étaient maintenant tout proches. Leurs mains se frôlaient. Se ressaisissant, Kallisthès adressa une prière à la Grande Epouse royale.

— Je compte rester en Egypte, avoua-t-il à la reine.

— Définitivement ?

Dans le ton de sa voix se mêlaient la joie et la surprise.

— Je ne le sais pas encore. Sans doute pas. Mais il me faut travailler.

— Le pharaon te donnera un emploi intéressant au palais. Tu remplaceras mon médecin.

— Non, divine reine Ahmose, répondit Kallisthès. Mon véritable métier est architecte et je voudrais, si tu le permets, travailler à l'élaboration de ta future tombe dans la Vallée, à celle de Pharaon et de vos enfants. Ce sera là ma manière de te montrer combien les dieux m'ont lié à toi. J'étais brillant dans ma spécialité et je peux embellir et enrichir ta dernière demeure de mes connaissances et de mes dons.

Touchée, la reine, qui apportait comme tous les pharaons un soin particulier à sa future sépulture, le remercia avec émotion.

— Je te mettrai en contact avec les responsables des chantiers. Tu pourras émettre tes idées et me soumettre tes plans. Je les examinerai personnellement et interdirai à quiconque de les détruire ou de les abîmer sans que je ne les aie auparavant détaillés en ta compagnie.

Kallisthès se laissa glisser à ses pieds.

— Tu me combles, dit-il en s'emparant de ses chevilles avec effusion. Je saurai te donner la plus belle sépulture qu'aucune reine n'a jamais eue !

— Je n'en doute pas, dit la reine. Si tu construis aussi bien que tu prépares les onguents, ma dernière demeure sera plus belle que ce palais !

— Je t'en fais le serment !

Ahmose lui demanda de se relever. Ils restèrent ainsi longtemps à parler sans oser s'aventurer davantage. Quand il se retira ce jour-là, Kallisthès était particulièrement troublé. Il était plus que jamais décidé à s'installer à Thèbes pour une longue période et se mettre au service de la reine.

Etourdi par cet agréable moment passé auprès d'un être à la fois fragile et autoritaire, il ne remarqua même pas l'agitation inhabituelle qui régnait au palais. Pourtant, le roi avait donné des ordres qui entraînèrent dans la cour principale un important rassemblement d'hommes armés.

XV

Kallisthès rentra chez lui à pied. Il rejoignit les rives du Nil et marcha le long du fleuve sur un chemin boueux sans prendre garde à ses sandales qui s'enlisaient. Il eut bientôt les pieds plus noirs que le khôl qu'il préparait et vendait aux Crétoises qui se maquillaient sur le modèle égyptien.

Les bruits des marchands et des marins lui parurent lointains. Ses tempes semblaient battre vite et fort, créant dans sa tête un bourdonnement qui l'étourdissait et embrouillait son esprit. Il était si décontenancé par l'attitude familière de la reine qu'il dépassa la demeure qu'il louait à un berger thébain sans s'en rendre compte. Comme il rentrait avec son troupeau de chèvres, celui-ci l'alpagua et se moqua de son air absent.

— Je désirais juste savoir combien de temps

tu voulais encore demeurer ici, lui dit-il. Je ne te chasse pas, loin de là ! Ce loyer que tu me donnes est le bienvenu. Dis-moi seulement si je dois continuer de dormir près de mes chèvres sur la paille.

Kallisthès sembla revenir à lui. Il sourit de sa distraction et lui répondit qu'il s'installait à Thèbes pour une durée indéterminée.

— Il existe au moins un avantage à cette situation, répondit le berger en levant son bâton vers le ciel. Quand je dors près de mes bêtes, on ne risque pas de me les dérober ! Les voleurs de bétail se sont tellement multipliés que je rencontre chaque jour des paysans furieux contre les pillards. Le pharaon a pourtant pris des mesures sévères pour éviter ces actes de vandalisme !

— Nous pourrions nous arranger... lui proposa Kallisthès.

— Pas question que le guérisseur du palais partage sa demeure avec un pauvre bougre comme moi !

Kallisthès n'insista pas. Il lui avoua seulement qu'il irait habiter sous peu dans le « Village ». Il salua le berger qui se montra très étonné qu'un manipulateur de plantes s'installât dans le village des ouvriers puis il rentra s'étendre sur sa couche confectionnée de solides bandes de cuir entrelacées et tira sur lui une peau de bête.

— Il me faut acheter des outils, dit-il en se relevant presque aussitôt. J'ai promis à la reine de travailler sur sa tombe et je reste là à rêvasser. Je dois acheter des rouleaux de papyrus pour dessiner les plans, des étagères pour poser mes outils, une table en bois épais. La reine m'a proposé de me présenter le chef de chantier qui habite le village de Deir el-Medineh. J'ai hâte de voir ce qu'il a déjà entrepris.

Kallisthès retourna au centre de la ville et acheta tout ce dont il pouvait avoir besoin. Il rentra plus chargé que les ânes qui transportaient les cruches des agriculteurs. Puis il se mit à réfléchir, dessina quelques esquisses, imagina les chambres funéraires d'Ahmose et de Thoutmosis entourés de leur riche mobilier et de leurs bijoux. Il travailla si longtemps que la nuit tomba sans qu'il s'en aperçût puis vint l'aube. Les chants des volatiles et le piétinement des troupeaux de bergers quittant leurs abris lui firent prendre conscience que Rê se levait déjà. Excité par la promesse qu'il avait faite à la souveraine, il ne ressentait aucune fatigue.

— Je n'ai plus de rouleau, dit-il déçu. Je vais devoir m'interrompre.

Il sortit sur le seuil et héla un marchand de galettes qui passait chaque matin devant chez lui. Il choisit deux belles tartes au fromage et lui offrit en échange un petit récipient de parfum. Le marchand huma longuement les senteurs avant de se décider.

— Celui-ci plaira à ma femme, dit-il, mais je me sens redevable. Ces parfums ont bien plus de valeur que mes galettes !

Kallisthès lui répondit avec sagesse :

— Quand on a marché pendant une journée dans le désert, l'eau vaut tout l'or de Nubie. Ce ne sont ni les onguents ni les senteurs qui nous font échapper à la famine. Tu vends des produits essentiels à la vie. Ils n'ont donc pas de prix.

— Sans être instruit, je sais, cependant, qu'avec tes pommades et tes huiles, tu es capable de guérir bien des maux. A quoi sert-il de manger si la maladie ronge le corps ?

Kallisthès tendit la main au marchand. Son

regard malicieux se devinait sous ses cils qui clignaient face au soleil levant. Il avait la peau tannée et marchait courbé, le dos plié à cause des paniers trop lourds qu'il portait.

— Tu es intelligent et sensé, lui dit Kallisthès. J'apprécie tes reparties. Apporte-moi donc chaque matin quelques pâtisseries et viens boire une décoction de plantes avec moi.

L'homme approuva de la tête et poursuivit son chemin.

— Isis et Osiris, murmura Kallisthès, vous m'avez ensorcelé. Moi qui aime tant la Crète, pourquoi l'ai-je si vite oubliée ? Pourquoi ne me voit-on pas courir vers le premier bateau en partance pour la Grèce ou les îles ? Aurais-je aussi gommé de ma mémoire l'endroit où repose ma chère mère ? Renierais-je les dieux que je vénère habituellement ?

Kallisthès leva le regard vers Rê et adressa une prière au Soleil comme les Egyptiens le faisaient chaque jour en ouvrant les yeux. La liberté des Egyptiennes n'était pas sans le surprendre. Isis s'imposa à lui. N'était-elle pas le symbole de l'amour, l'épouse du dieu Osiris, celle qui avait redonné vie au dieu qu'elle adorait et qui avait été tué puis découpé en morceaux par son frère Seth ? Comme elle avait peiné pour retrouver chaque partie du corps chéri ! C'était après avoir prononcé avec sa sœur Nephtys, « la reine du temple », des prières devant le cadavre de son époux dans une chambre funéraire embaumant l'encens qu'elle avait retrouvé l'espoir de faire revivre son mari. Elle s'était alors transformée en oiseau et s'était unie à son époux ressuscité avec qui elle avait conçu Horus, un enfant qu'il lui avait fallu protéger des manigances de Seth.

Les chants des prêtresses de la déesse née en Haute-Egypte et vénérée dans tout le pays revinrent aux oreilles de Kallisthès. « Isis a créé le monde. Elle règne sur le ciel et les astres, dirige les dieux et distille ses conseils aux hommes qui lui obéissent et qui l'interrogent avant de prendre des décisions. » Il n'était pas étonnant qu'Ahmose vénérât celle qui avait affronté tous les dangers et qui représentait le symbole de l'union de la mort et de la vie, celle qui avait tout tenté pour sauver son amour et son fils.

« Oui, Ahmose est bien à la hauteur de la divine Isis », se dit Kallisthès encore admiratif.

La déesse Hathor lui avait rempli le cœur d'une passion insoupçonnée. Il avait l'impression d'être un animal égaré que la reine cherchait à prendre dans son filet. Il était prêt à traverser le Nil à la nage et à tromper les crocodiles pour la rejoindre. Car il ne voyait plus à la place de ses bras que des algues flottant à la surface de l'eau, de ses lèvres que des boutons de fleurs, de sa chevelure que des serpents inoffensifs au déplacement lascif. Et si le pharaon venait à les surprendre... ils se transformeraient alors en gazelles et échapperaient aux interdits.

Comme il eût voulu, à cet instant, être la bague que la reine portait au doigt ou le collier dont elle ne se séparait jamais afin de respirer l'odeur de sa peau embaumant le perséa le jour et la nuit. Il eût souhaité l'entraîner à l'ombre des arbres centenaires ou au milieu des papyrus, l'emmener en barque dans une promenade romantique, lui avouer qu'elle était unique à ses yeux, la plus resplendissante des étoiles, à la peau soyeuse et fine, à la grâce incomparable, au cou majestueux, à l'allure éthérée, au corps menu ; mais elle était reine et lui simple Crétois.

Cette manière dont elle dénouait sa chevelure avant de se dénuder en répandant son parfum dans la pièce l'avait troublé. Tel le dieu Min affichant sa virilité, son corps était en émoi et malgré ses efforts pour distraire son esprit de ces désirs qui lui semblaient malsains, plus il se disait qu'Ahmose n'avait rien de ces Babyloniennes tatouées sentant fort les parfums, le cou décoré de guirlandes, et plus son désir grandissait. Kallisthès crut bon de se réprimander. « Allons donc, garde-toi à l'avenir de t'approcher de trop près de la reine ! Tu pourrais bien regretter ces instants de folle passion pareils à de doux rêves et en être puni. Le sage Ptahhotep affirmait que tout perdre à cause d'une femme est signe de faiblesse humaine. Il avait raison. »

Pourtant, le Crétois ne put s'empêcher de songer de nouveau à la belle Ahmose. Il la revit assise dignement sur un fauteuil à haut dossier, la pointe rose de ses seins dépassant de sa tunique fourreau transparente, tenant dans sa main une coupe pleine de vin. Elle buvait du bout des lèvres tandis que sa servante bouclait ou tressait sa perruque et qu'un serviteur lui enduisait les cheveux de cette pâte huileuse constituée de noyaux de dattes et de morceaux de sabots d'âne broyés que Kallisthès lui avait apportée afin qu'elle gardât toujours sa magnifique et épaisse chevelure noircie avec du sang de bœuf macéré dans l'huile.

Il lui arrivait de ramener un châle sur ses épaules nues et de placer entre ses seins une fleur de lotus. Kallisthès se rappela encore ses gestes gracieux lorsqu'elle mettait de la pommade sur le bout de ses doigts avant de l'appliquer sur sa poitrine. Elle rejetait alors sa chevelure en arrière d'un mouvement brusque de la tête tandis que Menis lui rafraîchissait le visage en agitant des plumes d'autruche.

Tout invitait au rêve dans le boudoir d'Ahmose, des épingles aux peignes et aux miroirs rutilants d'or, d'argent, de cristal de roche, de lapis-lazuli et d'ivoire, aussi beaux que ceux d'Hathor Younit, la fille de la déesse Hathor, tous rangés dans des coffrets en bois incrusté. Un pot en forme de chat contenait des cuillers ou des bâtons pour étaler les onguents ; un autre était orné de l'œil *oudja* propre à chasser les mauvais esprits. Les cuillers, longues et fines, avaient la forme d'Egyptiennes nues, allongées, leurs jambes et leurs bras tendus présentaient une coupe remplie de fards. Certaines étaient assises dans une barque ; d'autres jouaient d'un instrument à cordes. Des animaux aquatiques décoraient aussi ces cuillers nombreuses dont Ahmose faisait un usage fréquent. Ses pots en bois figuraient des antilopes élégantes rappelant les décors crétois.

Tout en songeant à la reine, Kallisthès vérifia les décoctions qu'il avait préparées quelques jours auparavant et qu'il avait oubliées, occupé qu'il était à dessiner des plans pour le tombeau royal. Des fleurs macéraient dans un bain d'huile, dégageant une odeur agréable. Il vérifia les fards à base de malachite verte qui non seulement agrandissaient et soulignaient les yeux de toutes les Egyptiennes, mais qui les protégeaient aussi du vent, de la poussière et des insectes.

Comme Ahmose lui avait réclamé pour Menis l'onguent qu'elle préférait pour raffermir la peau, il écrasa de la cire dans un récipient en obsidienne, y fit couler de l'huile et ajouta de la gomme de térébinthe qu'il malaxa avec des plantes de Crète. Il en tira une pommade épaisse prête à durcir sur le visage. Il pensa même à apporter à Ahmose une huile propre à faire rutiler ses bijoux en turquoise, en améthyste et en cornaline, sachant que la reine accordait à ses colliers, à ses bagues, à ses diadèmes et à ses boucles d'oreilles une valeur mystique et magique.

— Voilà qui l'étonnera et la comblera, dit-il satisfait. Je lui conseillerai aussi d'envoyer une expédition dans le pays de Pount afin d'en ramener de l'encens nécessaire à la fabrication de certains produits.

Kallisthès poussa un profond soupir. Il venait de faire le vœu d'éviter Ahmose et il n'envisageait que de lui parler.

Le Crétois aimait le Nil, le désert qui l'entourait, ces maisons simples mais accueillantes où grouillaient de jeunes enfants. Comme cette odeur égyptienne qui emplissait l'air pourtant chargé de poussière, comme ces clameurs montant de la ville, pourtant nées de cris et de vacarmes de chars, lui plaisaient ! Il se sentait chez lui alors que sa maison était de l'autre côté de la mer, à plusieurs jours de traversée. Ces rudes accents qu'il ne comprenait pas toujours, ces exclamations bruyantes qui ressemblaient à celles des artisans travaillant dans le palais de Minos le remplissaient de joie.

Il aimait l'Égypte. Il aimait Thèbes et il aimait la reine.

XVI

Moutnéfret observa par l'étroite fenêtre de sa chambre du harem l'activité inhabituelle des soldats. Elle n'envisageait pas sans colère le départ de Thoutmosis pour la Nubie alors qu'elle avait tenté en vain de le garder près d'elle par des caresses et des paroles qu'elle estimait convaincantes. N'attendait-elle pas un nouvel héritier du roi ?

— Je me suis donné assez de mal, murmura-t-elle avec rage. J'ai jeté tous les produits contraceptifs que m'avait donnés le médecin du palais après la venue au monde de mon deuxième fils. Aucune fiole ne contient plus ici ni miel ni natron dont j'ai enduit mes parties intimes pendant de longs mois. J'ai cessé de recourir aux fumigations et de boire du céleri et de la bière douce qui rendent stérile. J'ai fait ôter de mon corps ce tampon imbibé d'essence d'acacia, de coloquintes, de dattes et de miel que le médecin avait placé à l'endroit où se glisse la substance fécondante. Je me suis rendue à la fête d'Hathor, la déesse d'or qui protège les étoiles dans les cieux et qui prend la forme d'une vache, quelques mois après l'inondation du Nil, là où se retrouvent celles qui souhaitent un enfant. Hathor emplit les cœurs de joie et protège l'amour et les amants. Si j'ai une fille, je l'appellerai « Celle qui fait briller les étoiles » en l'honneur d'Hathor. Si c'est un fils, il aura pour prénom « Le Dieu doré ». Je me suis baignée dans le lac sacré. J'ai demandé au potier de former de ses mains le corps de mon futur enfant. Ahmose a beau s'employer à ces tâches, elle demeure stérile et n'apporte que désespoir à Thoutmosis.

Il n'était pas courant qu'un Egyptien reprochât à une femme de ne pas avoir d'enfant et, comme l'avait écrit le sage Ptahhotep, « une femme ne devait jamais se vanter d'avoir des enfants pas plus qu'elle ne devait reprocher à celle qui n'en avait pas d'être sans enfants. De nombreux parents connaissaient une vie triste alors qu'une femme sans enfants pouvait apporter de la joie ». Mais Moutnéfret se gardait bien de respecter ces sages dictons.

« Ahmose aurait la possibilité d'adopter un fils devant un scribe et des témoins », se dit-elle avec une moue de mépris aux coins des lèvres, mais ce ne serait jamais son véritable enfant. Thoutmosis ne l'aimerait pas autant que ses fils.

Elle renoua le bandeau propre aux femmes enceintes qui avait glissé vers ses yeux et ramena sur sa poitrine un pan de sa robe où étaient inscrits les mots magiques de la naissance qu'elle avait également fait graver sur la couverture en peau de bête qui recouvrait son corps pendant la nuit.

— Que Tjénanet me donne encore un fils ! supplia-t-elle.

Elle s'empara d'un flacon en forme de femme enceinte et appliqua sur son ventre une potion protégeant les naissances puis elle le referma hermétiquement afin qu'aucun mauvais esprit ne s'y infiltrât.

Elle approcha d'elle les deux sacs d'orge et de blé qu'elle imbibait chaque jour de son urine et regarda avec excitation si l'orge commençait à germer. Celle-ci devait impérativement apparaître avant le blé pour qu'elle eût un garçon. Or, rien n'était acquis car aucune réaction ne s'était produite pendant la nuit. « Et si je perdais cet enfant ? se lamenta-t-elle. Il faut que cette orge germe dans les prochains jours. Si ni l'orge ni le blé ne germent, je n'enfanterai pas, ce qui serait pis encore ! Dès que je serai sûre de mon fait, je demanderai au médecin de préparer de l'huile pour faciliter le passage de cet être cher. J'invoquerai Isis, Hequet et Meschenet. »

Moutnéfret souhaitait que son futur enfant vînt sur terre dans un petit kiosque du parc royal. Les pans étaient peints de papyri. Autour des colonnes soutenant le toit s'enroulait une végétation digne des marais où Isis avait mis au monde Horus. Elle exigeait la présence de la déesse Thouéris et du dieu Bès ainsi que la représentation des attributs de Nout, de Tefnut, d'Isis et de Nephtys sur chacune des quatre briques au-dessus desquelles elle s'accroupirait pour enfanter.

Elle avait déjà choisi les sages-femmes qui « tirent fermement » et qui l'avaient aidée à mettre au monde ses deux fils. Celles-ci avaient préparé chaque fois un mélange de placenta et de lait que les nouveau-nés avaient avalé sans pleurer, signe qu'ils vivraient longtemps.

Ces sages-femmes avaient été si attentives à sa santé, plaçant sur ses parties intimes des onguents et des linges imbibés d'huile adoucissante... Mais, pour la naissance de son troisième fils, elle souhaitait plus d'égards encore, autant qu'Hatchepsout et la reine Ahmose en avaient eu. Elle aussi voulait qu'on récitât des prières pour son enfant. Elle avait ordonné qu'on confectionnât un collier au cordon plusieurs fois noué comme il en avait été glissé un autour du cou d'Hatchepsout. « Pourvu que mon enfant crie fort ! supplia Moutnéfret. Plus fort qu'Hatchepsout. Que sa voix soit claire ! »

Moutnéfret savait pourtant que les murs du

lieu où elle accoucherait ne seraient pas recouverts d'or comme l'étaient ceux qui avaient resplendi à l'arrivée d'Hatchepsout. Elle acceptait mal de n'être pas, comme la reine Ahmose l'avait été, entourée de fresques représentant ces vaches divines favorisant la pureté et l'abondance du lait maternel. Son enfant ne serait jamais montré à sa naissance au dieu Amon comme la fille d'Ahmose l'avait été tandis que, sur sa vie, veillaient des esprits chargés de développer la force et l'intelligence.

A l'instar de toutes les Egyptiennes, Moutnéfret s'était procuré de très nombreux recueils de magie pour faire fuir les fantômes qui chercheraient à voler la vie de sa progéniture. Elle invoquait le ciel, le jour, la Terre, le Soleil, Isis et Hathor afin que tout ce que touchât son enfant fût à l'abri du mal. Au-dessus d'un récipient rempli d'améthyste et d'une boule d'or, elle priait chaque matin et chaque soir. « Que la mort s'écarte de mon enfant aujourd'hui et demain ! Si elle passe, qu'elle l'oublie, qu'elle ne l'étreigne pas et qu'elle ne l'emporte pas ! J'accorderai tellement d'attention à cet enfant de pharaon qu'il ne lui arrivera rien ! »

Moutnéfret avait également fait reproduire sur les futures amulettes de l'enfant les dieux Bès et Thouéris. Elle voulait dans sa chambre des figurines de femmes nues dépendant de la déesse Bastet et des représentations d'animaux domestiques ou sauvages. Elle leva un bâton vers le ciel et supplia encore une fois les dieux de l'aider. « Mes enfants seront toujours en excellente santé car je leur ferai écouter toute leur vie de la musique. »

Moutnéfret mettait une mauvaise volonté manifeste dans l'exécution des tâches du harem dirigées par la *chepeset*[1], elle-même aux ordres de la reine. La maîtresse des prêtresses veillait à l'éducation des enfants du harem, à la bonne marche des affaires et des ateliers, à la répartition des récoltes du domaine, à la gestion des revenus, à l'entretien des réserves de chasse, au recrutement des professeurs et à l'application des rites. Cette surveillante générale, qui remplaçait la reine en son absence, se plaignait sans cesse du mauvais caractère de Moutnéfret.

L'ancienne femme de Thoutmosis se refusait, en effet, à tisser comme les autres femmes. Elle ne voulait pas non plus confectionner des coffrets à maquillage ou des récipients à fards car elle n'était ni une épouse secondaire ni une princesse étrangère vivant un exil doré avec une pléiade de serviteurs. Jouer du luth, de la harpe ou de la flûte, l'ennuyait. A moins d'accomplir un acte magique, ni elle ne chantait ni elle ne dansait. Aussi se refusait-elle à se mêler à ces femmes qui exécutaient des ballets.

Moutnéfret quitta la fenêtre, la rage au ventre. Elle décida d'aller consulter celle qu'elle avait fait appeler et qui se rendait chaque jour au harem royal : une voyante du Village réputée pour ses prédictions.

Elle descendit près de la pièce d'eau centrale qui rafraîchissait la salle et prit les scarabées et les amulettes que lui tendait la voyante.

— Le blé et l'orge restent morts, lui dit-elle, contrariée. Comment expliquer cela ?

— Il est trop tôt. Sois patiente et fais-moi confiance, répondit la vieille femme qui ouvrit un panier rempli de serpents.

1. Directrice.

— A quoi te servent ces vipères ? lui demanda Moutnéfret avec étonnement.

— A t'aider.

Elle les saisit par le milieu du corps de ses deux mains et les leva vers le ciel en prononçant des formules magiques. Puis elle se mit à hocher la tête comme une femme prise de folie et murmura des mots inaudibles. Dans son délire, la vieille femme chantonnait puis elle retrouva ses esprits, replaça les reptiles là où elle les avait pris et dit à Moutnéfret avec assurance :

— Rassure-toi, femme aimée de Thoutmosis, tu auras un nouvel enfant fort et sain. Ce sera un fils.

Le visage de Moutnéfret s'éclaira. Ses yeux brillèrent de joie.

— Un fils ? En es-tu sûre ?

— Je l'affirme. Déesse Sekhmet, si tu fais malgré mes prières du mal à cet enfant, que l'univers où tu vis soit détruit ! Que tes autels soient brûlés ! Qu'aucun Egyptien n'accomplisse plus de sacrifices en ton honneur ! Que tu sois délaissée à jamais !

Puis elle tendit à Moutnéfret des amulettes d'animaux, griffons, lionnes, hippopotames, qu'elle avait auparavant immergées dans un récipient d'eau et qui portaient toutes les signes de la vie et de la sécurité. Elle se mit à mâcher des plantes et prononça des flots de paroles.

— Isis est là. Elle s'assoit à côté de Thot. Je suis Isis. La tête de ton enfant est celle d'Horus ; ses bras sont ceux de Maât, la déesse de l'ordre ; ses yeux sont ceux de Bastet ; sa langue est celle de Montou ; son cœur bat à la place de celui de Rê. Toutes les parties de son corps deviennent divines et sont protégées. Ce bâton d'ivoire en forme de croissant que je place contre ton ventre et qui épouse sa forme vous protégeront, toi et lui, des animaux nuisibles ou venimeux. Je place ma main sur ta chevelure pour t'éloigner de toute tristesse.

Sur le bâton d'ivoire magique étaient représentés un hippopotame, un lion, un serpent, une grenouille et un fauve portant dans ses pattes un couteau. La voyante fit le tour de Moutnéfret en faisant mine de tracer un cercle protecteur autour d'elle puis elle ferma les yeux, se concentra quelques instants, mâcha de nouveau du perséa et poussa un cri.

— J'ai cru voir briller Amon ! s'exclama-t-elle. Je t'ai aperçue en train de présenter ton nouveau-né au dieu suprême ! Il était acclamé par le peuple égyptien. Il était appelé Aimé d'Amon, Roi du Double Pays. Il portait l'uræus magique comme le porte aujourd'hui son père.

— Que signifie tout cela ? demanda Moutnéfret, inquiète. Est-ce là un bon présage ?

— Je n'ose m'avancer, répondit la voyante avec prudence. Cependant, jamais encore je n'avais entrevu aussi clairement de tels signes sauf peut-être...

Elle s'interrompit et sembla frappée de stupeur.

— Sauf ? insista Moutnéfret. Parle !

— Sauf quand Hatchepsout est née et quand j'ai prédit l'avenir de Thoutmosis.

— Que signifie tout cela ? Quels rapports existe-t-il entre Thoutmosis, Hatchepsout et l'enfant qui va naître ?

— Je les vois tous trois revêtus des insignes royaux.

— Veux-tu dire que mon fils régnera ? demanda Moutnéfret, la voix tremblante.

— Sans doute... répondit la voyante.

— Mais Hatchepsout ? Tout cela n'est pas cohérent !

— Par Isis, je te l'accorde. Je suis pourtant formelle !

Moutnéfret se leva avec agacement.

— Je ne sais pourquoi je t'écoute ainsi. Tu tiens des propos insensés.

— Les dieux permettent de lire à travers les messages lorsqu'on a l'esprit disposé à le faire, répondit la voyante, vexée. J'ai éloigné de toi les dangers qui peuvent venir de Sekhmet la forte, la déesse destructrice qui, sous la forme du cobra, détruit les protections qu'apportent l'œil *oudja* ou les bienfaits de Rê. Tu oublies que Sekhmet est crainte par les divinités même, qu'elle est capable de limiter les inondations du Nil, de déclencher des étés secs et torrides, de rendre les Egyptiens malades par centaines, d'empoisonner nourriture et boisson. Ton enfant aurait peut-être été frappé par les flèches d'un des Redoutables qui l'escortent si je n'avais supplié la déesse à tête de lion. Je me suis rendue dans le temple de Mout et l'ai conjurée de m'écouter. J'ai réussi à la calmer comme l'aurait fait le prêtre *ouâb*[1]. Si ton enfant naissait pendant les cinq jours qui complètent les trois cent soixante jours de l'année, tu aurais à redouter toutes les maladies et les pires malheurs. Or, ces dates ne sont pas à exclure. J'ai même fait sacrifier à la déesse un bœuf blanc, à la langue idéale et à la queue parfaite.

Moutnéfret hocha la tête.

— Je devine ta pensée, belle Moutnéfret, ajouta la voyante. Tu te dis qu'un prêtre *ouâb* aurait plus de pouvoir pour apaiser la redoutable déesse précisément parce qu'il est pur

1. Prêtre pur.

mais je me suis purifiée avant de supplier Sekhmet. Moi aussi je possède le *sa*, le pouvoir magique qui chasse les maux. Je connais tous les livres et les théories de Dyadyamon qui vivait à l'époque de Snéfrou.

Peu délicate, Moutnéfret ne s'encombra pas d'égards à l'intention de la vieille voyante. Elle la congédia et lui assura qu'elle devait réfléchir. Elle conserva toutefois le bâton d'ivoire.

— Il ne te servira à rien si tu ne prononces pas les paroles magiques, lui dit la voyante avec ironie. Je peux seule te protéger des maléfices de Sekhmet.

— J'en déciderai et te le ferai savoir ! répondit sèchement Moutnéfret. Maintenant va-t'en !

La vieille femme maugréa entre ses dents. Elle n'appréciait guère la manière dont Moutnéfret la traitait après l'avoir suppliée de venir au harem.

— Attends ! lui dit Moutnéfret comme si elle se ravisait de peur que la magicienne ne déclenchât ses foudres sur elle. Tu connais sans doute des procédés d'envoûtement efficaces...

— Je les pratique tous ! rétorqua la voyante. Je peux te débarrasser d'une rivale, frapper quelqu'un de maladie, le faire tomber amoureux...

— Me débarrasser d'une rivale, dis-tu... Et pourrais-tu débarrasser mes fils d'un éventuel adversaire ?

— Très certainement, répondit la voyante en lui tournant le dos. Si j'y consens !

XVII

Bien que le métier militaire fût parfois mal considéré en Egypte, Thoutmosis préférait de beaucoup briller par les armes que par ses écrits. De nombreux Egyptiens raffinés ne comprenaient guère cet engouement des soldats pour l'entraînement, la vie de caserne, les expéditions en Syrie, les marches pénibles dans les monts ou le désert, les veilles ou les haltes dans des lieux inconfortables.

Mais le pharaon, tout roi qu'il était, acceptait sans réticence de boire de l'eau à peine claire, de manger de la nourriture ordinaire et de dormir à la dure.

Les soldats qui l'entouraient lui étaient fidèles. Ils étaient presque sûrs de rentrer chez eux avec un butin appréciable et de s'acheter une maison luxueuse, des troupeaux, des serviteurs et des terres. Même au repos, les militaires étaient bien traités par le roi.

L'armée de Thoutmosis était composée d'Egyptiens et de prisonniers. Le pharaon les avait réunis dans la cour du palais.

— Sont-ils prêts ? demanda-t-il fermement au scribe Tyanoun qui commandait un régiment entièrement constitué d'anciens prisonniers.

— Absolument ! répondit Tyanoun en passant en revue ses recrues.

Les soldats étaient grands et robustes. Leurs cheveux longs et bouclés frisaient dans leur cou. Ils avaient attaché dans leur dos et à leurs jambes des queues de panthère. Tous venaient de Libye, du Mitanni ou du Hatti. Certains avaient la peau si basanée qu'elle en était presque noire. Les Libyens semblaient les plus maigres. Les habitants du Mitanni portaient la barbe. Leur longue chevelure était retenue par des bandeaux. Des Nègres déambulaient avec des boucles d'oreilles et des plumes dans les cheveux.

— Vie, Force, Aimé d'Amon, notre roi, nous saurons combattre à tes côtés, dirent en chœur les militaires. Nous battrons et soumettrons ceux qui se rebellent.

La plupart levèrent leur bâton. Ils avaient revêtu un pagne militaire muni d'un devanteau triangulaire. Leur bras gauche était protégé par une bande de cuir et les doigts de leur main droite d'un gant de peau. Une bande de cuir dissimulait également leur menton et leurs joues.

— J'ai vu tous ces soldats s'exercer au corps à corps, dit Thoutmosis au scribe royal. Ils m'ont impressionné. Je suis satisfait. Sans doute seront-ils redoutés de ces Nubiens fantaisistes dont je n'attends rien de bon ! J'ai apprécié dans la cour la force des lutteurs et l'adresse des escrimeurs. Aucun n'a faibli devant son pharaon tout-puissant. Certains ont même péri pour ne pas paraître lâches devant moi. De nombreux étrangers l'ont emporté sur les Egyptiens.

— Ta bouche parle par les dieux car ta parole est sage, répondit le scribe. Les étrangers de notre armée sont souvent plus rusés et plus robustes que les soldats égyptiens.

— Dis-leur qu'ils rapporteront de l'or de Nubie s'ils se montrent courageux car nous nous rendons dans des contrées qui regorgent de richesses.

— Cela les encouragera à coup sûr, répondit le scribe en s'exécutant.

Quand ils apprirent ces bonnes nouvelles, les soldats firent claquer leurs mains dans un vacarme assourdissant tout en appelant les dieux de la guerre et le pharaon qu'il chérissait.

Thoutmosis ne cherchait pas à dissimuler son plaisir. Il allait enfin repartir en campagne. Rien ne lui plaisait autant que les combats dont il tirait une grande fierté. Aménophis ne l'avait-il pas choisi parce qu'il était un valeureux soldat ? Son seul désir était d'emmener ses fils avec lui pour les former à l'art militaire malgré l'inquiétude de Moutnéfret. « Elle en tire aussi une fierté justifiée, se dit Thoutmosis. Je prépare ses enfants aux plus hautes tâches. Ils seront capables de diriger ce pays ! »

Thoutmosis rentra dans son palais puis il monta au premier étage. Il revêtit un pagne d'apparat et se pencha à une fenêtre d'apparition pour mieux juger de l'ordre et de l'importance de son armée, puis il plaça une étoffe sous ses avant-bras afin de s'appuyer sur la pierre et attendit de recevoir les acclamations des soldats. Ses fils, le scribe royal et quelques fonctionnaires importants l'encadrèrent.

Il invita, alors, les chefs à s'exprimer tout en observant avec attention la manière dont les soldats avaient été rangés en colonnes. D'un côté se trouvaient des casques à visières, des arcs et des carquois ; de l'autre, des cottes de mailles et des épées.

Quand chacun eut parlé, il fit à son tour un discours bref mais enthousiaste.

— Les armes sont sorties ! Les militaires sont rassemblés ! Pour plaire au dieu Amon, il ne reste plus qu'à mater les révoltés et les désobéissants, tous ceux qui menacent l'Egypte ! Placez sur vos têtes vos casques semblables à celui du dieu guerrier Seth auréolé du Soleil et surmonté de deux cornes ! Prenez vos arcs et vos glaives en forme de faucille identiques à ceux que les rois de Byblos font placer dans leur tombeau ! Revêtez vos tuniques de cuir recouvertes de plaques de métal ! Qu'on avance mon char ! Vous m'avez suivi dans le désert. Nous avons avancé ensemble d'oasis en oasis. Nous avons connu de longues marches le long des rives du Nil, dans les dunes ou sur le sol rocailleux des pays désertiques. Nous nous sommes reposés ensemble dans les palmeraies avant de traverser les villages de pêcheurs et de bûcherons à l'est de notre pays. Nous avons escaladé des monts aux cimes neigeuses à travers les pins. Nous avons traversé des plaines et longé des ruisseaux. Nous avons déclenché des batailles !

Le pharaon énuméra alors quelques victoires qui étaient restées chères au cœur de ses soldats.

— Le nom de celui qui lutte avec courage gagne en majesté ! poursuivit-il. Certains d'entre vous m'ont déjà sauvé la vie. J'ai également secouru de nombreux soldats. Nous avons effectué ensemble des marches si rudes que ce voyage vers le sud sera pour nous une promenade. Dès que nous rencontrerons les Nubiens vêtus de peaux de panthère, avec leur bouclier et leur couteau, nous les sommerons de nous obéir. S'ils se montrent conciliants, nous laisserons leur famille en paix. Il sera inutile aux femmes de se cacher avec leurs enfants dans les fourrés. Je veux toutefois donner une leçon aux plus rebelles car ils me paraissent s'agiter sans raison. Ceux qui se montrent hostiles aux Egyptiens seront donc sévèrement punis. Nous leur prendrons sans hésitation leurs meubles rares en ébène, en or et en ivoire, des peaux de fauves, des défenses d'éléphants ou des plumes d'autruche qu'ils possèdent en abondance et dont nous avons sans cesse besoin.

Le pharaon leva les bras vers le dieu Soleil.

— Qu'à notre retour, le peuple nous acclame, que nos femmes se jettent dans nos bras, des bouquets à la main, que nos enfants soient fiers de nous, que les scribes enregistrent les pièces de notre butin et que les dieux soient honorés ! Que les prisonniers, la corde au cou et les mains liées derrière le dos, témoignent de notre prestige et de notre courage ! Qu'une grande fête couronne notre retour ! Que notre autorité dissuade à tout jamais nos ennemis de se soulever contre nous ! Que des cratères, des rhytons, des amphores, des vases précieux soient étalés dans les temples des dieux ! Car Pharaon peut ôter le souffle, supprimer l'air que respirent les vivants, assécher les cours d'eau. Pharaon peut frapper par la main d'Amon !

Les scribes relevèrent alors les noms de chaque soldat et notèrent avec précision quelles armes ils leur attribuaient.

Le char royal, orné de palmes entrelacées, d'animaux fantastiques ou domestiques et de spirales, fut placé au centre de la cour. Sur les harnais resplendissaient l'or et l'argent. Sur les têtes des bêtes s'agitaient des plumes d'autruche majestueuses. Les rubans de toutes les couleurs qui décoraient les corps nerveux des chevaux tourbillonnaient au vent, formant des arabesques inattendues et harmonieuses. La représentation du dieu Seth figurait sur les œillères et les harnais dont une sangle lâche passait sous le corps des bêtes.

L'écuyer descendit de la caisse de son char, son fouet à la main. A côté de lui avaient été placés l'arc, les flèches et le carquois du roi.

— Nous voilà prêts au combat ! cria le pharaon du balcon. Les troupes qui viennent du Delta nous rejoindront en cours de route.

Puis il descendit et prit place à côté de son écuyer. Les chars de ses fils furent disposés derrière le sien. Les fantassins avancèrent en colonnes par un. Les trompettes en cuivre résonnèrent. Des officiers chargés de la protection du pharaon suivirent, devançant un char transportant l'enseigne du bélier illuminé du Soleil, symbole protecteur des soldats.

Un deuxième ensemble de chefs militaires se mit en marche. Deux porte-parasols précédaient le char royal qui était lui-même suivi d'autres fantassins, de chars et d'hommes chargés des vivres. Les gourdes et la nourriture avaient été entassées dans des quadriges ou rassemblées dans des sacs et des jarres attachés à des ânes par des filets.

Thoutmosis se retourna une seule fois pour observer ses fils qui le suivaient, son armée en marche et jeter un coup d'œil sur son palais thébain. Il lui était facile d'imaginer Ahmose et Moutnéfret aux fenêtres de leur chambre. Pourtant, cette pensée furtive pour sa famille fut bien vite effacée par l'excitation du peuple égyptien encourageant l'armée sur son passage et par son ambitieux désir de remporter victoire sur victoire.

Les chevaux hennissaient en se frayant un passage dans la foule des enfants qui les accompagnaient en courant pendant une partie du chemin. Les femmes agitaient des morceaux d'étoffes. Tous criaient le nom du pharaon en rappelant ses titres et ses épithètes divines. Pourtant, en sortant des environs de la ville, là où seules quelques rares maisons longeaient le

Nil, le pharaon crut déceler des menaces dans la foule. Subitement, des jets de pierres visèrent les soldats.

— Qu'on les attrape et qu'on les mette à mort ! cria une femme en incitant ses concitoyens à ceinturer les agresseurs de Thoutmosis.

Une confusion générale s'ensuivit.

Choqué par une si grande audace, Thoutmosis appela le dieu Amon à son aide et réclama le châtiment des coupables. Comment osait-on attenter à sa personne et lui tendre un piège si près de son palais ?

Les agresseurs sortirent des armes et commencèrent à se battre au corps à corps avec des soldats du pharaon. Certains furent légèrement blessés. Peu nombreux, jeunes et habiles, les adversaires de Thoutmosis profitèrent de l'effet de surprise pour tenter leur chance. Mais voyant que leur tentative ne mènerait à rien, ils jugèrent préférable de renoncer et s'enfuirent à toutes jambes avec des Egyptiens à leurs trousses.

Thoutmosis s'inquiéta pour ses fils et arrangea son pagne. Il héla le médecin qui accompagnait l'armée et lui demanda de soigner les blessés. Puis il fit interroger quelques Thébains après les avoir réunis et harangués.

— Si vous connaissez l'un de mes agresseurs, parlez ! Le peuple égyptien vous remerciera. Je vous donnerai des bêtes et des terres ! Si l'un d'entre vous a entendu parler d'un complot, qu'il n'hésite pas à sortir des rangs et à m'en informer personnellement ! Il a tout à y gagner. Les dieux le puniront s'il ne parle pas car je suis protégé d'Amon, Roi de la Double Couronne. Quiconque porte atteinte à ma personne agresse les dieux !

Le pharaon regarda autour de lui. Il ne vit que visages apeurés et fermés.

— Inutile d'avoir peur, ajouta-t-il. Mais sachez que je protège mon peuple et mon pays. Afin que vous ne soyez jamais en danger, il me faut connaître ce qui se passe ici !

Des soldats interrogèrent quelques femmes. Mais aucune ne sut répondre à leurs questions.

— Nous disons la vérité, affirma l'une d'elles, plus âgée, en s'avançant. Les dieux m'en sont témoins. Nous ne savons rien sur ces hommes qui t'ont attaqué. Nous ne les avons jamais vus. Sans doute n'habitent-ils pas ici.

Comme tous les Egyptiens présents hochaient la tête pour l'approuver, le pharaon ordonna à l'un de ses gardes de retourner au palais.

— Je n'abandonnerai pas ma campagne ni ne retarderai mon départ, lui dit-il. Il n'est, cependant, guère prudent de s'aventurer loin d'ici en ce moment. Réunis les hauts fonctionnaires qui sont restés au palais. Informe-les de la situation. Qu'ils fassent une enquête et arrêtent les coupables. Je veux qu'à mon retour cette question soit réglée !

Le garde répéta ses paroles afin que ses ordres fussent parfaitement exécutés puis il partit au galop en direction du palais.

Comme les Egyptiens restaient massés près de l'armée, le pharaon jugea bon de les rassurer et les invita à reprendre leurs occupations.

— Quand nous aurons forcé les Nubiens à nous obéir, je doute qu'un seul Egyptien ose porter la main sur moi ! gronda-t-il.

Il ordonna à ses soldats de se placer en colonnes et invita le scribe royal à les passer rapidement en revue.

— S'il y a des blessés, qu'ils restent à Thèbes ! Je veux revenir vite et précipiter notre marche vers le sud. Je ne peux pas me permettre d'être retardé.

Le scribe baissa la tête pour saluer son maître puis il s'exécuta. L'armée fut bientôt prête au départ. Les roues des chars crissèrent. La colonne s'ébranla dans un cliquetis d'armes. Mais, cette fois, le peuple silencieux observait les soldats avec stupeur comme si les dieux leur avaient envoyé un mauvais rêve.

XVIII

Kallisthès ne perdit pas de temps. Dès qu'il eut achevé ses plans, il les soumit à la reine qui convoqua le chef de chantier Kabech chargé de sa tombe et lui ordonna de travailler de concert avec le Crétois.

— Je vais te présenter le chef des ouvriers, Qaa, le chef de chantier, Néfer, et quelques dessinateurs qui ont déjà ébauché des esquisses pour orner la tombe de la reine, lui dit celui-ci. Le vizir a choisi l'emplacement de la tombe de Thoutmosis et s'interroge encore sur celui des tombeaux de ses enfants. Tu arrives au bon moment car nous n'avons pas encore réfléchi aux plans de la tombe du pharaon, Vie, Force et Santé. Nous voulons, toutefois, respecter la coutume. La chambre funéraire sera séparée du temple lui-même. Le pharaon ne souhaite pas une forme pyramidale puisqu'il honore Amon de préférence à Rê. Il veut une tombe discrète. Celle-ci sera donc construite au bord du désert, comme celle d'Aménophis, sur un terrain plat, d'accès pratique.

— J'ai déjà réfléchi à l'emplacement de la chambre funéraire, lui dit Kallisthès. Il serait dangereux de la situer sous le temple car elle risquerait d'être inondée.

— Je suis d'accord. Les deux constructions devront donc être séparées. Nous cacherons le mieux possible l'entrée de la chambre afin que des voleurs ne tentent pas de s'y introduire pour dérober le mobilier et les objets précieux du roi.

— Le corps du pharaon doit surtout être préservé pour que son *ka* vive éternellement, répondit Kallisthès. J'ai songé à une antichambre de forme rectangulaire suivie de la chambre elle-même constituée de piliers et d'une petite pièce contiguë avec des passages extrêmement étroits, des escaliers impraticables.

— Celle-ci sera éloignée de la tombe de Thoutmosis et sera située à une bonne heure de marche de la Vallée.

— Je souhaiterais me rendre sur place dès que possible, lui dit Kallisthès.

— Rien de plus facile puisque l'équipe de gauche revient dans deux jours.

Comme Kallisthès le regardait, surpris, Kabech crut bon de lui expliquer que deux équipes travaillaient sur les chantiers des tombes royales en alternance.

— Si tu veux venir avec nous, il faudra te joindre à l'équipe de droite. C'est ainsi que nous appelons le groupe d'ouvriers qui habitent à droite de la rue principale du village des ouvriers.

— A vrai dire, répondit Kallisthès, j'aimerais avancer mes travaux le plus vite possible et camper à proximité du chantier jusqu'à ce que j'aie terminé.

Le visage de Kabech, habituellement sévère et fermé, s'illumina.

— Malgré toute la force que les dieux t'accorderont, malgré tout le courage que la divine Isis insufflera dans ton esprit, jamais tu ne supporteras de travailler plus de trente jours dans la Vallée.

Comme Kallisthès s'apprêtait à protester, Kabech l'arrêta de la main.

— Fais-moi confiance, lui dit-il. Lorsque nous rentrons à Thèbes après dix jours de travail, nous sommes éreintés. Accompagne-nous une première fois et juge ensuite de tes capacités à en faire davantage. Si tu te sens apte à prolonger cette décade, nous aviserons.

Kabech s'enquit également de l'endroit où le Crétois souhaitait habiter.

— Il reste deux maisons de libres au Village.

— Eh bien, si l'une d'entre elles est située sur la droite, donne-la-moi !

Kabech le prit affectueusement par les épaules.

— Tu me plais, lui avoua-t-il.

*
* *

A quelques pas de là, alors que le ciel égyptien étirait ses nuées sombres plus grises que la surface du Nil et que la pluie menaçait, la demeure d'Abou semblait entourée d'un voile de mystère.

— Quelle imprudence ! s'écria le maître des lieux, le visage rouge de fureur. Ces jeunes effrontés qui ont attaqué le pharaon sont des sots ! Ils auraient pu faire tout échouer. Des enquêteurs sont à leur recherche...

— Ils demeureront introuvables, dit nonchalamment Séti qui avait pris de l'assurance au sein du groupe des conjurés.

— Comment oses-tu pavaner ? rétorqua

Ahmès en sortant de sa réserve habituelle. C'est toi qui leur as parlé de nos projets !

— N'était-ce pas là ma mission ? répondit Séti d'un ton persifleur. Convaincre le plus grand nombre d'Egyptiens.

— Des Egyptiens mais non des adolescents qui n'en font qu'à leur tête !

— Je ne pouvais pas le prévoir. Mais ils ne sont pas thébains et m'ont promis de se cacher dans le désert.

— Souhaitons-le ! répondit Abou, sinon je ne donne pas cher de notre peau ! Pharaon les fera torturer et je doute qu'ils gardent le silence bien longtemps !

— Où en sommes-nous ? demanda Kay.

— Tout est prêt, répondit plus calmement Abou. Les troupes du roi Minos seront sans doute là du jour au lendemain. Les hommes que nous envoient les roitelets de l'Est sont aux portes de Thèbes. Les sculpteurs Néferepet et Apoui et le garde de la tombe, Tay, nous ont bien aidés.

— Grâce à moi, fanfaronna Séti.

— Je crois avoir également rempli ma mission, intervint le dessinateur Protop, tout comme Nobri et Kabech, le fils de Serdjem.

— Nous saurons nous en souvenir, répondit Abou. Méfiez-vous encore de vos épouses. Les femmes sont bavardes et sont nos pires ennemies dans de telles situations. J'espère, Séti, que Bêlis n'est au courant de rien...

— Elle sent bien qu'il se trame quelque chose mais il lui serait impossible de deviner la raison de nos réunions, le rassura Séti.

— L'équipe de droite retourne bientôt dans la Vallée. Ce sera pour vous l'occasion d'informer ceux qui sont de notre côté et qui attendent un signal de notre part. Dès que l'équipe de gauche sera partie et que les troupes étrangères nous auront rejoints, nous encerclerons le palais et nous nous introduirons à l'intérieur.

— Nous y avons de nombreux complices, précisa Ahmès. La future épouse de Kay qui faisait autrefois partie du harem a su y retourner sous prétexte de parler avec ses anciennes compagnes. Les gardes, qu'elle connaît, l'ont laissée entrer. Elle en a profité pour soudoyer quelques femmes, des domestiques et des fonctionnaires.

— Comment les prévenir ?

— La belle Thémis s'en chargera.

Kay approuva de la tête.

— Il nous faudra être doublement vigilants, prévint Ahmès. Je doute que Thoutmosis cesse les recherches tant qu'il n'aura pas trouvé ceux qui l'ont agressé. Un mot maladroit, une allusion, une confidence peuvent tout faire échouer. Ne l'oubliez jamais ! Et ayez toujours à l'esprit que si demain nous régnons sur l'Egypte, vous deviendrez des hommes puissants. En revanche, si nous échouons, notre vie sera remise entre les mains de Pharaon qui ne nous épargnera pas. Thoutmosis est un soldat. Il hait les traîtres et leur inflige les pires châtiments !

Kay frémit mais nul ne pouvait maintenant arrêter le destin.

— Que deviendront la reine Ahmose et la petite Hatchepsout ? La vieille reine sera-t-elle épargnée ? demanda-t-il. Et Ahotep ?

— Nous les ferons prisonnières puis nous aviserons, répondit Ahmès. Pour notre sécurité, mieux vaudrait qu'il ne subsistât plus aucun membre de la famille royale.

— Et plus aucun enfant du pharaon ou d'Aménophis, ajouta Abou.

— Insinuez-vous que tous les enfants du

harem seront condamnés à mort ? demanda Kay avec effroi.

— Inutile d'y songer aujourd'hui, dit Ahmès. Mais lorsque nous détiendrons le pouvoir, nous devrons être vigilants et veiller à ce que personne ne se recommande dans le futur d'être de lignée royale pour s'emparer du trône d'Egypte.

*
* *

Kay s'étendit sur sa couche en bâillant. Il habitait dans la vaste maison de Thémis qui lui avait été offerte par le généreux Aménophis lorsqu'elle était devenue la plus jeune épouse de son harem.

Originaire du pays du Mitanni, donnée au pharaon par le roi de cette région, à qui elle était attachée par un lointain lien de parenté, Thémis avait été échangée contre de l'or et des pierres précieuses.

Elle avait toujours connu le faste et le bien-être. Aussi Aménophis l'avait-il accueillie dans son harem avec beaucoup d'égards comme il l'avait promis à ses parents.

Dès qu'elle était devenue l'épouse du pharaon, Thémis avait reçu de lui un domaine important avec des domestiques. Quand le pharaon s'en était lassé et qu'il l'avait laissée libre de quitter son harem, Thémis avait décidé de gérer elle-même les terres et le bétail qu'elle possédait.

Sa demeure était située à la sortie nord de Thèbes.

Kay l'avait aidée à faire prospérer ses biens. Elle jugeait, à juste titre, que les paysans qui travaillaient pour elle se montraient plus attentifs à ses ordres qu'aux siens malgré la jeunesse de Kay.

En dépit de la bonté dont Aménophis avait

toujours fait preuve à son égard, Thémis redoutait l'hostilité de Thoutmosis envers le roi du Mitanni qu'il souhaitait combattre. Elle ne pouvait oublier que ses frères bien-aimés faisaient partie de l'armée des Hourrites ; aussi avait-elle décidé d'aider Kay dans son entreprise.

Une domestique vint masser les pieds et les chevilles de Kay après les avoir enduits d'huile citronnée et d'un onguent relaxant.

— Viens t'asseoir près de moi, dit-il à Thémis en fermant les yeux pour mieux profiter de ces massages apaisants.

Thémis secoua sa belle chevelure de jais qui pouvait couvrir son dos jusqu'à la chute de ses reins. Puis elle obéit en souriant. Elle affichait toujours sur ses lèvres une joie de vivre qui se traduisait par un perpétuel sourire. Ses fossettes se creusaient, lui donnant des airs de fillette. Ses yeux noirs en amande brillèrent d'un vif éclat. Ses gestes étaient souples et gracieux.

— Veux-tu que je te masse ? lui demanda-t-elle d'une voix chantante.

— Non, pas aujourd'hui, lui répondit Kay.

Il ouvrit les paupières pour la contempler.

— Quelle jeunesse les déesses Nephtys et Isis placent-elles dans ton beau corps doré ? Tu es plus âgée que moi mais les ans n'ont flétri ni la peau de ton visage ni ta poitrine. Tu ressembles aux vierges qui entrent dans le harem du roi.

Thémis rougit.

— Puissent les dieux t'entendre et me préserver le plus longtemps possible des ravages du temps.

— J'ai besoin de toi, dit-il en renvoyant la domestique qui poursuivait ses massages. Ordonne aux suivantes de passer dans la salle de séjour. Ce que j'ai à te dire est confidentiel et doit rester secret pour notre sécurité à tous deux.

Thémis comprit aussitôt de quel sujet il s'agissait.

— Alors, que se passe-t-il ? lui demanda-t-elle avec empressement en le priant de ne pas la faire languir.

— Le jour est venu. Préviens tous ceux que tu as réussi à convaincre à l'intérieur du harem. Dis-leur de se tenir prêts. L'armée de Minos doit arriver à Thèbes d'un moment à l'autre, en même temps que des soldats du Péloponnèse et des cavaliers d'Asie. Quand nous nous introduirons dans l'enceinte du palais, ils devront nous aider. Les gardes de la reine n'auront même pas le temps de réagir.

XIX

Kallisthès était tellement impatient de partir pour la Vallée des Rois qu'il prépara son matériel aussitôt après sa rencontre avec le chef de chantier Qaa.

Quand il fut installé au village des ouvriers et qu'il eut rejoint l'équipe de droite, il prit connaissance du travail de chacun, fut ébloui par les œuvres des peintres et des sculpteurs qui ornaient les tombes.

Il présenta des plans concernant les futurs tombeaux des souverains au chef de chantier et en discuta longuement avec lui.

Au bout de deux jours de présence dans la Vallée et bien qu'il fût absorbé par ses projets, Kallisthès crut, cependant, ressentir une espèce de malaise indéfinissable au sein des ouvriers. Certains chuchotaient dans les coins et se taisaient à son approche. D'autres se regroupaient au lieu d'accomplir leurs tâches. Ces travailleurs lui semblèrent finalement très éloignés des chantiers de la Vallée, comme si leurs préoccupations étaient tout autres.

Le cinquième soir, alors qu'il était trop excité par ses recherches pour s'endormir, il sortit de la cabane qui lui servait de logement et s'assit à l'écart des habitations pour respirer l'air chaud venant des sables.

Le ciel était clair. Tout baignait dans un calme parfait. L'endroit ne résonnait plus de coups de marteau et de pioche. On n'entendait plus les cris des ouvriers qui s'apostrophaient en dessinant ou en peignant, ni les encouragements des travailleurs peinant en tirant à plusieurs des chariots sur lesquels avaient été disposées des masses de pierre extrêmement lourdes.

Les ouvriers étaient si las qu'ils dormaient tous profondément. Aussi fut-il surpris de discerner des voix murmurant non loin de l'endroit où il se trouvait. Croyant avoir de la compagnie, il se leva et s'apprêtait à rejoindre ceux qui, comme lui, ne dormaient pas lorsqu'une de leurs paroles l'arrêta.

— Demain le pharaon sera mort, dit une voix.

Kallisthès décida de se tenir à l'écart et de rester silencieux.

— Enfin ! avança une seconde voix plus grave que la première. Nous attendions ce moment avec tant d'impatience.

— Ah, Séti ? Tu avais raison ! Minos est donc de notre côté ?

— Son détachement arrivera d'un jour à

l'autre à Thèbes. Nous attendons aussi des soldats de Nubie et du Péloponnèse.

— Nos complices du palais en ont été informés grâce à Kay.

— Et les rois de l'Est ?

— Ils nous envoient pareillement des renforts.

— C'est parfait.

Kallisthès crut reconnaître des voix lui étant familières. Il avança légèrement pour tenter de voir qui parlait. Quelle ne fut pas sa surprise de distinguer Kabech avec des complices. « Que signifie tout cela ? » se demanda-t-il.

Mais la suite de la conversation lui confirma la gravité des faits. Séti leur expliquait la marche à suivre.

Convaincu qu'il s'agissait d'un complot et redoutant qu'il n'arrivât malheur à Ahmose, Kallisthès en oublia ses plans et retourna dans sa cabane. « Par Isis, se dit-il, je dois trouver une solution et vite ! Si je quitte le chantier, cela paraîtra d'autant plus suspect que j'ai insisté pour rester plus longtemps que les autres. Mais comment prévenir la reine qu'elle et sa fille sont en danger ? »

Kallisthès réfléchit longuement. « Si je partais de nuit ? » Il repoussa toutefois cette éventualité. S'il était pris, il n'aurait aucune explication à fournir. On aurait tôt fait de comprendre pourquoi il fuyait la Vallée et il n'aurait plus aucune chance de gagner le palais.

« Calmons-nous et raisonnons », se dit-il. Il arpentait la pièce unique où avait été jetée une paillasse qui lui servait de lit. Il ressortit pour en entendre davantage mais la Vallée était redevenue silencieuse.

Le Crétois écouta, à l'affût. Comme rien ne se

passait, il se glissa sur le chemin qui menait à Thèbes et hâta le pas. Chaque fois qu'un caillou crissait sous ses pas, il sursautait et se retournait. Puis il reprenait son chemin, la peur au ventre. « J'aurais dû prendre un âne, se dit-il. Les dieux semblent allonger mon parcours à plaisir. Osiris, dieu des morts, si jamais tu as pitié de moi et si le temps n'est pas venu pour moi de passer devant le tribunal divin, aide-moi, aide la reine et le pharaon ! »

Il arriva finalement aux abords du Village.

— Comment vais-je traverser le fleuve ? Je ne trouverai jamais un passeur en pleine nuit ! C'est insensé !

En approchant de la rive, Kallisthès prit le parti d'emprunter d'office une barque qui ne lui appartenait pas.

— Après tout, j'agis pour le bien de Pharaon aimé d'Amon...

Kallisthès détacha la corde enroulée autour d'un arbre qui retenait l'embarcation. Puis il poussa légèrement la barque et monta dedans d'un bond. Les eaux du fleuve étaient noires et inquiétantes. Le Crétois entendit soudain un vague mouvement d'eau, des bruits de rames lointains.

« Les soldats de Minos... se dit-il. Et si c'était déjà l'armée crétoise qui arrivait... »

Il revoyait encore le roi Minos le priant de s'occuper au mieux de la reine Ahmose. « J'ai l'impression que la divinité me fait vivre un cauchemar », murmura-t-il.

Il fixa les yeux sur l'horizon, craignant de voir surgir à tout moment une armée du désert ou apparaître au loin une flotte ennemie.

Tout était si calme que le silence devenait inquiétant. L'embarcation glissa sur l'eau noire. Kallisthès rama doucement, l'oreille aux aguets.

Il avait pourtant hâte de rejoindre l'autre rive. Dès qu'il eut atteint la terre ferme, il se mit à courir en direction du palais.

« Acceptera-t-on de m'ouvrir les portes en pleine nuit ? »

Dès qu'il parvint à la porte principale de l'enceinte, il tenta d'expliquer au garde qu'il devait impérativement parler à la reine. On le fit patienter.

— La divine reine d'Egypte va te recevoir, finit par lui dire le garde.

Kallisthès fut conduit aux appartements royaux. La reine le reçut dans une tenue légère. Elle s'était fait relever les cheveux à la hâte, inquiète de cette visite inopinée.

— Ce que tu vas m'apprendre est en rapport avec l'attentat dont Pharaon a été l'objet, n'est-ce pas ?

— Oui, lui répondit le Crétois. Reine des Deux Egyptes, j'ai entendu ce soir de bien étranges paroles. J'ai, tout d'abord, cru que je maîtrisais mal le sens de ces propos car je n'ai guère l'habitude de parler votre langue mais je puis t'affirmer que ce que j'avance est, hélas, la triste vérité. Un complot se prépare dans la Vallée et le village des ouvriers.

— Un complot contre mon époux ?

— Contre toute la descendance du grand roi Ahmosis, le sauveur des Egyptiens, le bienfaiteur de ce pays.

— Que dis-tu là ? Serais-je également en danger ?

— Ta fille et ta famille, digne reine aimée d'Isis, sont en danger de mort. Des armées crétoise et péloponnésienne arrivent par le Nil et doivent opérer leur jonction avec des soldats venant de l'est et de Nubie. Forts de ces quatre armées, les conjurés pourront encercler le palais et s'y introduire car des complices se trouvent dans la place.

Ahmose porta la main à sa bouche.

— Tu dois te tromper. Comment oserait-on attenter à la vie de Pharaon ? Notre peuple nous apprécie et nous respecte. Mon grand-père a toujours agi pour le bien du pays...

— Je ne connais pas la raison de cette conjuration, répondit Kallisthès, mais je te prie de me croire. Il faut agir vite.

— Agir ? Mais comment ?

Ahmose parut décontenancée. Elle s'assit et médita longuement. Les gardes demeuraient immobiles. Kallisthès songea soudain qu'il en avait peut-être trop dit. Ces gardes étaient-ils des hommes de confiance ? Mais, à son grand soulagement, l'un d'entre eux s'avança, obéissant à un simple geste de la reine.

— Cours chercher le chef de la garnison, ordonna-t-elle. Nous allons nous préparer à recevoir ces traîtres ! Envoyons un messager à Thoutmosis et aux vizirs. D'ici peu, toute l'armée égyptienne sera réunie à Thèbes. Je doute alors que nos ennemis tentent quoi que ce soit. Que Nephtys nous aide et chasse nos adversaires d'Egypte. Je n'oublierai jamais l'hypocrisie de Minos et la lui ferait payer cher !

Dans les jours qui suivirent, la reine mit tout en œuvre pour faire échouer le plan des traîtres. Elle fit enquêter au sein du harem, interrogea elle-même des femmes et des gardes. Celles-ci avouèrent que la compagne de Kay les avait incitées à la révolte.

— Elle nous a fait miroiter une ère nouvelle, dirent-elles. Sans doute a-t-elle usé de magie noire pour nous endormir ainsi et nous entraîner dans son sillon. Les plus dévoués de tes gardes se sont laissé convaincre. Aie pitié de nous ! Epargne nos enfants ! Nous avons été manœuvrées malgré nous ! Notre amour et notre dévouement vont à Pharaon et à sa famille, non à ces étrangers qui ont envahi l'Egypte.

— Qu'entendez-vous par là ? leur demanda la reine avec sévérité.

— Ceux qui ont initié ce complot sont des descendants des rois étrangers qui ont gouverné en Egypte jusqu'à la venue du roi Ahmosis.

Afin d'en savoir davantage, la reine réunit toutes les femmes du harem dans la salle du trône et leur promit de les épargner si elles révélaient le nom de certains conjurés.

— Thémis m'a parlé d'un Abou et d'un Ahmès qui sont les chefs du complot, répondit aussitôt une des plus jeunes femmes qui était entrée dans le harem du roi après avoir été faite prisonnière.

Originaire du Mitanni, elle parlait avec un fort accent.

— Quels sont les fonctionnaires qui ont trempé dans cet affreux complot ?

Un silence accueillit les paroles de la reine puis des noms furent prononcés. Quand elle les connaissait et que les personnes lui étaient attachées ou dévouées, Ahmose pâlissait étrangement. Elle avait prié Kallisthès d'assister à ces séances préludant au procès et aux jugements qui suivraient. Aussi le Crétois put-il juger de la grandeur d'âme et de la générosité de la reine d'Egypte. Car les femmes du harem furent presque toutes épargnées à l'exception de deux d'entre elles qui avaient poussé l'intrigue jusqu'à réclamer à leurs frères de lever une armée dans la région où ils étaient commandants en chef. Quant aux traîtres, la reine leur ordonna de quitter l'Egypte sans leur infliger d'autres punitions, sauf pour certains qu'elle envoya dans les mines et les carrières, les sauvant ainsi du châtiment du crocodile.

Elle ordonna elle-même une enquête auprès des magistrats qui, dans la hiérarchie égyptienne, venaient aussitôt après la famille royale. Nul parmi les grands commandants de troupes, les scribes de la bibliothèque du roi, les majordomes, les hérauts, les porte-parasols et l'ensemble des scribes, qu'ils fussent rattachés à la maison royale, au harem ou à la justice, n'échappèrent aux questions et à la surveillance de la reine. Même les fonctionnaires responsables des canaux ou de la mer et les messagers habituellement en déplacement avec le roi durent fournir des preuves de leur loyauté envers le pharaon.

Sans en informer Thoutmosis, la reine fit envoyer ses enquêteurs dans les nomes des gouverneurs et sur leurs propres domaines où ils vivaient, à l'instar du roi, au milieu d'une multitude de domestiques.

Majordomes, chambellans, gardiens de chambre, scribes et serviteurs privés furent interrogés. Puis la reine nomma des inspecteurs auprès des membres des différents clergés.

— Que tout directeur, scribe du trésor, scribe du sceau du domaine d'Amon ou de Min, que tout responsable des troupeaux, des transports, des marchandises, des ravitaillements, que tout comptable soit contrôlé ! Je ne fais confiance ni à ceux qui ont obtenu leurs charges de leur père ni à ceux qui, zélés, sont montés en grade. Qu'on interroge aussi les enfants qui ne vont plus nus par les rues et qui portent un pagne avec une ceinture, ceux qui se rendent donc à l'école et qui, dans les temples où l'on enseigne, ont pu entendre des propos diffamatoires contre le pharaon. Qu'on examine, à cet égard, les plaquettes de calcaire et les tessons de poterie sur lesquels ils écrivent ou dessinent. On y trouvera peut-être des indices.

Quand les ouvriers revinrent de la Vallée des Rois, la reine fit arrêter ceux qui avaient été dénoncés et interroger les suspects. Rien ne fut laissé au hasard de crainte qu'un foyer de révolte mal éteint ne se réveillât de nouveau.

Elle désigna douze jurés qui n'avaient pas l'habitude de délibérer mais qui lui étaient fidèles. Bien que les jurés coupables de corruption fussent condamnés à avoir le nez ou les oreilles coupés, la reine se méfiait des magistrats. Parmi les jurés qu'elle choisit se trouvaient des chambellans, des scribes, des porte-éventails et des porte-sandales.

La reine voulait éviter à tout prix que des coupables pussent corrompre la justice.

— Je vous laisse libre d'agir selon la volonté des dieux, dit-elle aux jurés. Ce n'est pas ma main qui punira mais celle du dieu Amon. Employez la bastonnade si vous le jugez bon. Que ni le dos, ni les mains, ni les pieds des suspects ne soient épargnés. Ce moyen délie souvent les langues.

Quand ils apprirent que le complot était découvert, la plupart des conjurés se morfondirent. Séti révéla à sa femme combien il était coupable et l'invita à préparer leur fuite au plus tôt.

— Rassemble nos affaires et partons cette nuit. Sinon nous serons livrés au crocodile.

Abasourdie par la témérité de son époux qu'elle croyait mou et dépourvu d'ambition, Bêlis s'exécuta sans attendre. Elle avait vite compris la situation dans laquelle les avaient mis les incongruités de son mari.

Tous les autres conjurés furent arrêtés. Ils eurent l'occasion de se défendre et furent écoutés à la fois par le juge puis par le tribunal où ils plaidèrent leur cause. Le défilé des coupables et des suspects dura pendant plusieurs jours. Entre-temps, le pharaon avait reçu le message de son Epouse royale et lui avait laissé les mains libres pour agir comme elle l'entendait selon la volonté d'Amon. Lui-même se chargeait d'envoyer des messagers aux renforts ennemis pour les informer de la situation.

Quand elle apprit l'arrestation de Kay, Thémis tenta en vain de s'enfuir. Elle fut rattrapée avant même d'avoir embarqué sur le Nil. Les coupables ne furent pas tous condamnés à la même peine. Abou et Ahmès, les initiateurs du complot, jugés les plus dangereux, furent condamnés au crocodile. Kay fut exilé. Il dut quitter Thèbes avec Thémis que la reine épargna après bien des hésitations. N'avait-elle pas semé le trouble dans le harem et convaincu des complices qui servaient les souverains au palais ? Mais Kay prit tellement d'actes répréhensibles à son compte que la vie de Thémis fut finalement sauvée. Les autres artistes travaillant dans la Vallée des Rois comme les sculpteurs Néferepet et Apoui, les dessinateurs Protop et Nobri, le peintre Mai, le garde de la tombe, Tay, l'efficace Kabech furent fouettés mais purent rester à Thèbes car leur habileté et leur talent s'avéraient nécessaires à l'ornementation ou à la surveillance des tombes royales. Parce qu'ils avaient facilité le regroupement des conjurés, l'ouvrier Gizé et le paysan Bès furent exilés.

Seul Séti réussit à s'échapper.

TROISIÈME PARTIE

XX

Malgré l'attention et les pouvoirs de Kallisthès, la reine Ahmose donna naissance dans l'année qui suivit à une seconde fille tandis que Moutnéfret arbora fièrement un troisième fils qu'elle appela Thoutmosis.

Les prières de la reine ne semblèrent toutefois pas inutiles car, alors même que le pharaon se montrait fier des progrès de son aîné Amemesis qui se révélait courageux et compétent, la maladie endeuilla le couple royal. Amemesis emprunta prématurément la barque d'Osiris pour traverser le Nil alors que le vizir avait tout juste choisi l'emplacement de sa tombe.

Bien qu'il ne cachât pas sa tristesse, Thoutmosis repartit seul en expédition. Une guerre en entraînait une autre. Le pharaon souhaitait surtout faire étalage de la puissance égyptienne. Il avait réussi à en convaincre les Nubiens qui avaient juré aux dieux de ne plus se heurter au Roi aimé d'Amon, ainsi que les peuples venus du désert qui ne se risquaient plus à s'installer sur les rives du Nil.

Quand il le pouvait, le Pharaon élevait des stèles aux emplacements de ses victoires pour qu'on ne les oubliât jamais. Il revint de Nubie en suivant sur sa barque royale le cours du Nil, le corps d'un soldat nubien suspendu à la proue de son navire la tête en bas afin que chacun pût constater quels risques il courrait en violant la puissance du roi égyptien. Thoutmosis n'avait pas omis de laisser dans les régions où il s'était imposé d'efficaces garnisons.

Après la marque de fidélité que Kallisthès avait manifestée à l'égard du couple royal en révélant le complot ourdi contre lui, Ahmose tenta à maintes reprises de lui offrir des titres mérités qu'il refusa.

Le pharaon louait son soutien. Il remerciait régulièrement les dieux d'avoir conduit le Crétois à sa cour. Afin qu'un tel drame ne se reproduisît jamais au palais, il avait renforcé la garde et placé des espions dans Thèbes et dans les principales villes égyptiennes en donnant aux vizirs des ordres précis.

La reine s'inquiétait pour le Crétois qui ne manifestait apparemment pas le désir de retourner dans son pays. Lorsque Thoutmosis partait en campagne et qu'il ne se rendait pas dans la Vallée des Rois, Kallisthès venait chaque jour au palais.

Ahmose avait pris l'habitude de passer plusieurs heures en sa compagnie. Il lui avait appris le langage et le pouvoir des fleurs, des plantes et des arbres. Il l'avait initiée au dessin car, en bon architecte, Kallisthès savait tenir le calame et esquisser d'agréables scènes champêtres qui plaisaient à Ahmose et à Hatchepsout.

En grandissant, Hatchepsout prenait conscience du courage et de la responsabilité de son père dont elle était fière. Elle regrettait seulement de ne le voir que trop rarement. Mais le pharaon, qui commençait à ressentir pour elle une grande tendresse, était plus attiré par les champs de bataille que par les banquets ou les salons.

Comme Kallisthès était venu, ce jour-là, les mains vides, la reine s'en étonna. Il avait l'air sérieux et réfléchi. Elle eut soudain peur qu'il ne lui annonçât son départ pour la Crète car, bien qu'elle refusât de se l'avouer ou même d'y songer, elle était de plus en plus attachée à cet homme cultivé et sensible, si différent de son époux dont les goûts allaient à la chasse ou aux combats.

— Sœur de Pharaon, lui dit-il, il me faut te faire un aveu. J'ai refusé jusque-là de t'en parler mais j'observe. Je comprends les manœuvres de Moutnéfret. Bien qu'elle ait perdu un fils, il lui reste encore l'espoir d'imposer les deux autres sur le trône d'Egypte et tu languis en regardant vagir ta fille, lumière divine plus éblouissante que les rayons de Rê.

La reine soupira. Il lui était inutile d'ajouter un mot tant ce drame assombrissait sa vie.

— Je ne te rappellerai pas combien les dieux apprécient qu'une sœur de sang royal épouse son frère. Leurs enfants n'en sont que plus divins et plus proches des dieux tout en s'éloignant du vulgaire peuple. Isis était sœur d'Osiris. Seth et Nephtys étaient également parents. Les divinités montrent l'exemple...

— Pourquoi me faire souffrir en me rappelant que Thoutmosis n'est pas mon frère et que nos enfants sont des filles ?

— Un fils de Thoutmosis et de toi serait bien accepté par le peuple égyptien et ferait oublier que Thoutmosis n'a pas de sang royal.

— Toutefois, nous n'en avons pas et tout est dit, répondit Ahmose un peu sèchement.

— C'est la raison pour laquelle je dois

t'apprendre, moi qui te chéris et t'admire, que je peux t'aider à condition que tu éprouves un peu de tendresse à mon égard.

Très surprise, la reine le regarda sans comprendre.

— Comment pourrais-tu m'aider ?

— Aurais-tu oublié, Sœur de Pharaon, que je suis égyptien et que ma mère a quitté l'Egypte lorsque Aménophis régnait encore ici ? Quand elle était jeune, le pharaon, ton père, l'a accueillie dans son harem. Elle y est restée pendant plusieurs années et a gardé de cette période de délicieux souvenirs qu'elle me racontait le soir avant que je ne m'endormisse. Quels moments magiques ! J'imaginais cette Egypte lointaine et riche dont je ne me souvenais plus, ces palais rutilants de pierres précieuses et d'or ! Elle a tant aimé ton père ! Et puis un jour l'âge est venu. Ses traits et son corps se sont flétris. D'autres jeunes filles ou princesses d'Asie l'ont remplacée dans le cœur de Pharaon ainsi que le veut la vie. J'avais commencé mon apprentissage au harem dans les cours des meilleurs maîtres. Elle a voulu quitter Thèbes et je l'ai suivie. Mais des brigands l'ont enlevée et l'ont vendue comme esclave en Crète.

Ahmose restait silencieuse.

— Que cherches-tu à m'apprendre ? dit-elle dans un souffle. Que tu es le fils d'Aménophis ? Que tu es mon frère ?

Kallisthès lui fit signe que telle était la réalité.

— Je ne puis le croire, répondit la reine. Les dieux t'ont-ils entraîné vers moi pour que tu m'avoues cette incroyable réalité ?

— Les dieux m'ont désigné pour être celui qui te donnera un héritier. Minos a cru que mes potions te permettraient d'exaucer ton souhait. J'ai interprété moi-même ainsi mon départ pour l'Egypte. Comment aurais-je pu penser que les divinités t'auraient faite si attirante et si douce ? J'ai quitté mon pays en te maudissant presque de m'éloigner ainsi d'une terre chère à mon cœur, de mes activités, de mon atelier et de ma mère dont l'âme erre en Crète. Mais, curieusement, dès que je t'ai vue, je n'ai plus eu qu'une idée en tête : rester ici.

— Je ne le sais que trop, répondit Ahmose en rougissant. Mais tes propos m'effraient. Te rends-tu compte que tu prétends remplacer le pharaon et me donner un fils à sa place ? Les dieux pourraient te punir pour ta suffisance et ton orgueil. Quelle audace !

Le Crétois baissa les yeux.

— Excuse mes paroles franches et directes. Depuis que j'ai compris quel message m'avaient envoyé les dieux, je n'ai plus honte de te révéler ce que j'ai compris car je suis sûr de ne pas me tromper.

Comme Hatchepsout pointait son nez dans les appartements de la reine après avoir échappé une nouvelle fois à sa nourrice, la reine se tut.

La petite fille courut maladroitement vers le Crétois.

— Tu es encore ici ? lui demanda-t-elle avec aplomb.

— Ne m'aimes-tu pas ? lui dit Kallisthès en souriant.

Hatchepsout minauda.

— Je t'aime puisque tu m'aimes, répondit-elle. J'aime Rê parce qu'il m'aime. J'aime Isis parce qu'elle m'aime et me protège. J'aime...

Son ton imitait celui d'une chanson enfantine.

— Je m'occuperai de toi tout à l'heure, lui dit la reine.

— Je voulais juste savoir quand mon père, le pharaon, reviendrait au palais.

— Très bientôt...

— J'ai hâte de le voir. Quand il rentre à Thèbes, le peuple est si content ! Les fêtes se prolongent pendant des jours et des jours ! Tout est beau pour l'accueillir ! Des milliers de bouquets décorent les maisons et les balcons. Des pâtisseries sont distribuées toute la journée aux enfants. On chante ; on rit ; on danse...

— On fête les succès de Pharaon sur les ennemis de l'Egypte.

Hatchepsout insista une nouvelle fois pour savoir si son père serait bientôt de retour.

— Je te le promets, lui dit sa mère en l'embrassant.

Elle la confia à sa nourrice qu'elle tança gentiment en lui ordonnant d'être à l'avenir plus attentive et plus sévère.

— Pharaon reviendra-t-il réellement aussi vite que tu le prétends ou as-tu affirmé cela pour plaire à la princesse ? demanda Kallisthès.

— J'ai reçu hier un message encourageant. Son armée avance vite. Pharaon est pressé de rentrer.

— Voilà qui est nouveau, par Isis ! Pharaon n'a jamais été pressé de rentrer à Thèbes ! Seules l'intéressent les campagnes et la guerre.

— Ne parle pas à sa place, Kallisthès, répondit la reine. N'oublie pas qu'il est le pharaon d'Egypte ! Jamais je ne tromperai Thoutmosis que mon père a choisi entre tous ! Le pharaon s'intéresse de plus en plus à ses enfants et se montre très attaché à ses filles. Voilà pourquoi il lui plaît d'être davantage au palais.

Le Crétois baissa la tête. S'était-il trompé à ce point sur les sentiments de la reine ? Ahmose ne considérait-elle pas leur rencontre comme un signe divin ? Elle lui apparut soudain plus distante et plus rebelle.

— Je dois réfléchir et consulter les prêtres, dit-elle finalement. Je connais ton dévouement et l'ai toujours apprécié. L'amour que je ressens pour toi s'éclaire aujourd'hui. Tu es mon frère et il est naturel que j'éprouve pour toi une attirance plus grande que si tu étais un étranger. Si tu restes à Thèbes, je veux dorénavant que tu résides au palais, là où est ta place, là où mon père, Aménophis, qui est aussi le tien, aurait voulu que tu sois. Tu recevras aussi des titres et des fonctions dignes du frère de la reine que tu es.

— Je ne suis jamais, et tu le sais comme moi, qu'un frère parmi d'autres conçus avec des concubines sans importance. Si tu es attiré par moi ainsi que tu viens de le reconnaître, c'est uniquement parce que tu es une femme...

— Je suis la reine d'Egypte, descendante du grand Ahmosis, Celle en qui coule le sang des héritiers.

— Une reine est avant tout une femme.

— Non, Kallisthès, répondit froidement Ahmose. Une reine est avant tout une reine avec ses obligations, ses devoirs envers les dieux et envers son peuple. Prends garde que la divinité ne te punisse !

Jugeant préférable de se retirer, Kallisthès laissa la reine en plein désarroi.

— Je vais immédiatement donner des ordres pour que l'on s'occupe de toi, dit-elle.

— Ce ne sera pas utile, répondit le Crétois. Ta réaction guide ma décision. Je repartirai pour la Crète.

Craignant que son cher Kallisthès ne mît ses menaces à exécution, la reine le rappela aussitôt. Ses yeux trahissaient son affolement.

— Je ne sais plus que penser. Pardonne ma rudesse et mon ton indélicat. Pourvu que personne n'ait ici entendu tes paroles ! Si Thoutmosis apprenait ton attachement à mon égard et ta proposition de donner un héritier royal au peuple égyptien, un scandale éclaterait à la cour. Or, il s'y trouve toujours des âmes malveillantes, prêtes à nuire malgré les mesures sévères qu'a prises Pharaon et malgré nos esprits sans cesse en éveil depuis que nous avons été trahis par des fonctionnaires en apparence dévoués à notre cause.

— L'Egypte est tellement fière des descendants du divin Ahmosis et elle les aime tant...

— C'est précisément pourquoi nous ne soupçonnions rien. Isis avait mis un voile doré sur mes yeux aveugles. Comment aurais-je pu envisager un seul instant que les Egyptiens, à qui mon père avait redonné la liberté et le bonheur, pussent un jour se révolter contre nous qui ne songeons qu'à leur joie et à leur bien-être ?

— N'oublie pas que le complot a été fomenté au départ par ces redoutables descendants d'envahisseurs étrangers qui ont si bien su manœuvrer et gagner à leur cause des Egyptiens de souche et des rois qui étaient nos amis.

— Comme Minos... Qu'y a-t-il gagné ? Il est maintenant interdit aux marins égyptiens de faire du commerce et de traiter avec les marchands crétois.

— C'est une lourde sanction pour eux, divine Ahmose. Si tu me laissais agir, je trouverais une solution qui ne pénalisât ni le peuple crétois étranger à ce complot, ni les ports des côtes de la Méditerranée où se sont installés les Egyptiens et où Thoutmosis interdit pareillement aux Crétois de faire étape. Pourquoi des hommes courageux et honnêtes pâtiraient-ils d'une erreur de leur souverain ?

— Telle est la règle de la vie, répondit Ahmose en réfléchissant. Toutefois, tes paroles me révèlent combien un roi tel que toi serait précieux à l'Egypte. Tu es, en effet, plus diplomate que Thoutmosis. Tu es malin et adroit. Tu sais te faire aimer et respecter naturellement sans avoir recours à la torture ou à la guerre. Tu es intelligent et connais maintes recettes de magie et de médecine sans compter tes talents d'architecte. Je suis persuadée que tu saurais mener les hommes et que tu es né pour les entraîner sur le chemin du bonheur. C'est sans doute ces qualités que les déesses de l'amour ont mises en évidence devant mes yeux pour que je pusse les juger à loisir. Seul le plus sot de tous les hommes les ignorerait.

— Tu les reconnais mais tu ne m'acceptes pas. Il est inutile de parler vainement.

Comme Kallisthès faisait de nouveau mine de partir, la reine lui demanda de rester.

— Non, ne pars pas. Je crois que tu as raison. Tu as compris qu'Isis avait placé dans mon cœur un amour interdit. Je ne puis nier mon attachement pour toi.

— Enfin tu le reconnais, dit le Crétois en se jetant à ses pieds et en entourant ses chevilles de ses bras.

— Est-il besoin de te l'avouer ? Avec ta perspicacité et ta sagacité, n'as-tu pas deviné quels sentiments m'attiraient vers toi ?

— N'en aie pas honte. Ne te sens pas coupable. N'y vois qu'un signe des dieux...

Kallisthès levait vers elle des yeux qui imploraient la mansuétude et le pardon. Tout en restant assise sur un fauteuil aux accoudoirs volumineux recouverts d'or sculpté en forme de lions couchés, elle lui prit les poignets et lui fit signe de se rapprocher d'elle. Kallisthès entoura sa taille et posa sa tête sur ses genoux.

— Que devons-nous faire ? demanda la reine. Quelle direction nous montrent les dieux ? Toi qui sais lire dans le message des divinités sans avoir recours aux prêtres purs, que lis-tu dans l'avenir ? Jamais nous ne devrons nous tromper à ce sujet sinon la vengeance divine sera terrible !

Elle plaça ses deux mains autour de son visage dans un geste affolé.

— Pharaon restera pharaon. Il a été accepté par Amon. Il est inconcevable qu'il quitte cette terre si jeune et que tu prennes sa place à moins qu'il ne meure au combat, ce que je ne puis souhaiter car, malgré l'affection que je te porte, je ne le déteste pas. Je l'ai beaucoup aimé même s'il n'a pas toujours répondu à cet amour. L'Egypte n'a pas besoin de deux pharaons.

— Mais elle a besoin d'un héritier.

— Qui me dit que tu saurais m'en donner un ? Thoutmosis n'a-t-il pas deux fils et n'en a-t-il pas perdu un ? Il serait donc normal que le défaut vienne de moi et non de mon époux.

Kallisthès la regarda, les yeux malicieux.

— Aurais-tu ce pouvoir de choisir l'enfant qui naîtrait de nous deux ? demanda Ahmose.

Le Crétois ne jugea pas utile de répondre. Il se leva et resserra son pagne à la taille. Il semblait subitement un autre homme. Puis il frappa énergiquement dans ses mains ainsi que le faisait la reine et distribua ses ordres.

— Qu'on apporte ici des récipients, des coupes en faïence et en porcelaine, des petits pots en albâtre, des morceaux de bois et des cuillers pour remuer les mixtures, des clous et des liens ! Nous allons honorer Hathor la dorée, celle qui illumine le ciel de mille couleurs extraites des pierres précieuses de l'améthyste, de la turquoise ou de la malachite ! Reine d'Egypte, toi qui es aussi prêtresse, qui es souveraine des cultes, qui transmets tes pouvoirs spirituels à d'autres prêtresses exerçant des cultes dans toutes les grandes villes de ce pays, toi qui connais parfaitement les rites des temples auxquels participent des jeunes filles de basse extraction comme des femmes de la plus grande noblesse, des veuves, des femmes mariées ou célibataires, toi la mère des dieux, la protectrice de l'Egypte, la prêtresse pure des processions d'Hathor, revêts ta longue robe blanche, pose la main sur mon épaule, protectrice de la tombe de Pharaon et de ses enfants, appelle la déesse Neith, les dieux Thot, Ptah et Min et toutes les divinités qui pourront nous aider.

La reine se leva comme si elle allait conduire une procession en l'honneur d'un dieu et obéit à Kallisthès.

— Qu'on exécute ses ordres ! dit-elle à ses domestiques.

Elle-même fit appeler les prêtresses purifiées, celles qui veillaient au bien-être du peuple, les aimées et les servantes du pouvoir divin. Ces femmes, aux titres divers, avaient l'habitude d'assumer leur tâche pendant un mois, à tour de rôle. Elles dirigeaient des équipes chargées de veiller aux rites, à l'exploitation du domaine dont elles étaient responsables et aux préparations ou aux déroulements des fêtes qui en dépendaient.

Quelle ne fut pas leur surprise d'apprendre que la reine les réclamait de toute urgence au palais alors que leurs fonctions ne leur laissaient guère le loisir de s'absenter de leurs terres !

— Qu'Hathor entende nos voix, dit Kallisthès, la déesse de l'amour sous toutes ses formes, la grande vache du ciel, celle qui enfante les astres et le Soleil, qui fait naître les flammes des sentiments, l'attirance physique entre les êtres, qui apporte le bonheur dans les foyers et favorise les mariages ! Nous lui dédierons un sycomore afin qu'elle y réside près de nous. De son bois nous tirerons le sarcophage de la reine Ahmose. Que celle qui tient la tige de papyrus des élus, qui protège les justes et qui a accompagné ma mère dans l'Au-Delà puis l'a fait ressusciter en lui donnant du lait céleste, me rapproche aujourd'hui de celle que j'aime. Ma chère mère chante à ses côtés ; elle danse et déclame, goûtant à la joie des plaisirs de l'Au-Delà. De même qu'en ce bas monde, Ahmose et Kallisthès chantent et dansent en compagnie d'Hathor la Céleste protectrice !

XXI

Toutes les prêtresses, belles et parfaites, à la chevelure ondulée, répondirent bientôt à l'appel de leur reine. Elles se réunirent dans une pièce occupée par un chaudron central placé sur un trépied en bronze, rempli de plantes que l'on brûlait et qui dégageaient d'indéfinissables odeurs. Elles jouèrent d'un instrument à la demande de la reine, se mirent à chanter de douces mélopées langoureuses en mimant la création du monde.

Ahmose offrit une coupe de vin à la déesse afin de faciliter les prédictions de Kallisthès. Les sept prêtresses y burent à tour de rôle puis le Crétois y trempa également ses lèvres.

— Vénérables qui chassez le mal, favorisez l'harmonie et rendez les mariages heureux en comblant les parents d'enfants ! Venez à notre aide ! dit le Crétois.

Les prêtresses jouèrent du tambourin et de la double flûte puis elles chantèrent de nouveau en frappant dans leurs mains. Elles formèrent une ribambelle et se coiffèrent d'un uræus. Les cornes de vache terminèrent leur coiffe. Au centre étaient représentés les disques solaires rouges.

— Oui, aide-nous, déesse Hathor, supplia Ahmose.

La plus âgée des prêtresses s'empara d'un sceptre et d'un papyrus. Toutes tirèrent sur les bandes rouges qui ornaient leurs tuniques longues et blanches puis elles les nouèrent ensemble par sept nœuds hermétiques afin d'emprisonner le malheur.

— De même que tu étais présente à la naissance de mes filles et que tu veilles aujourd'hui sur la durée de leur vie que je souhaite longue et heureuse, poursuivit Ahmose, que le serpent anéantisse le mal et purifie notre vie.

La prêtresse qui avait pris la tête de la ribambelle se plaça au centre et joua du sistre.

— Nous dansons et chantons en l'honneur d'Hathor, dit-elle. Notre fonction est d'accomplir des rites du matin jusqu'au soir pour celle qui porte le sceptre et apprécie les sons du tambourin. Elle est si belle et si délicate ! Pour elle, autour d'elle, les astres forment un orchestre. Le Soleil et la Lune chantent.

Les sept prêtresses se baissèrent pour prendre un objet chacune dans une main. L'une s'empara du collier qui symbolisait la résurrection ; une autre de la clepsydre du temps ; une troisième des sistres qui apportent la joie ; une quatrième des ailes protectrices de l'Egypte et de l'Univers. Elles mimèrent la création du monde puis les trois dernières saisirent une coupe de lait, un pot de vin et une couronne d'or identique à celle qui était placée sur le front d'Hathor.

— Et maintenant, écoute Kallisthès, dit la reine. Voilà l'or, matière divine, voilà la porte donnant accès à ton temple sacré. Voilà ces objets que nous déposerons à l'intérieur. Je t'ai déjà priée mille fois. Kallisthès va parler par ta voix. Nous connaîtrons enfin ta décision. Kallisthès est-il celui qui m'apportera le salut et qui comblera les Egyptiens ?

Le Crétois ajouta de nouvelles plantes dans le brasier et provoqua une gigantesque gerbe de fumée.

La reine se recula légèrement.

Tout en obéissant à la reine qu'elles respectaient plus que le pharaon, les prêtresses jetaient des coups d'œil en coin vers Kallisthès. Elles s'exécutaient sans comprendre la présence du Crétois. Le prenant pour un mage ou un poète grec, elles psalmodièrent plus fort.

Les tentures pourpres qui recouvraient les murs rougirent de l'éclat des flammes jaillissant du brasier. On eût dit une manifestation de rites initiatiques ou le déroulement de quelque mystère.

La reine observait Kallisthès avec admiration.

Elle respectait ses connaissances dans l'art de la magie.

Celui-ci mélangea plusieurs potions, saisit des figurines qu'il lia entre elles par des nœuds solides. Il prit un clou et le planta dans le cœur d'une statuette en cire qui représentait une femme. Puis il dessina sur son ventre le visage d'un petit garçon. Kallisthès se mit alors à injurier les dieux s'ils n'exauçaient pas ses désirs. Il les menaça de destruction.

— Demain, tu iras toi-même cueillir un bouquet de fleurs, dit-il à la reine, et tu le déposeras devant la tombe d'une personne qui t'était chère et qui est morte jeune.

Ahmose hésita.

— La tombe d'Amemesis ferait-elle l'affaire ?

— Aimais-tu Amemesis ?

Ahmose hésita.

— Je ne l'ai jamais détesté.

— Choisis plutôt une femme, répondit Kallisthès.

— Alors que vois-tu dans cette fumée ? Que lis-tu dans ces flammes ? demanda la reine, inquiète.

— Je ne distingue que joie et lumière, dit le Crétois. Je vois un enfant de ta chair monter sur le trône d'Egypte. Ce ne peut être qu'un fils.

— Qui sera son père ?

Sa voix tremblait légèrement. Kallisthès poussa un profond soupir.

— Hélas, Hathor me cache l'essentiel. Elle protège l'enfant, le rend robuste et intelligent, mais elle ne le montre pas avec son père. Nourri au lait divin qui donne la santé et la force, il devient robuste et domine tous les Egyptiens de sa grandeur et de sa puissance. Il l'emporte sur des ennemis et s'impose.

Ahmose se mit à chanter des hymnes sacrés comme personne ne savait le faire. Elle était la reine de la musique et du chant. Elle seule connaissait tous les instruments, se montrant aussi habile avec une harpe qu'avec des castagnettes. Il lui arrivait de danser lors des fêtes de Memphis ou de Thèbes, lors des cérémonies qui se déroulaient au temple d'Amon. Ses pieds semblaient alors toucher à peine le sol.

— Danse, reine vénérée, l'encouragea Kallisthès. Ainsi atteindras-tu la divinité. Alors seulement nous obtiendrons des réponses de ceux qui nous dominent.

Cinq prêtresses entourèrent la reine assistée de quatre adoratrices en pagne. Elles entonnèrent ensemble un hymne en l'honneur des vents. Puis elles attachèrent leurs cheveux.

— Toi qui me vois portant un collier et un miroir, clama la reine en levant les bras au ciel, écoute-moi. Que les quatre vents ressuscitent la digne mère de Kallisthès et qu'elle nous apporte le message tant attendu des dieux.

Les quatre adoratrices s'approchèrent.

— Que le vent du nord redonne la vie. Que le vent d'est aide Rê à nous assister. Que le vent du sud apporte l'eau génératrice de vitalité !

Deux prêtresses fixèrent sur leurs cheveux une perruque nattée représentant la nature de Haute et Basse-Egypte et invoquèrent l'amour. Elles se tournèrent vers les quatre angles de la pièce comme si elles englobaient l'univers. Puis elles jouèrent de la harpe, du sistre aux sons métalliques éloignant le malheur et tendirent à la reine un collier *merat* chargé de transmettre le bonheur. Les perles du collier frappées l'une contre l'autre indiquèrent que le moment était venu de danser à nouveau.

— Que ce collier apporte à la reine vie, pouvoir, amour et enfants.

Bientôt résonnèrent les sons envoûtants des hautbois, ceux plus criards des crécelles et des flûtes, ceux plus doux des luths, des cithares, des lyres qui rejoignirent les harmonieux accords des percussions et du tambourin.

Les danseuses rejetèrent leur chevelure en arrière. Elles agitèrent des tiges de papyrus en invoquant Hathor.

— Déesse, accorde à l'âme de la reine juste et droite d'avoir d'autres enfants sains et robustes. Que ce papyrus, symbole de la vie, toujours verte et jeune, lui apporte un fils.

Maintenant à moitié dénudées, les prêtresses aux seins menus et fermes emportèrent leurs corps magnifiques dans des danses effrénées. Leurs colliers sautaient sur leur poitrine. Leurs bracelets résonnaient à leurs poignets.

— Viens, déesse, toi qui aimes les chants et les danses pendant toute la nuit. Unis-toi avec la lumière. Ne te transforme pas en fauve cruel. Thot saura te garder parmi nous.

Une troupe de danseuses entra. Elles étaient toutes vêtues de robes moulantes qui laissaient clairement voir leurs formes sveltes. Les pieds chaussés de légères sandales d'or et d'argent, les chevilles aussi souples que celles, ailées, de Cupidon, les bras si fins qu'on eût dit des brindilles sèches, les yeux abondamment noircis de khôl, la poitrine nue, le bout des seins teinté de pourpre, la taille et les hanches fines, elles étaient coiffées de perruques sophistiquées mais légères rappelant celles que portait la divine épouse d'Ahmosis lorsqu'elle s'était attribué terre, domaine, scribes, paysans et responsable du grenier.

La pièce s'imprégna de nouvelles odeurs plus agréables et plus fortes car chacune s'était parfumée. Elles joignirent leurs chants à peine susurrés à ceux des prêtresses qui psalmodiaient si bas que seules les divinités pouvaient les entendre.

Intriguée par ce cérémonial inhabituel et bien que l'entrée de la pièce lui fût interdite, Hatchepsout, qui avait encore réussi à tromper la vigilance de sa chère nourrice, séduisit les gardes par ses minauderies et parvint à convaincre l'un d'entre eux d'entrouvrir la porte. Elle se faufila dans la pièce et souleva le rideau pourpre qui lui dissimulait la scène. Quelle ne fut pas sa surprise de voir alors sa mère en transe, qui semblait possédée par un dieu, recevoir des mains de Kallisthès une torche enflammée dont elle raviva le brasier. Puis elle prit un objet représentant les forces du mal et le jeta dans le feu.

Hatchepsout trouva sa mère belle et étrange dans sa robe longue et blanche avec son large collier et ses bracelets qui tintinnabulaient à chacun de ses gestes. Elle était élégamment coiffée du vautour tandis que son front était orné de l'uræus.

Les prêtresses qui l'entouraient renouvelèrent leurs vœux de chasteté en l'honneur de la déesse Hathor et du dieu Amon et s'engagèrent à toujours les servir. Elles agitèrent le collier symbole de renaissance et le signe de la vie. Une statue du dieu Amon fut apportée au centre de la pièce. La plus âgée des prêtresses l'étreignit par la taille, tâta sa couronne et entoura son cou du collier de résurrection. Puis Ahmose s'avança. Elle s'agenouilla face à la prêtresse qui dit à

Amon de poser les mains sur elle et de lui transmettre son pouvoir.

— Cette main du dieu remplacera le sexe et la semence de l'homme. Unie au dieu, tu donneras naissance à un enfant divin qui ne peut être que pharaon.

Comme des courtisans entraient, la fillette se dissimula dans les plis d'un rideau. Un scribe portait un livre et une dizaine de prêtres *ouâb* revêtirent la reine d'ornements sacrés et d'amulettes.

— Tu es la reine de tous les lieux que parcourt le Soleil. Tu es celle qui nourrit le peuple, toi qui séduis, pleine de charme, toi qui es douce et tendre, pleine d'amour, qui offres au Nil des présents pour que la crue soit importante.

Ahmose donna des ordres à l'intendant qui s'occupait sur son domaine des troupeaux, du trésor, des champs, du ravitaillement et des vêtements.

— Que Maât, la déesse de l'ordre et de l'équilibre du cosmos, qu'Hathor et Amon reçoivent régulièrement des cadeaux, lui dit-elle. Unie à la Vie et à Chou, Maât redonnera à l'Egypte sa stabilité en protégeant l'héritier futur.

Hatchepsout observa avec ravissement sa mère souveraine qui resplendissait sous les symboles protecteurs et magiques et dont les yeux paraissaient éclairés d'une lueur vive. Elle était si couverte d'or, symbole divin, qu'elle semblait elle-même plus déesse que reine.

Alors entra le dernier groupe de femmes. Hatchepsout recula encore davantage et se prit les pieds dans le bas du rideau. Mais elle sut étouffer son cri en plaçant sa main devant sa bouche.

Les femmes qui avaient coutume de vivre à l'intérieur des temples, lavées, parfumées, épilées et frictionnées d'encens, se disposèrent près du foyer. Elles portaient, elles aussi, de longues jupes plissées et étroites qui tombaient sur leurs chevilles. Une large ceinture tenait leur jupe sur leurs hanches. Elles chantèrent le pouvoir et l'apaisement des forces de l'univers. Elles placèrent leurs mains sur les objets sacrés comme pour les protéger. Les bras en arc de cercle au-dessus de la tête, ces initiées de la maison de l'arbre esquissèrent quelques pas de danse rudimentaires.

— Je suis la lumière des ténèbres et de la nuit, répétait Kallisthès. Je suis Celui qui connaît les bienfaits de la magie et de la science, Celui qui accède aux cieux, qui voit jusqu'aux limites de l'univers. Dieux, protégez la dynastie d'Ahmosis ! Que la maladie, la médisance et l'injustice s'écartent d'elle ; que ses terres s'agrandissent ; que son personnel lui soit fidèle ; qu'elle soit à l'abri des périls en voyage ou au palais ! Dites-moi si je suis Celui qui aura le privilège de concevoir le fils qui continuera l'œuvre de cette brillante dynastie.

Hatchepsout, qui ne comprenait pas tout, sentit à ces mots qu'il se déroulait un rite étranger à ses intérêts. Vêtue d'une jupe longue à bretelles croisées sur sa poitrine, elle prit dans sa main un lotus qui se trouvait sur une petite table d'offrandes à proximité, renversa celle où étaient disposés des pâtisseries, des cruches de bière, du parfum et des morceaux de volailles et surgit tandis qu'une prêtresse prononçait les mots :

— Je suis louée par Pharaon, honnête et équitable, récompensée par la reine pour ma droiture. J'accomplis les rites dont je suis digne, adoratrice aux côtés de la Grande Epouse royale. L'aimée de Pharaon est venue en ce jour au palais et a prononcé des paroles sacrées. Elle est venue sur la barque divine pour faire brûler les plantes de Kallisthès qui donnent la vie dans des habits tressés par Tayt. Juste de voix, que je sois étendue au milieu des astres de la vache Hathor.

Hatchepsout interrompit la prêtresse qui disait renouveler son cœur, celle qui réclamait autant de puissance qu'Hathor et Sekhmet et celle qui priait pour qu'Ahmose eût une vieillesse agréable.

Ahmose sembla soudain sortir de sa torpeur.

— Hatchepsout ! cria-t-elle. Mais que fais-tu encore ici ?

La princesse se planta au milieu de la salle devant les regards interdits. Elle saisit le symbole hiéroglyphique de vie qui achevait de se consumer dans le brasier maintenant éteint et, au risque de se brûler, l'emporta avec elle.

XXII

Si Ahmose dut se plier à la volonté des dieux qui avaient désigné Hatchepsout comme l'élue de la dynastie, Moutnéfret connut, de son côté, une grande contrariété : elle perdit son deuxième fils, celui qui accompagnait, depuis le décès de son aîné, le pharaon dans chacune de ses campagnes.

Le malheur s'acharnait sur Thoutmosis qui ne réussit à surmonter son chagrin qu'en repartant au combat. Il organisa une base militaire à Memphis, conduisit son armée vers l'est puis traversa l'Euphrate. Il avança si vite qu'il se retrouva bientôt sur le territoire du roi du Mitanni.

L'ennemi était en train de rassembler ses soldats quand le pharaon le surprit. Face à la rapidité de l'Egyptien, les adversaires n'avaient guère eu le temps de s'organiser. Aussi le pharaon se lança-t-il dans la bataille sans attendre.

L'armée égyptienne fit bien vite des dizaines de morts et de prisonniers dans l'armée ennemie. Les plus vaillants soldats furent aussitôt récompensés. Thoutmosis leur promit une partie du butin et de l'or. Certains ramenèrent même les chars et les chevaux des ennemis qu'ils avaient faits prisonniers.

Thoutmosis ne s'encombrait pas de tradition militaire. Lorsqu'il avait décidé d'imposer sa force et ses volontés à un adversaire, le pharaon le faisait sans ménagement. Ainsi ne respectait-il guère les habitudes qui consistaient, avant un siège ou une bataille, à proposer au roi du Mitanni un jour pour combattre. S'il souhaitait surprendre l'adversaire en pleine nuit, ne pas lui déclarer ouvertement la guerre, ne pas attendre qu'il eût achevé ses préparatifs, ne pas patienter jusqu'à ce que les alliés du roi fussent rassemblés, il agissait comme bon lui semblait.

Comme le roi du Mitanni le lui reprocha, le pharaon lui envoya un messager pour lui rappeler que, depuis le Naharina, les passes devenaient parfois si étroites que ses soldats étant obligés d'avancer en colonne, lui-même lui avait demandé, dans une précédente campagne, de respecter la règle militaire et de ne l'attaquer que lorsqu'il serait face à lui, son armée déployée en toute égalité de force.

« Or, que s'est-il passé ? écrivit le pharaon. Nos perfides ennemis qui ne l'emportent que par la ruse et la surprise ont harcelé notre arrière-garde. Roi secret, tu avais réuni tous les peuples contre nous ; ils étaient aussi nombreux qu'une nuée de sauterelles s'abattant sur les monts et dans les vallées. »

Voyant avec quelle vitesse le pharaon tuait ses ennemis, plusieurs Bédouins, tant redoutés par les caravaniers, se présentèrent au camp égyptien.

Méfiant, Thoutmosis les reçut sous sa tente après s'être fait entourer de gardes robustes. Il avait revêtu son pagne et sa ceinture royale qui ne dissimulaient rien de sa poitrine musclée. Son fauve était allongé à ses pieds sur un tapis moelleux.

— Pourquoi trahissez-vous vos compatriotes ? Que souhaitez-vous me dire ? demanda le pharaon en les observant attentivement.

— Le roi du Mitanni craint Pharaon, Vie, Force, Pouvoir, lui dirent-ils. Or, nous ne voulons pas soutenir un souverain apeuré.

Tout en parlant, les Bédouins regardaient autour d'eux. Ils avaient déjà estimé la solidité de la palissade renforcée de boucliers qui entourait le camp égyptien, compté le nombre de petites tentes qui s'étalaient à droite et à gauche de la grande tente royale.

Les chevaux, dételés, buvaient. Les ânes, soulagés de leurs fardeaux, somnolaient dans la poussière. Les armes avaient été alignées sous les tentes. Des soldats achevaient pour leur roi une baraque en bois dont le toit était maintenu par deux colonnes. Ils y installaient des rideaux et y transportaient des tables, des tabourets et des nattes.

Devant les tentes des officiers balayaient de simples fantassins. Ils arrosaient d'eau les seuils poussiéreux. Des charriers faisaient de continuels va-et-vient, transportant sur leurs épaules des ballots en tissu attachés à des palanches. D'autres s'accordaient une sieste à l'intérieur de la caisse de leur char.

— Divin pharaon, dit un soldat en entrant précipitamment sous la tente du roi qui s'était assis sur un trône d'or. Deux de nos soldats ont capturé une patrouille hourrite qui s'était aventurée aux portes du camp.

Le pharaon se montra fort mécontent que l'on vînt ainsi déranger son armée en plein repos. Comme ils s'avéraient peu loquaces, Thoutmosis menaça les prisonniers du bâton s'ils ne parlaient pas. Finalement, les soldats de la patrouille reconnurent devant les Bédouins qu'ils avaient été envoyés par le roi du Mitanni pour tenter de connaître les forces du pharaon.

— Décidément, ce roi est toujours aussi fourbe ! Non seulement il ne respecte pas les lois de la guerre mais il ose me reprocher mes audaces !

Observant une nouvelle fois les Bédouins, le roi leur dit :

— Je ne crois pas que vous soyez ici pour combattre dans les rangs égyptiens. Je pense que le roi du Mitanni vous a envoyés pour faire diversion. Pendant que je vous écoutais, une patrouille tentait de pénétrer dans notre camp. Les dieux ne m'incitent pas à vous faire confiance. Parce que je suis aujourd'hui bien disposé, je vous conseille de vous retirer au plus tôt.

Puis il rabattit le pan qui fermait sa tente pour délibérer avec ses meilleurs officiers. A la suite de quoi, il s'empara de ses armes et sortit haranguer ses soldats au centre du camp.

— Je vais vous démontrer que ce n'est pas en vain que le divin Aménophis m'a désigné comme son successeur et que j'ai réalisé des campagnes avec succès !

Il invita tous ses soldats à prendre leurs armes et à le suivre.

Thoutmosis se précipita aussitôt au-devant de l'ennemi. Il se retrouva bientôt dans la mêlée debout sur son char, les rênes entourant sa taille, lançant des flèches, se protégeant de son simple bouclier, poussant des cris pour affoler les adversaires. Il portait un casque, des bracelets aux bras et aux poignets et deux colliers magnifiques. Son carquois se trouvait sur son dos. L'étui était attaché à la caisse du char. Un officier se tenait derrière lui. Il laissait le pharaon manœuvrer seul face à l'adversaire.

Des dizaines de chars suivaient celui du roi. Bientôt, quelques écuyers tombèrent, percés d'une lance. Les soldats égyptiens se ruèrent sur plus de deux mille chars qui se retrouvèrent vite retournés sur le sol. Effrayés, les archers ennemis perdaient le contrôle de leur arc. Ceux qui étaient blessés étaient achevés dans la mêlée. Le pharaon ne laissait aucune place à la pitié. Thoutmosis les abattait et ordonnait de mettre le feu à leur région. Les vaincus levèrent finalement le bras et l'index en signe d'impuissance. Ils tinrent leurs épées le long de leur corps, droites et verticales, puis levèrent le bras gauche et retournèrent brusquement leur paume vers le sol. Ils reconnaissaient ainsi leur défaite.

Quand il ne resta plus aucun combattant du Mitanni, Thoutmosis leva son glaive et cria aux prisonniers traînés devant lui :

— Allez dire aux contrées les plus reculées qu'elles doivent redouter Pharaon invaincu ! Par le *ka* de mon père Rê, soldat ferme en mon cœur, grâce à la main d'Amon qui a frappé à ma place, j'ai enchaîné les habitants du Mitanni ! Je les ai liés et brisés à jamais !

Toutefois, comme les prisonniers étaient prêts à reconnaître la supériorité de l'Egyptien, le pharaon leur promit la vie sauve. Il leur proposa de faire partie de son armée. Il fit dresser une estrade pour contempler l'endroit de sa victoire. Des porte-parasols l'entourèrent. Les étendards furent piqués dans le sol tout près de l'estrade. Les officiers défilèrent pour féliciter leur pharaon. Les scribes se mirent à évaluer le nombre de morts et de prisonniers. Mains, phallus et armes des vaincus, entassés à proximité furent triés et comptabilisés par les hérauts et les scribes.

Les prisonniers affirmèrent haut et fort combien Pharaon était grand. Ils furent marqués au fer rouge. Les chefs furent conservés pour le défilé triomphal qui couronnerait le retour du pharaon à Thèbes. La tête baissée, les pieds et les mains liés, les vaincus acceptèrent leur sort sans rechigner tandis que des soldats égyptiens les menaçaient du fouet.

*

* *

Thoutmosis poursuivit sa progression vers l'est. Quand ils apprenaient son arrivée, les habitants fuyaient vers les forêts ou s'enfermaient dans leur citadelle protégée par des fossés et des palissades. Les femmes plaçaient leurs enfants dans une hotte et couraient se cacher au milieu des palmiers.

Les Egyptiens coupaient les figuiers et les vignes qui couvraient les pentes ; ils saccageaient les arbres fruitiers et les champs. Dès qu'ils décelaient le drapeau d'une forteresse flottant en haut d'une tour, ils se préparaient à l'attaque et au siège. Evitant les jets de pierres, de flèches et de lances, ils détruisaient les portes à coups de hache et entraient par les fenêtres grâce à des échelles aussi hautes que les murs.

Les habitants et les chefs se rendaient sans attendre de crainte d'être massacrés. Ils sortaient de la forteresse un à un, rampant, les coudes à terre ou offrant des cratères, des amphores, des bijoux du plus bel effet qui ne laissaient pas le pharaon insensible. Thoutmosis les gardait volontiers pour lui-même ou les destinait aux temples égyptiens. Ses soldats convoitaient aussi les armes, le vin, les vivres et les vêtements des vaincus. Ils prenaient leurs chevaux et laissaient les ânes. Ils emportaient autant de bois qu'ils le pouvaient pour la fabrication des barques et la construction des mâts dressés devant les temples. Sapin, cèdre, caroubier, genévrier étaient convoités par tous.

Thoutmosis ne s'en tint pas là. Emporté par la faveur des dieux et après avoir fait dresser sur place une stèle commémorative, il invita ses soldats à festoyer afin de célébrer sa victoire puis il organisa une partie de chasse. Il excellait dans la poursuite des éléphants. Aussi y mit-il son ardeur et son adresse, bouleversé par le souvenir de ses deux fils qui d'ordinaire l'accompagnaient. Que ne leur avait-il appris pour les voir anéantis tous deux par la volonté divine ? Ce destin tragique l'avait fait réfléchir sur le sens que les dieux voulaient donner à sa vie.

Pourquoi s'acharnaient-ils ainsi contre ses fils ? Moutnéfret n'était-elle pas une mère digne d'un futur pharaon ? Eux-mêmes ne s'étaient-ils pas montrés à la hauteur de ce qu'Amon attendait d'un souverain en herbe ? Quel message devait-on lire dans cette succession de malheurs ?

Le pharaon voyait souvent sa femme Ahmose lui présenter en rêve la princesse Hatchepsout. Lui qui n'avait jamais attaché beaucoup d'importance à cette enfant qui le comblait de caresses fondait maintenant d'amour sous ses baisers. Il la jugeait si mûre, si vive et si naturellement autoritaire malgré son jeune âge !

Quand son retour fut annoncé au palais, Hatchepsout se révéla une fois de plus très excitée. Ahmose distribua ses ordres pour que les Egyptiens accueillissent le pharaon comme il le méritait. N'avait-il pas imposé sa puissance aux redoutables hommes du désert ? Rê ne l'avait-il pas vu lancer des flèches avec succès ? N'avait-il pas, enfin, marqué les limites de ses frontières là où il le désirait ? Le pharaon avait combattu avec le courage que lui avaient insufflé les dieux. Il était naturel qu'il reçût à présent les acclamations de son peuple et les honneurs des prêtres qui mettraient leurs livres à jour.

Le moment était venu d'offrir une part du butin de guerre aux dieux, de récompenser les valeureux soldats et de châtier les prisonniers.

Hatchepsout guetta l'arrivée de l'armée quand elle la sut aux abords de Thèbes. Une foule compacte était massée sur son parcours. Les chefs prisonniers marchaient devant le char du roi, la corde autour du cou et les mains enserrées dans un carcan. Leurs poignets étaient attachés derrière leur dos. Hatchepsout poussa des cris de joie en entendant la foule acclamer le roi. Les prêtres jetèrent des bouquets de fleurs sur le sol.

Pharaon avait montré à la face du monde qu'il avait su étouffer des révoltes. Il avait rapporté un butin pour plusieurs années, massacré l'ennemi, rassemblé les adversaires comme les animaux d'un même troupeau. Femmes, enfants, bétail avaient été matés. Leurs chefs entreraient dans l'armée égyptienne. Ils seraient commandés par des responsables d'archers, marqués au fer pour le reste de leur vie.

Tels étaient les propos qui couraient au sein du peuple, impressionné par la rapidité d'exécution du roi.

Lorsque le sort des prisonniers fut réglé, le pharaon fit déposer dans les temples les plus beaux cratères, les amphores, les rhytons et les coupes en or et en pierres précieuses tels qu'il en recevait lui-même des ambassadeurs du Naharina. En guise de tributs, il était fréquent que les habitants alliés de l'Egypte lui offrissent des objets d'une semblable valeur.

Les festivités pouvaient commencer. Les Egyptiens se réjouirent, dansant, chantant tard dans la nuit, ouvrant leurs maisons aux amis. Des pâtisseries, des galettes arrosées de miel et du vin leur furent distribués.

XXIII

Le lendemain de son retour, Thoutmosis réunit tous les soldats méritants qu'il avait décidé de récompenser. Ceux-ci se rendirent au palais dans des vêtements brodés. Leurs serviteurs les accompagnèrent, formant une haie de vivats le long des rues. Leurs voisins vinrent les féliciter. Leurs chars furent rangés devant la porte principale du palais.

Lorsque tous ceux qui avaient été convoqués furent annoncés, Thoutmosis se plaça au balcon d'apparition sous les acclamations de ses soldats. La reine se tenait légèrement en retrait avec Hatchepsout qui ne perdait rien de la cérémonie. Un serviteur déposa plusieurs présents sur une table basse tout près du pharaon. Des musiciennes jouèrent de la harpe tandis qu'un groupe de femmes chantait doucement.

Des porte-ombrelles, des porte-éventails et des scribes disposèrent les invités du roi dans un ordre précis et leur demandèrent de s'avancer à tour de rôle sous le balcon. Chacun salua le pharaon en levant les bras et en lui adressant des compliments. Le roi les loua à son tour, rappelant leur courage, leur fidélité et leur astuce puis il ordonna qu'on leur remît des gobelets, des coupes et des colliers en or. Il en lança lui-même quelques-uns par la fenêtre d'apparition. Des scribes suspendirent au cou des hommes décorés les colliers dont le pharaon les avait gratifiés.

— Vous êtes mes soldats ; vous avez écouté mes ordres dans toutes les campagnes que nous avons faites ensemble. Certains d'entre vous ont même sauvé la vie de Pharaon aimé d'Amon. Je suis comblé d'avoir une telle armée. Réjouissez-vous ! Profitez de mes cadeaux ! Mangez et buvez !

Fiers et heureux, les soldats sortirent en file du palais, suivis de leurs domestiques qui portaient les dons du pharaon à bout de bras. Les scribes inscrivirent chaque présent sur un registre. Les habitants pouvaient laisser libre cours à leur joie. Ils escortèrent les invités du roi jusqu'à leur maison avec des chants et des cris, appelant leurs épouses à grands cris. Celles-ci pleuraient de reconnaissance en voyant tant de biens rassemblés. Chantant et dansant, elles invitèrent alors amis et parents pour fêter les exploits de leurs époux tard dans la nuit.

Le troisième jour, le pharaon récompensa aussi des officiers à qui il distribua lui-même des cadeaux dans la cour du palais. Une magnifique estrade avait été dressée pour y placer le trône royal. Bien qu'elle ait été aménagée dans la nuit, celle-ci présentait un superbe baldaquin pourpre, habilement travaillé avec les plus belles pierres que le pharaon avait rapportées du Mitanni. L'ébéniste avait gravé sur le socle des scènes de combats où le pharaon était dressé seul sur son char. Sur un côté figuraient les prisonniers avançant en file devant Thoutmosis. Certains étaient agenouillés ; d'autres levaient leurs bras vers le roi ; tous joignaient leurs mains en signe de supplication. Du côté opposé, un lion symbolisant le pharaon tout-puissant maintenait les captifs sous sa patte. Aux quatre coins de l'estrade avaient été dressées des colonnes sculptées s'achevant en forme de palmiers sur lesquelles un texte avait été gravé de haut en bas. Un toit ombrageant du soleil reposait sur les quatre colonnes.

Thoutmosis monta les trois degrés en bois encadrés de sphinx et de têtes de chacals. Puis il s'assit sur un trône au dossier incrusté de turquoises et de cornaline. Il invita le peuple présent à assister à la cérémonie. Les généraux s'avancèrent en grande pompe, les bras levés. Des soldats suspendirent à leur cou plusieurs colliers tandis que des officiers, le regard baissé, apportaient sur des plateaux de nouveaux pendentifs.

Chacun des soldats récompensés vit défiler

devant lui ses propres prisonniers. La plupart avaient la barbe et les cheveux longs. Ils gémissaient, les mains liées. A côté d'eux, leurs femmes marchaient, libres de tout lien, portant dans leurs bras ou dans une poche de tissu leurs enfants en bas âge. Les soldats égyptiens prirent leurs bêtes par la bride et les placèrent devant le pharaon.

Thoutmosis les félicita et décida du sort des captifs.

— Qu'ils partent dès demain pour les carrières, dit-il.

L'un des officiers récompensés se plaça au pied de l'estrade.

— Pharaon, lumière divine, proposa-t-il en osant à peine lever les yeux vers son roi coiffé de la couronne d'apparat resplendissante sous le soleil. Je souhaiterais récompenser aussi les Bédouins qui nous ont aidés. Ils sont peu nombreux mais ils ont tous perdu une partie de leurs troupeaux en nous apportant du secours.

Orné de ses colliers, l'officier supplia le pharaon qui l'approuva.

— Où sont ces Bédouins ? demanda-t-il.

L'officier les fit approcher et exigea d'un scribe qu'il servît d'interprète. Quelques Bédouins se présentèrent timidement. Ils portaient une boucle d'or à l'oreille et des robes arrivant aux chevilles à manches très longues. Ils levèrent les bras en l'air comme ils l'avaient vu faire par les officiers égyptiens et s'étendirent à terre. Posant les pieds sur la natte couvrant l'estrade, le pharaon leur demanda de se relever.

— Voilà vos présents, dit-il d'un geste majestueux. Remerciez les dieux et l'officier qui a pensé à vous. Les Egyptiens apprécient votre aide.

Les Bédouins regardèrent avec ahurissement

l'or, l'argent et les provisions étalés sur des plateaux dorés.

— Prenez ! insista le pharaon. Si le roi du Mitanni vous a dépouillés, vous n'en serez que plus riches après avoir porté secours à l'Egypte et vous saurez désormais où se trouvent vos amis.

*

* *

A l'issue de ces réjouissances, le pharaon prit d'importantes résolutions. Il convoqua Imeni, un prestigieux fonctionnaire, responsable du grenier d'Amon et de la gestion de la ville, et lui confia la direction d'un chantier.

— Je veux que le temple d'Amon soit entouré d'une enceinte en grès, que l'entrée et les allées soient plus majestueuses qu'elles ne le sont.

Imeni proposa la construction de deux pylônes.

— Je souhaite que tu consultes aussi Kallisthès, ajouta le pharaon. Il est le plus brillant de tous les architectes que je connaisse.

Comme Imeni demeurait muet, Thoutmosis anticipa tout conflit éventuel entre le Crétois et l'Egyptien.

— Je connais ta valeur, lui dit-il. Tu n'es plus très jeune et j'ai eu maintes fois l'occasion d'apprécier ton talent. Cependant, si tu ne travailles pas de concert avec Kallisthès, la reine le consultera à coup sûr et adoptera ses idées de préférence aux tiennes. Elle éprouve pour ce Crétois une admiration que je conçois mais que les dieux ont rendue exceptionnelle.

— Parce que le fidèle Kallisthès t'a sauvé la vie, répondit Imeni. Ce qui ne signifie pas qu'il est bon architecte.

— Il l'est, reconnais-le, par Isis.

Imeni fit une grimace qui devait signifier que l'Egyptien n'en était pas tellement convaincu.

— Puisque tu es d'accord, dit encore le pharaon, je vais immédiatement demander l'avis de Kallisthès sur l'amélioration que l'on peut apporter à ce temple.

Le Crétois répondit aussitôt à l'appel de Thoutmosis. Comme la reine lui avait déjà parlé des projets du pharaon, il suggéra quelques idées personnelles.

— A ton avis, les portes devraient être reconstruites ? lui dit Thoutmosis après l'avoir attentivement écouté.

— Oui. Elles méritent une taille plus imposante. Je leur adjoindrais deux tours et érigerais juste devant l'entrée du temple deux obélisques en granit sur lesquels seraient rappelés les exploits de Pharaon, Vie, Force et Santé.

— Voilà une heureuse idée ! s'exclama Thoutmosis. Et toi, Imeni, que proposes-tu ?

— Que les obélisques soient en granit rose afin qu'ils resplendissent sous le soleil de Rê et que la pointe en soit dorée à l'image des rayons lumineux.

— J'adhère à ce projet qui va conjuguer vos deux talents et m'en réjouis à l'avance.

Imeni approuva de la tête, l'air buté. Cette attitude un peu froide de la part du directeur des projets architecturaux du roi n'échappa pas à la perspicacité de Kallisthès qui flatta l'architecte égyptien.

— Je connais vos travaux, lui dit-il, les yeux brillants. Vous avez collaboré à l'édification de la porte d'Aménophis...

— Mais non à celle de la future tombe du pharaon dont l'emplacement ne m'a même pas été révélé.

Le trait partit plus vite qu'une flèche. Redoutant une sanction de Thoutmosis, Kallisthès se tut. Un silence suivit. Le pharaon le brisa le premier.

— Soit, dit-il. Kallisthès te montrera l'emplacement de ma future tombe et tu pourras travailler avec lui dans la Vallée. Mais attention ! Je veux que personne d'autre à l'exception des chefs de chantier ne soit aujourd'hui au courant de cet emplacement. Nul ne doit le visiter ni en entendre parler. Aucune tombe de ce type n'a pour l'instant été aménagée à cet endroit.

Le visage d'Imeni s'éclaira.

— Je remercie Amon et tous les dieux qui t'ont conseillé de me faire confiance, dit-il. As-tu envisagé un emplacement pour Moutnéfret dans ta tombe royale ?

Le pharaon parut étonné que l'architecte égyptien émît cette possibilité. Il avait remarqué combien les Egyptiens boudaient les honneurs rendus à sa première femme même s'ils la respectaient et l'appelaient volontiers « Fille du roi ».

— Crois-tu qu'elle pourrait avoir sa statue dans ma chapelle funéraire aux côtés de mes deux fils partis pour le royaume d'Osiris ?

— J'en suis convaincu. La reine Ahmose sera indulgente à cet égard.

Comme le pharaon se tournait vers Kallisthès pour avoir son avis, le Crétois rougit.

— Envisages-tu de la représenter avec les attributs de la royauté et l'uræus, divin pharaon, aimé d'Amon ? demanda-t-il un peu sèchement.

— Avec l'uræus sans aucun doute, répondit Thoutmosis. Penses-tu, Crétois, que la divine Ahmose en sera peinée ?

— Je ne suis guère à même de juger, répondit Kallisthès en cachant mal son embarras.

— Je n'en crois rien. La reine te fait confiance à juste titre. Tu es, dit-on, devenu son principal conseiller lorsque je pars en campagne.

Kallisthès se récria. Il n'avait pas cette prétention.

— Je ne t'en blâme pas, dit le pharaon. Alors, réponds à ma question.

— Par Isis et pour parler avec la franchise que réclame la déesse Maât, mère de droiture et d'équilibre, il me semble que la vénérée Ahmose aurait éprouvé beaucoup de chagrin en apprenant cette nouvelle, il y a un an ou deux...

— Et aujourd'hui ?

— La maturité et la sagesse comblent la reine d'Egypte. Sa philosophie de la vie et son courage l'ont aidée à supporter tes absences répétées...

Comme Kallisthès hésitait, Thoutmosis vint à son secours :

— ... et l'attention que je portais aux fils de Moutnéfret que j'ai tant aimés et que j'ai éduqués dans la perspective de faire d'eux mes successeurs.

Le Crétois baissa humblement la tête.

— Me suis-je montré si cruel ?

Personne ne répondit. Seul un dieu eût pu juger le pharaon.

— Aujourd'hui donc, tu estimes que la reine est prête à faire des concessions dont elle aurait été incapable auparavant ?

— Sans doute. Comprends la divine Ahmose. Elle t'aime et souffre de ne pas avoir d'héritier.

Le pharaon sembla réfléchir.

— Bien, dit-il finalement. Agissons ainsi. Ne retardez ni les travaux du temple d'Amon ni ceux de ma tombe. Je suis âgé et les dieux ont endeuillé très souvent ce palais. Peut-être me réservent-ils une courte destinée.

Imeni protesta. Le roi n'était-il pas en pleine santé ?

— Certes, mais rares sont les soldats qui vivent au-delà de leur cinquantième année d'existence terrestre. Aussi ne doit-on exclure ni les maladies ni ces fléaux qui coupent le souffle et nous font passer subitement dans l'Au-Delà.

Le pharaon arrêta d'un geste Imeni qui s'apprêtait de nouveau à protester.

— Le pharaon est celui qui sait distribuer des récompenses, celui qui multiplie les dons. Il sait distinguer qui le sert fidèlement. Pharaon est Rê vivant pour toujours dont l'orbe enflammé seul est visible. De même que j'ai donné de l'or à mes braves soldats, de même, vous recevrez en échange de vos services des récompenses proportionnelles à vos mérites.

Comprenant que l'entretien était terminé, les deux hommes se courbèrent pour saluer le pharaon puis ils se retirèrent avec la plus grande discrétion.

QUATRIÈME PARTIE

XXIV

Thoutmosis espaça ses expéditions. Il se rapprocha d'Hatchepsout et se mit en tête de se mêler de son éducation. Fondant ses espoirs sur cette fillette qui passait encore son temps à jouer à la balle et à envoyer du pain aux canards sur la pièce d'eau du palais, il provoqua l'ire de Moutnéfret qui priait chaque jour les dieux que son dernier fils, Thoutmosis, survécût à son père. Le fait d'avoir donné à son troisième fils le nom du pharaon ainsi que le lui avait conseillé sa voyante la réconfortait parfois sur la destinée de celui-ci.

Il arrivait à Hatchepsout de se mêler aux autres enfants du palais, de jongler avec des balles de couleur ou de monter sur le dos d'une fillette plus âgée et plus robuste afin d'attraper les balles qu'une autre enfant, juchée d'une manière identique, lui lançait. Garçon manqué, elle recherchait aussi les luttes et les bagarres, exigeant d'une rivale qu'elle reconnût finalement sa supériorité ainsi que le voulaient le protocole et son rang de princesse.

Hatchepsout accordait beaucoup de temps à la musique et à la danse. La reine ne se lassait pas de la voir évoluer et progresser, des rubans dans ses cheveux tressés et des mouchoirs colorés à la main. Hatchepsout tournait aux sons des tambourins, des luths et des cithares tandis que des jeunes filles invoquant Hathor faisaient cercle autour d'elle et tapaient dans leurs mains en cadence. Sa nourrice Shatra, qui l'avait allaitée et élevée, veillait toujours sur elle, et il n'était pas rare que la fillette réclamât au pharaon de la récompenser et de lui donner d'autres domestiques. Elle ajoutait même qu'elle souhaitait que la statue de Shatra figurât un jour dans sa tombe parce qu'elle l'avait soignée comme une mère pendant toute sa petite enfance.

Afin de nourrir au mieux la sœur d'Hatchepsout, Shatra avait pris l'habitude de se faire frictionner le dos avec une pommade constituée d'un jus de poisson cuit dans l'huile bouillante. Son lait était ainsi abondant et riche, suffisant pour allaiter la seconde fille de la reine pendant trois ans comme le réclamait l'usage, d'autant que l'enfant demeurait chétive.

La reine appréciait le lait de la bonne Shatra qui sentait les plantes. Aussi ordonnait-elle de le recueillir dans des bois en forme de femmes allaitant. Elle offrait presque chaque jour à la nourrice des colliers, de l'ivoire, de l'huile, des paniers en osier et des vêtements. Très sollicitée, Shatra avait à sa disposition plusieurs masseuses qui entretenaient ses seins en permanence, passant sur sa poitrine de l'huile à base de jonc ou de roseau préparée par Kallisthès. Ainsi pouvait-elle donner, sur l'exemple d'Isis nourrissant Horus, le liquide de vie et de force.

Mais Shatra veillait aussi sur le sommeil d'Hatchepsout, chassant les mauvais esprits qui portaient leur visage derrière leur tête et qui observaient derrière leur dos. Elle priait le ciel et la terre, Hathor, Rê et les dieux de l'équilibre qui avaient créé toutes choses et les avaient organisées. Rappelant qu'elle donnait le sein à des enfants royaux et donc divins elle implorait les dieux de les protéger en tous lieux et de purifier son lait. Rassemblant chaque matin et chaque soir une boule représentant le Soleil, quelques pierres et un sceau, elle murmurait :

— Que le trépas fuie ce palais. Que la mort n'emporte pas ces enfants.

Comme Ahmose, Shatra disposait de multiples amulettes pour chasser les esprits du mal : figurines en calcaire représentant les bons Bès et Thouéris ; bâtons en forme de reptiles ; faïences auxquelles un artiste avait donné l'apparence d'un chat, d'un singe ou de filles nues entourant la déesse Bastet ; plaques en ivoire gravées de hiéroglyphes incantatoires ; pendentifs.

Consciente du dur combat qu'elle menait contre la mort qui frappait tant d'enfants égyptiens, Shatra refusait de laisser un détail de côté. Car elle avait appris à aimer les filles de la reine comme s'il se fût agi des siennes et rien ne l'eût plus peinée que d'en voir une emportée jeune dans l'Au-Delà.

Quand elle prenait la sœur d'Hatchepsout sur ses genoux pour lui donner le sein, l'aînée réclamait des contes de la sagesse populaire. Lorsqu'elle portait le bébé en bandoulière sur son ventre, Hatchepsout venait lui prendre la main. Toutes deux avaient déjà à leur cou une amulette en turquoise éloignant le mal.

Thoutmosis prit plaisir à regarder sa fille aînée apprendre à nager, faire l'école à ses poupées en chiffon, tirer des jouets en bois montés sur roulettes, taquiner son chien ou son singe, s'exercer à des mouvements de gymnastique. Il l'écoutait jouer de la musique, chanter, l'observait quand elle tissait ou lisait. Puis il la prit un jour à part et lui dit :

— Tu es princesse. Mais ce titre ne te dispense pas de respecter ta mère, la reine Ahmose. Un jour, tu l'aideras comme elle t'a aidée. Tu as parfois été pénible à supporter ; tu l'as fatiguée de tes caprices mais elle y a toujours répondu. Avant de te mettre au monde, elle a beaucoup peiné. Ensuite, elle t'a confiée à la bonne Shatra qui t'a allaitée pendant des années et qui t'a lavée. Chaque jour, la reine veillait à ton éducation. Elle t'a donné les meilleurs maîtres. Aujourd'hui, tu sais déjà lire alors que les autres Egyptiens de ton âge vont tout juste à l'école. Souviens-toi toute ta vie qu'elle t'a mise au monde dans la souffrance et qu'elle t'a élevée le mieux possible. Agis de sorte qu'elle soit satisfaite de toi et qu'elle ne te punisse jamais.

Etonnée du langage de son père qui lui parlait comme à une adulte, Hatchepsout se contenta d'écouter.

— Comme on te l'a appris, respecte toujours Maât, déesse de l'ordre. Pour cela, choisis le chemin de la vérité ; détourne-toi du mensonge ; montre-toi modérée ; perds cet orgueil qui laisse croire que tu es mieux que tout le monde ; sache écouter les conseils ; parle quand il le faut sinon tais-toi ; montre-toi attentive ; engage ta parole uniquement si tu comptes la tenir ; ne te laisse pas séduire par de beaux discours ; respecte les cultes et tout ce qui est sacré ; agis avec justice et honnêteté. Comprends-tu ce que je viens de te dire ?

Hatchepsout approuva son père.

— Bien, dit le pharaon. Le temps est venu pour toi de quitter le pagne, de revêtir une robe et de porter une coiffure féminine. Défais tes tresses d'enfant. Dorénavant, je veux te voir coiffée comme une jeune femme et le corps paré de bijoux. Tu porteras des perruques parfumées si belles qu'elles enthousiasmeront les artistes qui les sculpteront ou les chanteront dans leurs vers. Tes cheveux sont beaux et soyeux. Tu pourras les délier à condition d'être toujours correcte et respectable. Afin qu'ils suscitent l'envie de toutes les Egyptiennes, tu les enduiras chaque jour d'huile de ricin comme le fait la reine qui écrase elle-même les graines de ricin dans des pots d'albâtre. Depuis que la divine reine Shech, mère du pharaon Téti, a inventé cette mixture constituée de plantes, de fins morceaux de sabots de mulet et de noyaux de dattes saisis dans l'huile, une princesse n'a plus le droit de porter des cheveux cassés ni de les perdre.

Le pharaon claqua des doigts pour ordonner aux porte-éventails de brasser l'air un peu plus vite.

— Tu auras dorénavant ton parfumeur, poursuivit Thoutmosis. Le meilleur du royaume. Celui qui choisit les plantes les plus agréables à sentir et sait les mélanger à des huiles appropriées, celui qui est savant dans l'art d'extraire les essences les plus variées.

— Ce ne peut être que Kallisthès, dit Hatchepsout sans enthousiasme.

— Je ne pensais pas à lui, répondit son père, bien qu'il sache mieux que quiconque préparer des parfums en les laissant macérer pendant des mois. Je préfère que ton parfumeur soit égyptien car Kallisthès retournera un jour dans son pays. Or, les bons parfumeurs sont rares. Si celui que j'ai choisi te convient, tu pourras le garder tant qu'Osiris le laissera vivre sur les bords du Nil. Il est récemment revenu du pays de Pount d'où il a ramené de l'encens. Comme les dieux, dont les humains sentent la présence grâce au nuage d'ambroisie qu'ils répandent autour d'eux, une princesse doit embaumer une pièce de senteurs magiques. Tu agrandiras et noirciras tes sourcils comme toutes les Egyptiennes. La reine ou ta nourrice t'apprendront à le faire.

Hatchepsout se garda bien de l'interrompre pour lui dire qu'elle avait déjà longuement observé sa mère lorsqu'un domestique lui tendait ses pots d'onguent en lui lançant : « A ton *ka* ! »

— Une princesse se doit également de rester mince, de veiller à paraître jeune le plus longtemps possible et d'avoir la peau pure et tendue. Là encore, Shatra appliquera sur ton visage et ton corps les produits adéquats.

Hatchepsout avait vu mille fois Kallisthès écraser de la cire, des plantes de Kypros, de l'extrait de moringa et de la résine dans un pot pour l'étaler ensuite sur le beau visage de sa mère. Le masque se consolidait au bout de quelques instants, lui donnant une apparence étrange qui inquiétait Hatchepsout lorsqu'elle était plus jeune. La reine restait assise dans sa baignoire sans bouger, la nuque appuyée sur de doux coussins, attendant que le masque fît son effet. Sa peau reposée paraissait ensuite détendue et presque transparente. Elle-même passait délicatement le revers de sa petite main de fillette sur ses joues pour en apprécier la douceur.

Voyant que sa fille se redressait, fière d'être traitée comme une femme, le pharaon sourit.

— Cette perspective te plaît-elle ? lui demanda-t-il.

Comme toutes les fillettes qui ont hâte de grandir pour utiliser les produits de leur mère, Hatchepsout hocha la tête en lui faisant signe qu'elle se conformerait de bonne grâce aux volontés paternelles.

Elle imaginait déjà devant elle les pots de maquillage en albâtre représentant toutes sortes d'animaux, des miroirs aux manches travaillés en or, en quartz ou en lapis-lazuli.

— Que tes yeux soient toujours lumineux ; que ton port demeure altier, ta démarche élégante et tes doigts longs et fins. Que tes dents restent blanches et ton allure élancée semblable aux silhouettes que reproduisent les peintres. Maintenant, va ! Dis à Shatra d'envelopper ton corps d'une longue robe moulante en lin blanc et fin et de protéger tes pieds dans des sandales en papyrus doré. Shatra t'apprendra à nouer tes robes. Quand tu réapparaîtras devant Pharaon, que tes bras, tes chevilles, tes poignets, tes mains et ton cou resplendissent de l'or divin. Que des bandeaux entourent ta chevelure. Que des boucles pendent à tes oreilles. Que toute ta personne miroite de turquoise, de cornaline, de jaspe, d'argent, d'améthyste ou d'or magique. Sois digne d'Hathor. Renais chaque matin tel Rê, tel Pharaon, plus belle encore que la veille, guidée par la main de la déesse des femmes vers un destin d'éternité.

Hatchepsout se jeta aux pieds de son père.

— Je t'aime tant, lui dit-elle. Ne pars plus loin de Thèbes. Reste auprès de nous.

— Que redoutes-tu, Hatchepsout ? Ton père combat avec la force d'Amon.

Comme la fillette ne répondait pas, Thoutmosis lui réclama des explications.

— Crains-tu qu'il m'arrive malheur en ce palais ? As-tu entendu quelque chose ? Si tel est le cas, tu dois m'en informer aussitôt.

— Non, finit par répondre Hatchepsout au bout d'un long moment.

Puis elle ajouta :

— Penses-tu que Kallisthès rentrera bientôt dans son pays ?

Thoutmosis s'étonna d'une telle remarque.

— Pourquoi me poses-tu cette question ?

— Parce que tu as évoqué son départ...

— Son pays doit lui manquer. Comment en serait-il autrement ?

— Mais tu ne sais rien sur son retour en Crète.

— Je lui ai confié une longue mission, dit le pharaon. A lui de juger s'il souhaite la mener à son terme. Il est libre de partir quand il le désirera.

— Quelle mission ? demanda Hatchepsout. Qu'est-ce qu'une mission ?

— Je t'expliquerai plus tard ce que je lui ai demandé de faire.

Contre toute attente, Hatchepsout se releva sans rien ajouter et courut dans sa chambre.

*

* *

Dès qu'elle retrouva Shatra, Hatchepsout lui rapporta ce que son père venait de lui dire. La nourrice sourit car elle était déjà informée des volontés du pharaon.

— Par Isis, tu me frictionneras chaque jour avec de la graisse de bonne qualité, de celle que ma mère prend du bout des doigts dans des vases d'obsidienne. Tu me vêtiras de lin fin. Finis ces pagnes d'enfant ! Je veux qu'une cuvette pleine de natron, de sable et d'eau soit à ma disposition en permanence sous ce guéridon chargé de fruits. Qu'il y ait toujours du *zénabou,* cette efficace pâte à nettoyer, à portée de ma main. Je veux une pédicure, une manucure et une coiffeuse. Que de nombreux serviteurs assistent à mon lever comme ils le font pour Pharaon, pour les vizirs ou les gouverneurs. Qu'un scribe soit dès demain matin à mon chevet pour écrire les ordres que je lui donnerai.

Shatra éclata de rire, les mains sur les hanches.

— Allons, allons ! Un scribe est indispensable à ton père qui lui indique chaque matin d'inscrire sur son papyrus les travaux à faire dans la journée. Mais toi, quels ordres donnerais-tu ?

Hatchepsout se planta devant sa nourrice et lui lança un regard noir.

— Je suis princesse d'Egypte, petite fille du divin Aménophis, roi d'Egypte, lui dit-elle. Si je te dis que j'ai besoin d'un scribe, c'est parce que j'en aurai besoin !

Shatra baissa la tête et porta ses deux mains à ses tempes.

— Par tous les dieux, quel tempérament ! Tu auras un droguiste pour tes parfums, tes onguents et ton maquillage.

— Mon père a choisi le meilleur, ajouta Hatchepsout. Apporte-moi ici une trentaine de pots en cristal, en albâtre et en obsidienne que le parfumeur cachettera dès qu'il y aura versé ses précieuses essences. Je veux aussi de petits sacs dans lesquels seront placées la malachite et la galène pour maquiller mes yeux. Tu les fermeras toi-même avec un cordon toutes les fois que je les aurai utilisés. Mon droguiste me procurera un onguent à base de térébinthe et d'encens pour embaumer et un autre pour supprimer ces vilains boutons qui abîment mon visage.

— Mais ce sont des taches de soleil ! s'exclama Shatra. Elles disparaîtront d'elles-mêmes !

— Pharaon m'a promis de la poudre

d'albâtre, de la poudre de natron, du sel et du miel ainsi que du lait d'ânesse.

— Ce sont des produits pour raffermir les chairs. A quoi te serviraient de tels mélanges alors que tu n'es même pas formée ? Laisse ton corps grandir et épaissir avant de songer à l'empêcher de vieillir !

— On dit que pour redonner sa jeunesse à une vieille femme, tu sais préparer des gousses de fenugrec que tu laisses sécher, que tu prélèves les graines pour en faire une pâte mélangée ensuite aux gousses. Tu mets cette pâte à cuire et tu récoltes les gouttes d'huile qu'elle dégage. Puis tu verses cette huile dans un pot. Voilà qui ôtera mes taches de soleil !

La reine entra à cet instant.

— Laisse donc Shatra tranquille, dit-elle à sa fille. Elle doit s'occuper de ta sœur. Tu auras demain à ta disposition de fines chemises et des robes blanches transparentes. Les manches en sont ornées de franges. Elles laisseront tes bras découverts. Comme ils sont trop menus, tu les orneras de bijoux. Voilà l'un de mes diadèmes de turquoise et d'or. Tu pourras le porter sur ta perruque qui doit être légère et peu sophistiquée. Il serait dommage de te vieillir.

— Il vaut mieux que je paraisse plus âgée, répondit Hatchepsout. Je me ferai ainsi obéir naturellement.

— Tu sais déjà te faire obéir car tu es la fille du pharaon, Vie, Force et Santé. N'oublie jamais de poser sur ta chevelure un cône parfumé qui enveloppera ta personne d'un nuage d'envoûtantes senteurs. Ne porte jamais ces bijoux du peuple en céramique ou en bronze. Tu perdrais de ta crédibilité. Prends garde aussi de ne plus déambuler nue dans le palais. La nudité ne sied qu'aux servantes ou aux musiciennes.

Lasse des recommandations maternelles, Hatchepsout regarda par la fenêtre.

— Kallisthès prépare les meilleures potions. Nul ne l'égale. Je lui demanderai de s'occuper de toi comme il l'a aimablement fait pour ma chère Menis.

Dans la chambre tendue d'étoffes rouges, aux meubles rares mais précieux, un silence se fit.

— Tu ne réponds rien ? demanda finalement Ahmose.

— Père me donnera le meilleur droguiste d'Egypte, dit Hatchepsout en articulant chaque syllabe et en plongeant ses yeux dans ceux de sa mère.

— Comme tu voudras, rétorqua la reine.

Alors qu'elle s'apprêtait à se retirer après avoir donné quelques recommandations à Shatra, Hatchepsout lui posa une question qui la troubla.

— Quand Kallisthès repart-il pour la Crète ?

— Je ne sais pas. Il est ici le bienvenu. N'oublie jamais qu'il nous a peut-être sauvé la vie. Nous vivrions aujourd'hui dans l'Au-Delà si ce complot contre ton père n'avait été révélé. Les dieux nous enseignent l'hospitalité. Il partira donc quand bon lui semblera.

Hatchepsout haussa les épaules et minauda devant son miroir. Puis elle prit des poses et enroula un voile autour de son corps en dansant.

XXV

Kallisthès s'étendit sur la couche royale d'Ahmose qu'il partageait les après-midi avec la reine toutes les fois où Thoutmosis et Hatchepsout accomplissaient un rite religieux ou qu'ils inauguraient, dans une ville éloignée de Thèbes, un monument ou une statue. Car la princesse remplaçait volontiers sa mère dans nombre de tâches qui lui étaient autrefois assignées. Le père et la fille partaient souvent ensemble en voyage dans le pays pour honorer les divinités, la reine Ahmose, prêtresse des déesses et responsable des cultes, assumant auparavant les fonctions que Thoutmosis n'avait pas coutume de remplir. Aussi le pharaon et la princesse parcouraient-ils côte à côte des régions lointaines avec la plus grande complicité. Une fête approchait-elle ? Un dieu devait-il être honoré à Memphis ? Un temple méritait-il d'être restauré ? Hatchepsout incitait aussitôt son père à se mettre en route.

Les agressifs rayons de Rê ne pénétraient pas dans la chambre royale. Des ouvertures au plafond ménageaient un air chaud qui amollissait les esprits en proie au sommeil. La moiteur lourde de l'atmosphère semblait si pesante que les gestes des domestiques se faisaient lents. Les parfums, aux fragrances presque écœurantes, grisaient les âmes et les corps plus disposés au plaisir des sens. Le frémissement de la surface de l'eau dans un bassin central, le cliquètement des gouttes qui retombaient en gerbes excitaient une soif étanchée par des servantes attentives qui versaient en permanence, dans des coupes en or, de la bière gardée dans les réserves fraîches du palais préservées de la chaleur et de la lumière.

Kallisthès observa ces suivantes qui s'activaient mollement autour d'eux avec discrétion et auxquelles personne ne prêtait attention. Leurs formes minces et nues, soulignées d'une fine chaîne dorée autour de la taille, des chevilles ou des poignets, dégageaient de suaves odeurs réunissant dans une seule pièce les mille senteurs de l'Egypte, de l'Asie et de la Grèce. Leurs perruques simples et courtes aux cheveux ondulés, si noirs qu'ils présentaient des reflets bleu nuit, toutes identiques, n'étaient en rien comparables à celle d'Ahmose, plus sophistiquée. Dans leurs gestes gracieux et discrets, lents et doux, dans leur démarche féline et souple, dans leurs paroles rares, n'exprimant que l'essentiel, elles accomplissaient, telles des abeilles œuvrant avec une organisation quelque peu militaire, leur devoir au service de la reine qu'elles aimaient

Kallisthès, dont la voix était grave et paisible, se fondait dans cette atmosphère feutrée invitant aux murmures, à la méditation et au silence.

— Ta fille a mûri, dit le Crétois à Ahmose qui s'allongea contre lui sur le lit recouvert d'une étoffe soyeuse et fraîche qu'on eût dit mouillée au toucher et à l'apparence. Elle voyage dans le Nord avec son père. Elle s'est rendue auprès de la déesse cobra Ouadjet, auprès d'Atoum à Héliopolis, auprès du dieu Khnoum dans le Sud, là où l'eau du Nil bouillonne dangereusement. Les dieux de Thèbes, mais aussi ceux du sud et du nord du pays, la soutiennent. Ils la guident. Ils lui apportent vie et force. Ils la protègent et l'encouragent en lui disant : « Avance, fille de Pharaon, roi de Basse et Haute-Egypte !

Ecris tes volontés ! Redonne vie à ce qui périt ! Construis des monuments sacrés ! Les dieux t'accorderont une longue existence. Ils font ton éloge. Ils te transmettent la vérité et le savoir. Ils délimitent ton domaine entre les cieux et les ténèbres. L'Egypte sera enrichie de tes enfants et des enfants de tes enfants. Tes descendants seront très nombreux. Ton esprit et ton cœur seront à l'unisson de ceux des nobles de ce pays. Tu es la fille du Soleil, la chérie des dieux. Le dieu Atoum t'accorde des années où tu seras peut-être Horus sur les monts et les plaines. Khnoum reconnaît ton héritage. »

Kallisthès sentit la forme du corps désirable d'Ahmose sous le lin fin et moulant de sa robe.

— Les dieux l'ont fait grandir trop vite, répondit la reine. Elle n'a pas eu comme maîtres les rigoureux professeurs des fils de Pharaon, le scribe Itiri et le bien-né Paher. Ce dernier a éprouvé tant de chagrin à la mort du fils aîné de Thoutmosis qu'il l'a fait représenter enfant sur l'un des murs de sa tombe où il saute sur ses genoux ! Mais elle montre déjà plus de caractère qu'ils n'en ont jamais manifesté.

— Shatra y est sans doute pour beaucoup... Hatchepsout ne veut plus maintenant l'appeler que Inyt. Elle clame partout que lorsque les dieux l'auront décidé, elle l'honorera d'une offrande funéraire afin que le dieu des morts accorde à son *ka* des bœufs, des oiseaux et de multiples dons agréables et purs. N'oublie pas que Pharaon a également formé la jeune fille qu'elle est devenue.

— Sans doute, répondit Ahmose, songeuse. Il l'a prise en main si jeune ! Je l'observais quand ils sont partis avec la flotte hier. Les barques des gardes les entouraient. Hatchepsout se tenait droite à l'avant du bateau. Elle saluait le peuple qui se trouvait sur les rives du fleuve tandis que Thoutmosis était assis dans sa cabine sur le pont de l'embarcation. C'est lui qui aurait dû envoyer des messages d'amitié aux Egyptiens au milieu de cette multitude de marins qui s'activaient. C'est lui que les habitants de Thèbes auraient dû acclamer. Or, Hatchepsout, dans toute sa jeunesse et son inexpérience, attendait les honneurs d'un roi.

— Depuis que Pharaon l'a revêtue d'une robe de lin, elle a pris plus d'assurance. Quelle différence avec son demi-frère, le jeune Faucon, qui n'a ni son intelligence ni sa robustesse et qui, tel Horus élevé par Isis dans les marais du Delta, est encore éduqué par sa mère dans le plus grand secret.

— Et en si peu de mois... reconnut Ahmose. Elle distribuait ses ordres aux pilotes qui activaient les gouvernails à l'arrière du bateau royal, tançait les marins qui ne disposaient pas assez vite la voile carrée. Elle connaît tout de la vallée du Nil, du désert et de ses vents...

— Je dois reconnaître, dit Kallisthès en caressant les épaules de la reine qu'il avait enduites d'un doux parfum, qu'Hatchepsout ressemblait à une déesse au milieu de la flotte aux ponts décorés de rubans multicolores. Eventée par deux servantes nues qui bougeaient en cadence leurs longues plumes d'autruche, elle était digne de Ta Majesté.

— Quand Hatchepsout accompagne son père lors de l'inauguration d'un temple, elle insiste pour pénétrer dans l'endroit le plus sacré alors qu'elle sait très bien que seuls les prêtres et Pharaon peuvent y aller et qu'elle doit les attendre à l'extérieur en compagnie des hauts fonctionnaires, protégée de la foule par les gardes du roi. Elle est jalouse de ces cris de joie, de ces chansons et de ces danses qui accueillent Thoutmosis lorsqu'il sort du temple.

Kallisthès poursuivait doucement ses caresses. Il sentait la reine préoccupée. Ahmose se leva en effet.

— Viens près de moi, lui dit le Crétois. Hatchepsout va devenir plus docile avec l'âge. Elle se plie déjà au protocole du palais qui l'ennuyait. Elle sait féliciter les soldats courageux et les serviteurs du roi efficaces. Ainsi en est-il de ce vaillant Ahmen que Thoutmosis apprécie, d'Imeni dont elle admire la capacité à créer de magnifiques bijoux et qu'elle loue pour avoir dirigé la construction de la chapelle d'Aménophis et réalisé ces remarquables portes en bronze brillantes d'or incrusté. Elle comprend aussi la nécessité de flatter, dès qu'elle le peut, l'architecte et responsable des travaux du temple d'Amon, Pémiat, qui vient de partir pour les carrières de grès. Même son adjoint, le jeune Amis, reçoit ses louanges. Hapousneb, le fils du prêtre d'Amon et le frère du scribe divin, l'aime beaucoup car Hatchepsout emploie souvent au palais ses deux sœurs chanteuses du dieu Amon. La princesse apprécie aussi toute conversation avec l'épouse d'Hapousneb.

— Il est naturel qu'Hatchepsout respecte celui qui approche la divinité, qui connaît les rites mystérieux et les secrets divins, dit Ahmose.

— Mais elle comprend aussi que les exploits militaires sont essentiels. Pennethbet a reçu de nombreux présents de sa part

Les yeux d'Ahmose se mirent à briller.

— Ah ! Pennethbet ! Que n'ai-je moi-même donné à ce soldat apprécié par le pharaon Ahmosis ! Il a accompagné Thoutmosis dans ses expéditions et s'est toujours montré son fidèle serviteur. A lui seul, il a comptabilisé vingt mains lors de son dernier combat. Il a tué vingt ennemis de son arme. Ses colliers, ses bracelets, ses ornements, ses poignards, ses haches, ses éventails, témoignages de son courage, sont innombrables.

— Et je ne parle pas de Toury, le vice-roi de Nubie, qui reconnaît la supériorité du pharaon. Les voyages ont également appris à Hatchepsout comment diriger un pays. Son séjour à Héliopolis lui a permis de rencontrer les nombreux prêtres du dieu Rê sans qui le pharaon ne pourrait gouverner.

— Je reconnais qu'elle supporte mieux que moi le décorum de la cour, les déplacements, les cérémonies et les banquets, qu'ils aient lieu au palais, dans les nomes ou dans les coins les plus reculés de l'Egypte. Ce qui est étonnant pour une fille de cet âge.

— Tu en as tant fait ! lui répondit Kallisthès en l'attirant de nouveau près de lui.

— Mais Hatchepsout éprouve une telle attirance et une telle admiration à l'égard de son père ! Nos serviteurs l'ont bien compris, qui la vénèrent d'autant plus. Ne dit-elle pas à qui veut l'entendre qu'elle souhaite être enterrée dans le même tombeau que son père ! Quelle idée de penser à l'Au-Delà quand on est si jeune ! Il n'y a pas un scribe, pas un officier qui ne la respecte ni ne la salue comme une reine.

— Je te connais, Ahmose, lui dit Kallisthès. Ce ne peut être cela qui te tourmente.

La reine répondit à ses baisers et lui avoua que l'attirance d'Hatchepsout pour son père l'inquiétait parce qu'elle sentait sa fille s'éloigner d'elle.

Kallisthès crut déceler une larme dans ses yeux.

— Hatchepsout m'échappe. Elle me fuit. Elle

a trouvé auprès de Thoutmosis une affection qui la comble. Quant au pharaon, il reporte sur elle tout l'amour qu'il ressentait pour ses fils défunts.

— N'est-ce pas là ce que tu souhaitais ?

— Peut-être, répondit-elle. Crois-tu que Pharaon s'associera avec sa fille ?

— Je n'y avais pas songé...

— Le pharaon Kéti avait initié pareillement son fils Mérikharé à la sagesse et au pouvoir. L'un des fils de Moutouotep a régné avec son père. Le premier Sésostris, tout comme le second, avait été corégent de son père...

— Mais c'étaient tous des hommes !

— Il me plairait tant d'avoir un fils...

Kallisthès dénoua le nœud qui retenait la robe de la reine attachée sur son épaule. Puis il laissa l'étoffe glisser jusqu'au bas de ses jambes. Le corps d'Ahmose apparut dans toute sa parfaite nudité, embaumant telle une déesse, la peau douce comme celle d'un fruit et légèrement tannée.

Le Crétois ne se lassait jamais de contempler ce corps aimé. Il l'embrassa avec fougue, ce qu'elle ne parut guère apprécier car elle préférait la tendresse aux élans passionnés, la patience et les petites marques d'attention à la fougue amoureuse.

Kallisthès respectait ses choix. Sa liaison avec la reine ne l'empêchait pas de la considérer avec les égards dus à son rang. La rumeur qui courait dans le palais au sujet du nouvel amour de la reine n'était pas encore parvenue aux oreilles de Pharaon.

Afin d'être plus proche d'Hatchepsout, Thoutmosis en délaissait même Moutnéfret qui préparait sa revanche en éduquant elle-même son fils et en faisant venir des pays étrangers les meilleurs maîtres. La belle amante connaissait le pharaon. Thoutmosis avait beau apprendre à sa fille le sens du devoir, le respect de la justice et lui donner le nom de Maâtkarê dans lequel on retrouvait ceux de la déesse Maât et du dieu Soleil, Moutnéfret était convaincue que le pharaon ne résisterait pas à l'affection et à la compétence d'un fils prêt à régner, dépassant par son sens de la justice et par sa puissance les maigres moyens d'une princesse, celle-ci fût-elle affublée de surnoms aussi éloquents que celui de Maâtkarê.

Voyant se dessiner son caractère bien trempé, Moutnéfret ne mésestimait pas pour autant les avantages d'Hatchepsout qui était non seulement l'héritière de plusieurs pharaons brillants et populaires mais également l'aînée des enfants de Thoutmosis depuis la mort de ses deux demi-frères. Toutefois, le pharaon avait su en quelques années de guerre renforcer les frontières de l'Egypte, étendre son territoire et multiplier les échanges avec les autres pays. Une femme ne pouvait commander une armée ni conserver les régions acquises par Thoutmosis. Les pays vaincus ne manqueraient pas de se révolter si cette femme était à la tête du pays. Qui partirait alors affronter les peuples d'Asie ? Qui saurait mener une armée dans les forêts touffues et les montagnes en évitant les embuscades de ces soldats d'Asie plus habitués aux pièges qu'aux face-à-face. Qui affronterait les neiges et les chemins pierreux des monts ? Qui dirigerait les soldats égyptiens dans les déserts s'étendant au-delà des chaînes montagneuses jusqu'à la célèbre Byblos ? Quel pharaon, enfin, continuerait l'œuvre de Thoutmosis qui souhaitait s'imposer au-delà de l'Euphrate ? Qui lutterait contre les puissantes villes de Mésopotamie en assiégeant leurs hautes enceintes de pierre et de brique ?

Hatchepsout saurait tout juste parlementer, entretenir, comme son père avait commencé à le faire, le commerce de l'Egypte avec certaines villes du bassin méditerranéen, vendre aux Phéniciens de Byblos de l'or ou des bijoux en échange de leurs précieux bois de sapin ou de cèdre.

Or il fallait non seulement continuer à repousser les incursions des nomades mais se protéger aussi contre une éventuelle invasion de ces peuples du Nord qui ravageaient les riches plaines cultivées de Mésopotamie. Un nouvel Abou ou un nouvel Ahmès pouvaient surgir, prêts à faire alliance avec ces peuples sauvages qui détruisaient la Mésopotamie. Tout récemment encore, des roitelets étrangers installés près de l'Euphrate n'avaient-ils pas promis leur aide à ce traître d'Ahmès ?

Thoutmosis était trop lucide pour ne pas avoir évalué la cruauté et le pouvoir de ces hordes d'envahisseurs. Il les avait évitées. S'il avait établi sa puissance sur le large territoire qui s'étendait aux portes de l'Egypte, il savait aussi que ce rempart céderait un jour face aux bandes impitoyables.

Moutnéfret n'aurait aucun mal à le convaincre qu'un fils entraîné était de beaucoup préférable à une fille pour la sauvegarde de son pays.

XXVI

Dès qu'il fut de retour, Thoutmosis dut s'atteler à la tâche. A son air contrarié, Hatchepsout comprit qu'il devrait sans doute repartir au combat. Des nomades libyens menaçaient des petites garnisons égyptiennes et les Nubiens refusaient le joug du pharaon. Il fit appeler son scribe et lui dicta un message à l'attention du gouverneur de la Nubie :

« Ordonnance royale au gouverneur du pays des Barbares.

« Mon messager t'apporte cette ordonnance de ma part, moi qui ai été nommé Pharaon le vingt et unième jour du troisième mois d'hiver en la saison de Peret, période des semailles et de mon couronnement, afin que tu saches que Ma Majesté, Vie, Force et Santé, Roi de Haute et Basse-Egypte, va se rendre en Nubie alors que le palais est en pleine joie et que Thèbes s'avère prospère. »

Conscient qu'il lui fallait aussi gérer son pays même si Ahmose le secondait habilement, Thoutmosis ordonna au scribe royal de lui lire les dépêches. Hatchepsout avait le droit d'écouter la lecture de ces papyri qui arrivaient au palais de tous les villages du pays. Elle répondait d'un air absent aux servantes qui lui tendaient des corbeilles de fruits. Aucun écrit ne lui échappait, qu'il s'agît de l'évaluation d'une récolte, de la montée du Nil ou de la punition d'un ouvrier.

Après avoir écouté attentivement et dicté quelques lettres, Thoutmosis s'assit dans la salle du trône sur son siège carré aux accoudoirs et au dossier incrustés de pierres précieuses. Hatchepsout le suivit. Là, défilèrent fonctionnaires ou ambassadeurs demandant une aide ou un verdict de justice.

Hatchepsout regardait, la tête haute, ces hommes supplier le roi, les mains levées au ciel et les genoux à terre. Inlassablement, les gardes, impassibles, encadraient le pharaon et les scribes, assis en tailleur, dessinaient à toute allure des hiéroglyphes sur leur papyrus.

Hatchepsout ne manifestait jamais aucune réaction face aux décisions du pharaon. Que celui-ci donnât l'ordre de bastonner un criminel ou qu'il graciât un paysan coupable de fraude ne soulevait ni sa révolte ni son contentement. Elle demeurait impassible, ses traits ne trahissant nulle pitié. Seule la majesté de son père, portant, hiératique, la couronne d'Egypte la fascinait. Pharaon ne pouvait juger que par la volonté divine et donner des verdicts indiscutables.

Hatchepsout vit avec satisfaction défiler devant son père les ambassadeurs des pays soumis à l'Egypte que Thoutmosis appelait les Neuf Arcs. Elle s'amusa des vêtements colorés des Barbares d'Asie qui avaient été plusieurs fois vaincus par le pharaon. La réception qui suivit lui permit d'arborer sa plus belle robe et de se maquiller plus que de coutume.

Cette journée et cette soirée lui apprirent beaucoup sur la nature humaine. Elle comprit combien un roi devait savoir ménager la clémence et la dureté, l'indulgence et la fermeté pour être aimé et respecté tout en étant craint. Elle se rendit également compte que tous les morts laissés par son père sur les champs de bataille étaient indispensables pour que les peuples lui fussent soumis au point de venir s'incliner à terre devant lui.

*
* *

Le lendemain, Hatchepsout suivit avec d'autant plus d'ardeur ses cours d'écriture. Elle traçait parfaitement les hiéroglyphes et écoutait les leçons que les prêtres d'Amon lui donnaient quotidiennement. Puis elle fila jusqu'à la pièce d'eau où elle aimait encore observer les animaux sous l'ombrage d'un arbre. Elle guettait un canard s'envolant des roseaux, un chat à l'affût, quelques poissons s'ébrouant dans l'eau verdâtre. Elle entra sous l'une des tonnelles disposées dans le jardin et appela son singe. Elle s'étendit alors sur des coussins et lui parla comme à un être humain. Parce qu'elle s'ennuyait, elle fit chercher plusieurs musiciennes et leur ordonna de jouer du tambourin et de la harpe.

Elle se souvint alors des récits que lui faisait Shatra sur l'invasion des peuples venus du nord. Effrayée, elle promit aux dieux de retracer plus tard cette invasion sur les murs de l'un de ses temples en guise d'exemple pour les futurs Egyptiens.

Quand Hatchepsout ne venait pas se réfugier près de la pièce d'eau du palais, il lui arrivait de se rendre dans les chapelles d'Aménophis ou près du tombeau de son arrière-grand-mère qui était partie rejoindre son époux Ahmosis à un âge avancé. Là, sur l'autre rive du fleuve, à l'ouest de la ville, étaient nichées, un peu plus au sud, les tombes de ses autres ancêtres. Les pyramides en brique dominaient les tombeaux creusés dans la roche. Certaines portes étaient entourées d'obélisques. Non loin de ces caveaux se trouvaient des tombeaux encore plus anciens.

Sous la cime de la falaise à la pointe acérée s'étalait un temple. Dans cet endroit intrigant, Hatchepsout vénérait la déesse Hathor à laquelle ce lieu était consacré. Elle déposait dans la chapelle de la déesse des scarabées en faïence, des gâteaux et des petites vaches en grès ou en or ayant entre leurs cornes le disque du Soleil. Afin que la déesse la protégeât des maladies, elle lui avait même offert des ex-voto qu'elle avait déposés devant ses statues et au pied des deux bustes d'Hathor qui se faisaient face.

Elle tremblait en entendant les chacals qui hantaient les déserts alentour, songeant qu'Anubis troublait les dunes de ses hululements lugubres. Seules les tombes de quelques notables avaient été placées sur les hauteurs mais cette grande plaine un peu triste où le vent paraissait gémir à la nuit tombée inquiétait toujours Hatchepsout. Elle y était irrésistiblement attirée bien qu'elle la redoutât. Quand elle s'y rendait, elle y rencontrait peu de gens sauf, de temps à autre, des Thébains qui habitaient de vieilles maisons en ruine ou de jeunes habitants qui apportaient des offrandes sur les tombes de leurs proches aux confins du désert. Ses yeux se tournaient souvent vers la chapelle des fils de Moutnéfret mais jamais elle n'y allait.

Si elle avait partagé les jeux du petit Thoutmosis à qui elle distribuait ses ordres, Hatchepsout ne jugeait plus digne de sa majesté de côtoyer le fils d'une femme qui n'avait pas de sang royal dans les veines. Qui était Moutnéfret sinon une ancienne épouse pour qui Thoutmosis n'avait encore que trop d'égards ? Hatchepsout veillait à ce que le pharaon lui accordât moins d'importance. Son influence sur ce point n'était pas négligeable.

Hatchepsout étendit ses bras et contempla ses épaules maigres, ses jambes dépourvues de forme. Elle avait hâte de devenir une femme pour être davantage respectée, pour susciter les marques de respect plutôt que les sourires affectueux. Elle se trouvait désespérément mince et redoutait de tomber malade comme sa sœur à qui les dieux n'accorderaient peut-être pas de passer une nouvelle saison. Mais elle retrouva bien vite sa bonne humeur car son père lui avait fait une promesse : il la présenterait bientôt aux courtisans lors d'une cérémonie officielle. Dès lors, son destin serait tracé. Le peuple, qui la connaissait mal et qui la voyait subrepticement quand elle partait en voyage avec son père, l'acclamerait davantage. Ensuite viendrait l'époque de la fête d'Amon où le dieu serait porté de son temple jusqu'à son petit sanctuaire situé plus au sud. Elle y assisterait aux côtés de Pharaon et elle se grisait déjà des vivats de la foule.

Hatchepsout ferma les yeux pour imaginer ces fêtes somptueuses et luxueuses dont elle serait le centre. Elle poussa un profond soupir de contentement et dit à son singe :

— Les dieux montreront à Moutnéfret qui est l'héritière de Pharaon !

Comme l'animal, au poil bleuté, faisait des bonds en poussant des cris et en applaudissant, Hatchepsout éclata de rire.

— Puisque tu m'approuves, je te garde, lui dit-elle en faisant mine de courir à sa poursuite.

XXVII

Thoutmosis décida finalement d'attendre les fêtes en l'honneur du dieu Amon pour présenter officiellement sa fille à la cour de Thèbes. Aussi dut-il repousser son départ en campagne. Sa fille l'en remercia. Elle était lasse de guetter à l'horizon le retour de son bateau *Le Vautour* dirigé par le nautonier royal. Elle ne souhaitait plus entendre compter les tributs ou les prisonniers. Voir le défilé des chefs vaincus, les récompenses des soldats valeureux ne remplaçait pas l'absence de son père. N'avait-il pas agrandi l'Egypte et imposé sa force jusqu'aux confins de la Nubie et de l'Asie où il chassait l'éléphant ? N'avait-il pas fait construire des sanctuaires à Memphis, à Abydos et à Thèbes, des obélisques à Eléphantine ? Thoutmosis n'était-il pas la représentation du dieu Amon ? N'avait-il pas, enfin, divisé le territoire égyptien en cinq districts ?

Mais Thoutmosis voulait aussi célébrer l'anniversaire de plusieurs années de règne et rassembler en une seule période de fête d'heureux événements.

Le premier jour venu, Hatchepsout, « Fille de celui qui était né de Thot », se leva tôt pour s'atteler à sa toilette. Elle y passa un temps infini et confia son corps aux plus habiles ouvrières. Elle les pressait du geste, tapait des pieds lorsqu'elles étaient trop lentes.

— Vite ! Ces journées sont tout à la gloire des dieux. Moi, princesse de Thèbes, je vais devenir l'héritière de mon père ! Amon sera honoré plus que jamais. Le grand architecte Imeni a embelli son temple et, pour la première fois, celui-ci pourra accueillir d'autres divinités que celle d'Amon qui a choisi Thoutmosis comme pharaon et qui me désignera aujourd'hui comme celle qui lui succédera. Thèbes est désormais aussi prestigieuse que Memphis !

Shatra entra dans la chambre d'Hatchepsout et distribua elle-même ses ordres d'un ton impératif. Consciente du sort qui se jouait, elle n'admettait aucun retard.

Hatchepsout contempla dans son miroir ses yeux en amande, son nez droit au bout légèrement rond, sa poitrine tout juste formée, la forme arrondie de son visage, sa petite bouche et ses lèvres charnues bien dessinées.

— J'ai épaissi, dit-elle à sa nourrice avec ce sourire à peine esquissé qui se transformait vite en rictus froid. Je trouve que mon frère me ressemble de plus en plus en grandissant. Mais Amon a permis que je sois présentée à la cour avec plus de poids qu'il n'en a. Ne trouves-tu pas que cela me va mieux ?

— Je m'en réjouirais, répondit Shatra, si ta sœur était en meilleure santé. Or, ta mère est très inquiète. Je doute qu'elle vive bien longtemps.

Les yeux d'Hatchepsout s'assombrirent. Elle aimait sa sœur Kebetnefrou même si elle ne partageait guère ses jeux. Amon serait-il assez cruel pour lui apporter dans le même temps une immense joie et une peine inévitable ?

— J'ai confiance en Amon, répondit Hatchepsout.

Shatra haussa les épaules en signe d'impuissance.

— Il n'y a plus qu'à espérer en sa grande bonté... Le fils du prêtre d'Amon, le vizir Hapousneb, va te rendre visite, expliqua-t-elle à Hatchepsout. Il te décrira comment se déroulera cette journée et te dira en détail tout ce que tu devras faire. Ecoute-le attentivement comme tu enregistres ses leçons.

Hatchepsout le lui promit.

— Pendant ce temps, la coiffeuse Inou va peigner ta perruque. Elle t'apportera un panier plein de lotus et de lys pour orner ta robe et ta chevelure car celles-ci doivent non seulement rutiler de joyaux mais elles doivent aussi sentir bon et signaler ta grande jeunesse. Ta robe a été tissée dans le harem. Les femmes qui ont confectionné ce vêtement ont été inspirées par les déesses Neith, Isis et Nephtys. Elles lui ont donné sa solidité, sa pureté et l'ont purifié grâce à des formules magiques qui t'éloigneront du malheur. Ces tisseuses ont déjà réalisé les vêtements de plusieurs statues. Les sachant habiles, le roi les a autrefois échangées contre dix plats en argent, des fioles de parfums et des étoffes.

— Sont-elles nubiennes ?

— Elles viennent de l'est.

— Il faudra les récompenser.

— Pharaon y pourvoira.

Hatchepsout tria alors quelques objets précieux qui étaient devant elle, des petites jarres, deux bagues avec des anneaux en argent et des chatons en forme de scarabées sur lesquels était gravé son nom et un récipient à fards comportant plusieurs compartiments. Elle prit finalement la boîte à fards dans ses mains menues et la retourna dans tous les sens. Ce petit pot en albâtre lui plaisait. Les paroles de son père lui revinrent alors à l'esprit : « Tu respecteras toujours ta mère et tu lui feras plaisir parce qu'elle t'a mise au monde dans la douleur et qu'elle t'a donné les meilleurs maîtres. » Comme elle devait trembler pour la vie de sa sœur ! Que de nuits blanches n'avait-elle passées !

— Donne-moi une épingle, dit-elle à une servante.

Comme celle-ci s'étonnait, Hatchepsout se fâcha.

— Depuis quand discutes-tu mes ordres ?

La domestique préféra s'exécuter.

Hatchepsout écrivit alors sur le fond de la boîte : « La princesse Hatchepsout la dédie à sa mère, la Grande Epouse royale Ahmose, absoute de tout péché devant Osiris. »

— Porte-la à la reine. Vite ! dit Hatchepsout en se promettant de fabriquer elle-même un semblable bijou pour l'offrir plus tard à sa mère. Donne-la-lui à une condition... Qu'elle ne soit pas en compagnie du Crétois Kallisthès !

*
* *

Avant de s'exprimer devant les hauts dignitaires, Thoutmosis fit distribuer des dons au peuple égyptien. Quand tous les fonctionnaires de premier plan furent rassemblés, il se rendit dans la chambre de sa fille en compagnie d'Ahmose.

— La princesse Hatchepsout est-elle prête ? demanda-t-il à Shatra.

— Oui, Seigneur du Double Pays, notre maître, répondit la nourrice en se courbant devant le pharaon qui avait revêtu tous les insignes de la royauté et qui lui parut impressionnant.

Tout le palais resplendissait de mille lampes dont les feux se mêlaient à la pourpre du soleil. Les pauvres marins qui naviguaient sur le Nil regardaient de tous leurs yeux ces éclairages exceptionnels. Les jardins, les nombreuses dépendances, les écuries et les communs du palais avaient été somptueusement décorés.

Hatchepsout suivit ses parents jusqu'à la salle de réception qui était réservée aux couronnements. Ils traversèrent sans rien dire des salles à manger entourées de portiques aux colonnes massives dont les murs étaient ornés de représentations aquatiques ou pastorales et dont les portes étaient encadrées de statues impressionnantes qui dardaient sur eux leurs regards fixes. Des bas-reliefs représentaient les scènes de couronnement de Thoutmosis. Ici et là des oiseaux, des fleurs ou des dieux en argent rappelaient la décoration des appartements du pharaon. Les plafonds rutilaient de lapis-lazuli et de cet or divin brillant sur les accoudoirs des sièges, sur les statues des dieux, sur les meubles, aussi rares dans les salles officielles que dans les appartements privés. Les couloirs étaient illuminés par les torches des serviteurs qui faisaient une haie sur leur passage. Ahmose était tellement silencieuse qu'Hatchepsout redouta le pire pour sa sœur.

— Le médecin ne quitte pas son chevet, lui dit la reine, la gorge serrée. La déesse Schmet qui guide ses mains l'assiste. Il connaît le chemin du cœur. Le pouls de ta sœur bat toujours aussi faiblement ; ses yeux manquent de vivacité ; sa peau est trop blanche. Aucune fumigation, aucun régime ne parvient à la guérir. Nous avons fait apporter au palais une grande quantité de miel, de plantes, de cuivre, de granit, de silex, de graisses, de lait, d'œufs de poissons, tous les produits qui permettent de préparer des médicaments efficaces. En vain. Mais songe aujourd'hui à toi et à ton destin car cette journée est un grand jour.

XXVIII

Devant la tenue magnifique d'Hatchepsout qui portait haut sa tête coiffée d'une couronne rutilante de pierres précieuses, les dignitaires s'inclinèrent. Etaient présents les vizirs, représentants du roi hors de Thèbes, des femmes directrices du Trésor ou responsables de la Maison de tissage, le scribe royal, des fonctionnaires chargés de la gestion des domaines, l'organisateur de la fête du dieu Amon, des chefs de bétail, des directeurs de travaux, les grands architectes du palais.

Quand ils eurent tous salué le pharaon, celuici s'assit sur un trône paré de la représentation des deux plantes du Sud et du Nord entrelacées. Le baldaquin qui surmontait le trône ornait de plis souples un toit habilement sculpté. Derrière Thoutmosis, des serviteurs portaient des symboles magiques. Le roi demanda alors à Hatchepsout de le rejoindre sur l'estrade puis il s'adressa aux premiers des citoyens en des termes dépourvus d'équivoque :

— Autrefois, leur dit-il, devant douze divinités rassemblées le dieu Amon parla. Il expliqua qu'il souhaitait qu'un enfant naquît pour devenir le futur pharaon. Il porta son choix sur mon épouse, se promit de la protéger, de lui donner toutes les plaines et les montagnes, d'unir pour elle les Deux Pays par un traité de paix afin qu'elle construisît pour les dieux présents des temples et qu'elle leur offrît des dons. Pour elle, Amon s'engagea aussi à faire pleuvoir quand il le faudrait, à faire déborder largement le Nil tandis que les autres dieux la protégeraient et lui assureraient une situation stable. Thot fut chargé de rapporter à Amon dans la grande

Maison des Dieux le nom de mon épouse. Il fut séduit par Ahmose qu'il considéra comme la plus belle des femmes du pays. Sous l'aspect de Thoutmosis, Amon se rendit alors à Thèbes et s'unit avec elle dans un lit aux montants décorés de têtes de lionnes, symboles du passage dans l'Autre Monde. Les déesses Neth et Serkhet ainsi que le dieu Khnoum assistèrent à l'union du dieu et d'Ahmose. Le palais s'emplit de cette odeur agréable que dégageait Amon, autant de senteurs qui venaient de la région du pays des Echelles[1]. Ahmose lui dit alors après l'avoir embrassé et avoir éprouvé du plaisir : « Quelle puissance est la tienne ! Quels merveilleux instants que de voir ton visage lorsque ton cœur s'est *uni* au mien et que ton parfum s'est répandu dans mon corps. Ce fut pour moi *supérieur* à tout ce que j'ai connu. » Amon lui répondit aussitôt : « De cette union naîtra une fille qui aura pour nom Hatchepsout Kenemetamon, celle qui s'*unit* au dieu Amon et qui est *supérieure* aux autres notables. Tes paroles ont défini son prénom. Elle deviendra pharaon et illuminera, pour le bien-être des Egyptiens, le pays tout entier. A elle va mon âme ; je lui donne ma puissance, ma couronne et ma protection. » Telle est la mission du dieu. Inclinons-nous devant sa volonté.

Toute l'assistance se tut, impressionnée par les révélations du pharaon.

— Le jour où Hatchepsout est née, poursuivit celui-ci, le dieu Khnoum a façonné une statuette représentant les traits de la princesse en lui insufflant vie, stabilité, joie et santé pour qu'elle apparût sur le siège d'Horus comme Rê et dominât toutes les âmes vivantes. La déesse-

1. Le pays du Pount

grenouille Héquet a facilité l'accouchement d'Ahmose en présentant à Hatchepsout, avant même qu'elle ne naquît, les croix de vie. La Maîtresse des Deux Pays, pleine de charme et de bonté, qui a vu Horus et Seth, joyeuse, vivante pour l'éternité, a comblé Amon qui assista à l'accouchement avec Bès, la divinité hippopotame et les génies qui chassent le malheur. Hathor présenta Hatchepsout au dieu Amon qui se réjouit et lui souhaita de nouveau pouvoir et longue vie. Amon ne cessait d'embrasser, de caresser Hatchepsout qu'il aimait déjà plus que tout. Les déesses nourricières en forme de vaches allaitèrent l'enfant Puis Hatchepsout fut amenée au mammisi de Seth et d'Horus pour être purifiée. Là, Thot et Amon embrassèrent l'enfant et l'ornèrent du fardeau des deux dieux afin qu'elle fût sur le trône d'Horus pour l'Eternité. Anubis, le dieu qui assiste aux embaumements, lui accorda de très nombreuses fêtes Sed[1]. La déesse Séchet inscrivit sur un document sacré la durée de vie de la fille d'Amon. Ainsi est née Hatchepsout Maâtkarê comme naquirent autrefois d'autres pharaons engendrés par un dieu et mis au monde par une mortelle.

Les serviteurs de Thoutmosis se firent de plus en plus déférents. Ils observaient celle qui était fille d'un dieu avec un regard neuf rempli de crainte.

— La déesse de Bouto, Hathor, qui a protégé son fils Horus dans les marais du Delta, a aussi servi de mère à Hatchepsout, poursuivit le pharaon. Son lait lui a apporté vie et assurance. Hatchepsout s'est délectée de ce lait bienfaiteur.

1. Jubilés royaux.

Hathor a multiplié pour elle les bêtes de nos troupeaux.

Certains fonctionnaires hochèrent la tête pour approuver les paroles de leur Seigneur.

— Amon présenta alors sa fille à tous les dieux des nomes, dit Thoutmosis dont la voix devint grandiloquente. Elle portait déjà l'uræus. Assise sur les genoux d'Amon, elle caressait les joues du dieu comme s'il se fût agi d'un simple mortel et ne semblait pas souffrir d'avoir l'apparence d'un garçon car Amon tout-puissant avait tenu à la montrer ainsi, dissimulant tous les éléments féminins dont la nature l'avait dotée. De même que le soleil effectue sa course divine, Hatchepsout m'a suivi récemment dans mes voyages jusqu'à la ville d'Héliopolis, domaine du dieu Atoum. Les habitants, étonnés qu'elle ait tant grandi, ont pu l'admirer. Ils ont comparé son éclat, sa manière d'accomplir les rites religieux, sa tenue à ceux d'une divinité. Hatchepsout est créative. Le vautour et le cobra l'assistent. Elle apparaît à chaque fois telle une déesse. Elle agit selon Maât, respectant l'ordre et la règle. Dans son nom figure celui de Rê évoquant la lumière et la vie. Elle est avant tout Hatchepsout, la « Respectée », la « Noble âme éloignée du malheur » !

Thoutmosis évoqua ensuite quels espoirs il avait fondés sur ses deux premiers fils et combien sa fille lui apportait de joie.

— Ces dernières années, elle m'a accompagné dans tous mes déplacements en Egypte. Je lui ai appris l'art de gouverner. Si elle ne s'est jusque-là guère mêlée au peuple, elle n'en connaît pas moins les rouages du pouvoir. N'est-ce pas là l'essentiel ? Nos prédécesseurs rencontraient-ils leurs sujets ? Hatchepsout est d'or. Elle brille, Soleil éclairant la route des humains.

Thoutmosis sembla alors s'adresser au dieu Amon :

— Je vénère ta Majesté pour ce que tu m'apportes. Qu'un jour la terre noire d'Egypte et la terre rose du désert soient gouvernées par ma fille Maâtkarê. Qu'elle vive pour l'éternité comme moi ! Grâce à toi, le pays prospère. Ecoute les prières que je t'adresse pour ma fille bien-aimée qui, en réalité, est la tienne.

Le pharaon désigna l'un de ses jeunes officiers dont il appréciait la bravoure bien qu'il fût d'origine humble.

— Senmout, fils d'Atnéferê, que tous les Egyptiens nomment Toui-Toui, et de Ramose, dit-il, toi qui es né d'un paysan et d'une femme riche propriétaire dont la reine Ahmose a toujours apprécié la compagnie, toi que j'ai chargé de plusieurs missions militaires dans le sud de l'Egypte et qui t'es distingué au point de vouloir faire graver ces exploits sur les parois de ton tombeau, voilà déjà un bracelet en or en gage de ma reconnaissance et de celle d'Amon. Tu as la chance d'être aimé de ton Seigneur et de la reine des Deux Pays. Je te nomme Administrateur suprême du palais et juge dans l'ensemble du pays. Ton rang sera désormais supérieur à celui du Responsable des chefs des travaux. Tu écouteras toujours mes ordres et tu les exécuteras sans faiblir jusqu'à ce qu'Osiris te rappelle près de lui. De même que tu vis aujourd'hui sous Pharaon, peut-être vivras-tu aussi plus tard sous le règne d'Hatchepsout Maâtkarê, Reine des Deux Pays, Maîtresse de Haute et Basse-Egypte. Accomplis alors ta tâche avec la même fidélité et la même efficacité. Maintenant, écoute-moi bien... Hatchepsout ne peut me suivre en campagne. Mais tu lui rapporteras comment se déroulent nos combats. Tu seras la mémoire vivante de nos victoires.

L'officier salua bas le pharaon et le remercia de lui confier cette tâche qu'il promit d'assumer avec le plus d'application possible.

Hatchepsout observa cet homme au profil agréable, au nez bien dessiné, à la bouche sensuelle et épaisse qu'elle n'avait jamais longuement considéré et qui lui parut d'emblée sympathique.

Les parents et les frères de Senmout qui étaient dans l'assistance manifestèrent leur fierté et leur émotion. Petit et maigre, l'un de ses oncles, Kouat, eut les épaules secouées de sanglots qu'il étouffa avec peine. Encore belle de corps et de visage, bien que petite et enveloppée, son épouse Rêneferê, qui servait la mère de la reine Ahmose, montra plus de réserve et de maîtrise de soi. Leurs enfants encore très jeunes, Bekkhy et Roui, tentaient de mesurer l'importance des propos royaux.

Senmout eut une pensée pour ses parents décédés trois ans auparavant, pour son père momifié, enterré avec son pagne de paysan dans un simple sarcophage en bois dans lequel il avait déposé un seul objet : son rasoir en bronze ; pour sa mère, couchée sous un linceul de lin sur lequel il avait fait écrire des extraits du *Livre des morts*. Il l'avait coiffée de sa plus belle perruque et avait demandé à l'embaumeur d'attacher autour de son cou un pendentif en or en forme de scarabée. Lui-même avait placé auprès de son corps des vêtements, des draps, des bijoux, des miroirs, des objets de toilette, des coupes de vin en argent et un mobilier riche et sculpté. La reine Ahmose avait honoré Atnéferê qui l'avait servie d'un linceul brodé de son sceau ; Hatchepsout lui avait donné une baguc avec un chaton en forme de scarabée et une jarre d'albâtre. Le petit Thoutmosis avait déposé près d'elle, sur les conseils de sa mère, un ustensile en faïence et un collier de perles. Moutnéfret elle-même y avait ajouté des amphores et des couvertures au sceau des ateliers royaux.

Les quatre frères de Senmout, Senmen et Minotep, qui travaillaient au palais, le prêtre Amen et le chef du bétail Pêri, le félicitèrent chaleureusement.

Voyant quel effet produisait une telle nouvelle, le pharaon ajouta :

— Sois à la hauteur d'un Iouf qui administre les domaines de la reine Ahotep, embellit la tombe de son ancêtre et sert pareillement la Grande Epouse royale Ahmose. Celle-ci lui a donné le titre de scribe du Bienfaiteur du Dieu et l'a marié à une princesse. Il a reçu à juste titre des cruches de vin, des têtes de bétail et des jarres de céréales. Tu en auras tout autant si tu accomplis correctement ta tâche. Prends pour exemple le messager Kérès, également dévoué à la reine Ahotep qui lui fit ériger une tombe et lui donna les titres de Trésorier royal puis de Gouverneur. Exécute aussitôt ce qui te sera ordonné. Agis selon mes volontés. Sois loyal et juste, généreux et entreprenant.

Puis il poursuivit son discours :

— De nombreuses femmes ont su mener la barque d'Egypte en tant que compagne d'un roi ou comme pharaon. Quand l'héritier était trop jeune, quand la situation de l'Egypte n'était guère assurée, elles ont su préserver le futur pharaon. Elles ont connu des guerres, la crainte, le danger imminent d'ennemis prêts à anéantir l'Egypte ou à s'en emparer. Ainsi, la mère de Djéser ou la digne fille de Mykérinos furent-elles à la hauteur de leur tâche. La petite-fille de Mykérinos régna elle aussi. L'une des femmes de Pépi Ier dirigea le pays pendant l'enfance de son fils. Nitocris, la pharaonne aux joues roses, manifesta plus de courage que les hommes. Elle aussi était belle, parlait avec une voix chantante et entourait sa présence d'une senteur fleurant bon l'encens. Il y eut également la pharaonne Sobeknéfrouré et l'épouse d'Ahmosis qui dirigea le pays jusqu'à ce que son fils Aménophis s'imposât. Elle fut vénérée chez les étrangers. Elle gouvernait sur des foules d'Egyptiens. Elle était sage et rassemblait l'armée qui les protégeait. Bien qu'elle fût femme, elle imposa sa volonté aux révoltés et punit ceux qui désertaient. Hatchepsout ne sera peut-être pas une conquérante mais elle saura, par sa parole, encourager les soldats et récompenser les vaillants. Celle qui a engendré Aménophis, la puissante Ahmès-Néfertari, restera pour elle un exemple aussi important que celui des femmes qui l'ont précédée.

Les hauts fonctionnaires approuvèrent par des murmures leur vénération pour la reine Ahmès-Néfertari dont ils avaient célébré le passage dans l'Au-Delà. Elle avait été si admirée que sa mort avait été ressentie par les Egyptiens comme un triste passage. Thoutmosis avait fait fabriquer des scarabées, des stèles et des statues en son honneur. De nombreux objets sacrés lui avaient été dédiés. Tous les Egyptiens se souvenaient du cortège l'accompagnant vers sa dernière demeure, de son gigantesque sarcophage et il ne se passait pas une journée sans que quelques Egyptiens ne se rendissent près de son tombeau pour y déposer des fleurs ou des victuailles.

Les ouvriers de la Vallée l'aimaient bien davantage encore.

— J'ai pris une décision, dit Thoutmosis. Pendant l'été, un navire tiré par un char circulera dans la nécropole. J'inviterai les Egyptiens à venir acclamer cette procession. Ce sera celle de la reine défunte. Elle qui accomplissait les rites et célébrait chaque matin la naissance du dieu sera à jamais présente dans nos cœurs et dans ceux de nos descendants.

Un silence accueillit ces paroles sages et émouvantes.

— Je ferai aussi ériger des obélisques en l'honneur d'Amon.

Puis Thoutmosis évoqua la déesse Isis qui gouvernait autrefois avec Osiris jusqu'à ce que son frère Seth l'assassinât. Il rappela comment Osiris avait été tué en se couchant dans un cercueil dont Seth avait refermé le couvercle avant de le jeter dans le Nil. Il narra avec émotion la manière dont Osiris avait été découpé en morceaux et avec quelle obstination et quel courage Isis avait refusé l'idée de sa mort. N'était-ce pas la preuve qu'une femme était capable de plus d'obstination qu'un homme ?

— Après avoir rassemblé les différentes parties du cadavre de son époux, dit-il, Isis pria Nephtys, la pure, de l'aider à redonner vie à Osiris. Malheureusement, leurs prières restèrent vaines car le sexe d'Osiris avait été avalé par un poisson. Aussi Isis se transforma-t-elle en milan et fit-elle renaître par magie le sexe de son époux. De leur union naquit Horus. Ce remarquable exemple ne démontre-t-il pas qu'une femme est capable d'astuce au-delà même de ce que l'imagination peut concevoir ? Quand Seth tenta de tuer Horus, Isis le cacha dans les marais et le protégea des maladies et des ennemis. Car une femme peut faire preuve d'un courage égal à celui d'un homme si ce n'est sur un champ de bataille du moins pour sauver ses enfants. Seth rusa encore et refusa de reconnaître la légitimité d'Horus né d'une étrange union mais Isis réussit à se présenter au tribunal chargé du jugement et fit reconnaître son fils comme pharaon.

Thoutmosis désigna du doigt l'uræus qui ornait son front.

— Voilà le cobra. Isis est serpent. Le Nil inonde la Vallée. Isis est l'étoile qui apparaît juste avant la crue du fleuve. Ses pleurs font grossir le Nil. Isis, seule, grâce à une ruse, connut le nom secret de Rê. Aujourd'hui, je dirige l'Egypte formée d'autant de régions que les parties du corps d'Osiris. Isis montre à Hatchepsout une route faite de fidélité, de persévérance et de ruse...

Le pharaon manda les prêtres ritualistes afin qu'ils inscrivissent sur tous les bâtiments en construction les noms de sa fille.

— Voilà une merveilleuse période pour une telle décision, ajouta-t-il très gai. La mission d'Hatchepsout est claire : elle devra construire les temples des dieux, guider les Egyptiens, agrandir le pays, imposer la justice et l'équilibre, assurer la fertilité de l'Egypte, servir d'intermédiaire entre les dieux et les gens du peuple.

Le discours du pharaon était achevé. Les banquets allaient commencer.

Dans Thèbes, les notables avaient fleuri et parfumé leurs maisons. Avec la tombée du soir, les parfums s'intensifièrent, devenant enivrants et étourdissants. Dans les cuisines, une surprenante activité mettait en scène les pâtissiers, les bouchers, ceux qui avaient fait sécher les poissons au soleil et les sommeliers qui versaient du vin et de la bière dans des jarres immenses. La vaisselle en or et en albâtre avait été sortie. Les maîtresses de maison contrôlaient avec nervosité la préparation des festins. Les Egyptiennes avaient revêtu des robes longues et légères. Elles marchaient avec élégance, sentant mille fleurs et portant des coiffures sophistiquées.

Au palais, le pharaon et la reine reçurent de très nombreux couples qui s'installèrent sur des tabourets et des chaises recouvertes de coussins moelleux. Alors, des servantes presque nues circulèrent entre les invités, leur proposant des fruits et des rafraîchissements. Des sistres retentirent. Leurs sons précédèrent l'arrivée des musiciennes et des danseuses. Des domestiques défilèrent, des paniers au bras. Elles distribuaient des fleurs de lotus aux invités, entouraient leur cou de guirlandes et ajustaient sur leurs perruques des cônes parfumés.

D'autres femmes enduisaient leurs mains d'onguent et massaient les épaules des hommes.

Les plats se succédèrent jusqu'au matin. Le vin du Delta coula à flots. Des poètes chantèrent des hymnes en l'honneur des dieux. Leurs vers parlaient d'amour et de sensibilité.

Des joueuses de tambourin, vêtues d'un simple voile, entrèrent. Elles avaient les chevilles et les poignets cerclés d'or. A chaque coin de la pièce, des harpistes invitaient à prendre du bon temps. Des acrobates leur succédèrent et déclenchèrent les cris des femmes, impressionnées par leurs sauts. Les hommes encourageaient les acrobaties en tapant dans leurs mains.

Chacun levait sa coupe en disant : « A ton *ka*. » Les discussions s'échauffèrent tandis que des flûtistes nues, la taille ceinte d'une chaîne en or, entamaient un air gai rappelant aux hommes que leur vie terrestre n'était qu'un passage et qu'ils devaient en profiter pleinement.

Tous les grillons arrêtèrent subitement leur chant. Hatchepsout se laissa griser par la bière. Toute la journée, elle avait été au centre des manifestations. Puis, comme si Isis voulait lui rappeler qu'elle n'était encore qu'une enfant, elle sentit ses paupières lourdes. Les éclats de voix bourdonnèrent à ses oreilles. Le cône de graisse qui fondait sur sa chevelure lui ôta les sens. Elle ferma les yeux et finit par s'endormir.

XXIX

Pendant plusieurs jours, l'Egypte et Amon furent en fête. Le peuple et son roi remercièrent le dieu Hâpi qui avait fertilisé les terres en laissant le Nil s'échapper de son lit. Seuls les villages, construits sur des hauteurs, n'étaient pas inondés. Les Egyptiens se rendaient en barque d'un endroit à un autre.

Pour commencer les festivités, tous s'apprêtaient à s'installer aux abords du temple d'Amon afin de suivre le dieu sur une courte distance jusqu'à sa chapelle du Sud. A l'horizon, le paysage n'était qu'eau grise et luisante sous les trop chauds rayons estivaux de Rê. Le soir, le fleuve devenait rouge sang en prenant la couleur du soleil couchant, rosissant les secs et rocailleux paysages désertiques. Au loin, le Nil semblait avoir inondé les monts arides mais ce n'était qu'illusion, mirages de sols hostiles et improductifs.

Certains Egyptiens se pressaient déjà à l'entrée du grand temple encadré d'un mur impressionnant. Celui-ci avait été en partie restauré par Imeni et reconstruit selon les plans du premier sanctuaire de Rê à Héliopolis car Pharaon avait l'intention d'y vénérer également le dieu du Soleil.

Devant le temple se dressait une partie du pylône que Thoutmosis avait fait ériger. Il symbolisait la puissance et le talent d'Imeni qui dirigeait les travaux de construction de la porte principale de l'édifice représentant l'image du dieu Min en or. Deux magnifiques obélisques se dressaient devant le pylône et soulevèrent l'admiration des Egyptiens présents, leurs pyramidions resplendissant, à ce moment de la journée, de l'or le plus pur. Ils étaient taillés dans ce granit rose qui provenait de la première cataracte. Derrière le pylône, des ouvriers avaient interrompu leur travail ; ils construisaient une salle longue, très étroite. Une colonne en bois, se terminant en forme de palmier, sans doute destinée à maintenir le toit, avait été abandonnée sur le côté. Ensuite venait le sanctuaire, l'endroit le plus sacré du temple, et la salle-reposoir de la barque de Mout, l'épouse d'Amon, puis celle de leur fils Khonsou.

Au fond, les Egyptiens décelaient déjà l'élaboration d'un second pylône. Derrière le monument régnait un véritable chantier. Imeni y faisait aménager une pièce d'eau et planter des arbres que les dieux, disait-il, pourvoiraient de fruits magnifiques. Les traîneaux qui permettaient le transport des blocs avaient été abandonnés derrière le temple. On décelait encore sur le sol les traces de ces véhicules en bois habituellement tirés par des ouvriers sur le sable mouillé de lait et d'eau. Les musiciens qui encourageaient et rythmaient leurs efforts aux sons des castagnettes et des flûtes avaient déposé leurs instruments au pied des obélisques dans des caisses en bois.

Imeni était un des rares Egyptiens qui se hasardaient dans la « région du dieu[1] », à l'instar des Anciens, pour en ramener des matériaux exceptionnels et de l'encens très pur. Il avait déjà descendu le fleuve jusqu'au Delta sur une eau poissonneuse avant de gagner le lac Timsa où il empruntait le canal qui reliait le lac aux eaux Amers malgré les roseaux qui obstruaient le passage, signe que peu de bateaux égyptiens partaient pour la mer Rouge. Il avait déjà ramené de la rivière salée des éléphants et des bois de l'Est, des tortues, des dattes, des oiseaux à longue queue, des poissons séchés et du bois à oriban ou à résine de térébinthe dont on tirait l'encens le meilleur. Grâce à lui, une chapelle consacrée au dieu Min avait été construite à Thèbes sur le modèle des huttes en bois bâties sur pilotis des hommes du Pount. Les portes de leurs modestes habitations n'étaient accessibles qu'au moyen de petites échelles de fortune. Imeni avait même embauché dans ses équipes des Africains, des Ethiopiens et des Pounites à la peau rougeâtre.

Les Egyptiens attendaient l'arrivée de Thoutmosis qui devait débarquer de son bateau de

1. Région du Pount.

cent dix coudées de long. Les étrangers, les marins et les mercenaires avaient eux aussi laissé leurs occupations pour rendre hommage à Amon. Ils avaient abandonné sur les rives du Nil leurs navires chargés de lourds troncs de conifères, leurs cargaisons d'encens et de bêtes que l'on s'apprêtait à offrir à Amon et leurs chargements d'or et d'argent en provenance d'Asie et des cataractes sans craindre d'éventuels voleurs qui n'oseraient profaner une journée consacrée à Pharaon et au dieu Amon.

Le pharaon parvint jusqu'au lieu sacré dans le plus grand décorum. Quand l'un des prêtres eut purifié, à l'aide d'un encensoir dégageant de suaves odeurs de térébinthe, les pièces conduisant à l'endroit le plus secret, le naos abritant la statue dorée du dieu, de sa parèdre et de leur fils, il s'avança jusqu'au domaine du dieu, encadré de deux autres membres du clergé. Le premier prêtre rompit un sceau en argile et fit glisser le verrou qui maintenait la porte du naos fermée. Les deux battants s'ouvrirent simultanément, offrant aux regards émerveillés du pharaon la statue du dieu en bois doré. Thoutmosis s'agenouilla devant Amon comme les Egyptiens le faisaient devant lui puis il rendit hommage à la statue de la divinité en l'inondant de parfums et d'encens tout en murmurant des hymnes élogieux.

— Anime-toi et laisse-toi conduire, dit le pharaon.

Le prêtre lui tendit un objet représentant l'œil perdu d'Horus dont Seth s'était autrefois emparé et une statuette de la déesse Maât que Pharaon déposa aux pieds d'Amon. Après avoir été conduit hors du naos, le dieu fut lavé, encensé, frotté d'huile, revêtu d'une riche étoffe. On fit brûler devant lui quelques mets puis on procéda de nouveau à la purification des lieux avec du natron et de la térébinthe. Un prêtre referma les portes du naos après y avoir placé des stèles en calcaire représentant des yeux et des oreilles que des Thébains lui avaient remis afin que le dieu les écoutât et les vît à tout instant de leur existence.

Il ajouta des plaques guérisseuses sur lesquelles figurait Horus chevauchant un crocodile et tenant des serpents, souvenir du dieu enfant autrefois mordu par un reptile. Sur d'autres stèles apparaissait la déesse Bastet piquée par un scorpion et guérie par Rê ou Osiris. Toutes ces plaques étaient posées sur un bassin rempli d'eau, lui-même placé sur un socle, preuve que le suppliant avait fait couler sur la stèle de l'eau pure en prononçant de ferventes prières. Mais peu de Thébains osaient ainsi se confier directement au grand dieu Amon. Ils préféraient se rendre humblement dans le petit sanctuaire de la déesse-serpent Mersegher, la protectrice du silence, sur la colline qui dominait la Vallée des Rois ou dans l'une des trois chapelles d'Aménophis qu'ils vénéraient à l'égal d'un dieu.

Le prêtre s'éloigna du naos sans jamais tourner le dos au lieu sacré, balayant le sable et la poussière sous ses pas afin d'en effacer toute trace.

Dès que la statue du dieu se trouva à l'extérieur du temple, la reine Ahmose lui offrit de l'encens, des boissons, des fleurs, des fruits, de la viande et des parfums. La gigantesque barque du dieu, conçue pour supporter un poids d'or considérable, avait été embellie d'argent et de bronze. Sur sa coque était représenté le roi en train d'accomplir les rites en l'honneur d'Amon. Quelques statuettes, dont la place habituelle était dans le temple, furent couchées sur la barque à côté du dieu. Deux béliers étaient représentés à la poupe et la proue de l'embarcation.

Une trentaine d'Egyptiens musclés, équipés de haches, de boucliers et de lances, accompagnés de porte-enseignes et de marins, transportèrent l'embarcation et la statue jusqu'au fleuve. Un hymne adressé au dieu encouragea les porteurs qui la disposèrent sur un chaland puis la halèrent en direction du petit temple d'Amon. Les femmes présentes firent résonner les crotales tandis que les marins chantaient. Des barques de tailles diverses glissèrent bientôt sur l'eau plane, accompagnant l'embarcation divine. Certaines avaient des proues en forme d'animaux.

Une procession suivit le cortège fluvial par voie de terre. Des prêtres ouvraient la marche devant les troupeaux de veaux, de bœufs, de gazelles et de chèvres. Des domestiques portaient des corbeilles de fleurs et de fruits ; d'autres secouaient des encensoirs qui laissaient échapper une odeur d'encens.

Hatchepsout enregistrait chaque geste de son père comme si elle eût été amenée, dans le futur, à accomplir le même rituel. La foule, acclamant le pharaon sans mesure, s'approchait pour le toucher malgré les remparts de boucliers et de lances constitués par les gardes. Aucun geste hostile n'était fait en direction du roi. Seuls des messages de joie, d'encouragement et de salutation lui étaient adressés. Il n'était pas si fréquent, en effet, que le peuple pût voir son pharaon de si près.

Le cortège se dirigea vers le petit temple aux sons des flûtes, des tambourins et des castagnettes. La procession qui longeait le rivage tenta de se frayer un passage au milieu des paysans en pagne qui tendaient le cou pour discerner les barques royales et la statue du dieu ornée de fleurs, de guirlandes et de plumes multicolores. Ceux-ci chantaient aussi fort que les artistes engagés pour l'occasion. Mais, après avoir vu le cortège et la famille royale passer, après avoir souhaité longue vie au pharaon, la plupart des habitants se retirèrent pour se réjouir en privé de ces journées exceptionnelles. La bière allait couler à flots.

Le pharaon et la reine Ahmose, entourés de leurs enfants, se dirigeaient vers la chapelle d'Amon. Les marins enfonçaient dans l'eau leurs longues rames pour remonter le Nil malgré le courant. Ils chantaient pour Maâtkarê et Horus tout-puissant :

— Cris de joie au ciel et sur terre ! disaient-ils. Le dieu des dieux est fêté ! Hathor renaît ! Amon est vivifié des rayons de Rê ! Toute la ville s'anime ! Faisons route vers le soleil !

Le chef des nautoniers encourageait les marins sur un ton autoritaire. Des couronnes de fleurs flottaient à la surface du fleuve. Le vaisseau royal et les embarcations des prêtres accompagnaient la barque du dieu.

Hatchepsout n'entendait plus les acclamations des Egyptiens. Elle ne distinguait même plus son père. Il lui semblait entreprendre une sorte de voyage divin vers un horizon inaccessible aux mortels, suivre une route pour laquelle elle avait été désignée, entre tous, par les dieux.

Quand le cortège débarqua, le peuple se mit à crier plus fort en agitant les bras. Des habitants s'interpellaient, tentant de se faire entendre malgré les sons des tambourins. Des fillettes lançaient des bouquets. Les trompettes retentirent. Les soldats de Thoutmosis avancèrent en portant des armes et des enseignes. Quatre oiseaux s'envolèrent alors vers les quatre points cardinaux. Des artistes professionnelles chantèrent à l'unisson :

— Joie pour les dieux ! Que la navigation d'Amon, Seigneur des Deux Pays, apporte Vie, Santé et Prospérité à tous !

La reine distribua des récompenses, colliers et bracelets d'or, aux fonctionnaires et aux militaires qui en étaient dignes. Un Thébain vigoureux abattit un bœuf qui avait été préalablement examiné et choisi par un prêtre. L'animal fut dépecé à l'écart avec une dextérité et une rapidité étonnantes. Ensuite, le Responsable des bœufs d'Amon veilla à ce que la cérémonie se déroulât dans les règles. Aussitôt, musiciennes et danseuses, militaires libyens ou égyptiens tendirent le cou pour ne rien perdre de ce moment important. Dès que Thoutmosis leva le bras, les trompettes retentirent de nouveau et le rituel commença.

Les morceaux de viande inutilisés furent confiés aux cuisiniers tandis que les soldats frappaient en cadence sur des tambourins. Ils agitèrent des sistres en accompagnant les mouvements harmonieux de danseuses à la poitrine nue.

Pendant les jours qui suivirent, les Egyptiens fêtèrent les années de règne de leur pharaon. Thoutmosis avait ordonné que les manifestations ressemblassent en tout point à celles de son couronnement. Ne se sentant guère en bonne forme physique, le pharaon s'abstint, toutefois, de toute démonstration athlétique, les pharaons ayant coutume d'effectuer une course à pied ou de tirer à l'arc lors de ces cérémonies d'anniversaire.

La famille royale se rendit à Memphis où s'étaient rassemblés de nombreux voyageurs et des commerçants vendant des boissons et des coussins. Le pharaon fit distribuer des cadeaux à la foule dès son arrivée. Puis il se dirigea vers l'estrade qui avait été aménagée dans une cour proche de son palais de passage. Sur les côtés étaient alignées de petites chapelles dans lesquelles avaient été disposées les statues des dieux en provenance de toute l'Egypte.

Le pharaon avait revêtu une tenue sombre, symbole de mort mais aussi de renaissance. Des extraits d'un texte sage établi par Itiri, l'un des précepteurs des fils défunts de Pharaon, furent lus par un scribe. Ils rappelaient que, lorsque la vieillesse venait, la mort ne devait pas être redoutée car les portes du ciel s'ouvraient d'elles-mêmes pour Pharaon. Le passage dans l'Au-Delà n'était que renaissance pour une nouvelle course aux côtés de Rê, Pharaon sortant de sa tombe chaque matin.

L'anniversaire de ses années de règne n'était que la reproduction de la naissance et du couronnement de Thoutmosis. Aussi le peuple s'adonna-t-il à des réjouissances d'autant plus longues et d'autant plus nombreuses que, le Nil ayant abondamment débordé, les récoltes promettaient d'être exceptionnelles.

XXX

Thoutmosis repartit en campagne juste après les fêtes en l'honneur d'Amon quand le dieu eut quitté sa chapelle pour regagner, une vingtaine de jours plus tard, son temple de Thèbes. Pharaon organisa plusieurs expéditions militaires, ne rentrant que peu souvent à Thèbes. Hatchepsout le regretta d'autant plus qu'elle avait partagé mille joies avec son père les mois précédant son départ. Mais elle lui obéit et écouta attentivement les cours des prêtres et des professeurs chargés de son enseignement ainsi que le lui avait recommandé Thoutmosis. Si elle voulait connaître les rouages du pouvoir, l'apprentissage était long.

Plus Hatchepsout grandissait, plus elle était gracile. Ahmose, qui avait eu la douleur de perdre sa seconde fille, s'en inquiétait. Pour la rassurer, Kallisthès évoquait alors la robustesse et la force de caractère d'Hatchepsout qui évitait, pourtant, de trop longs entretiens avec le Crétois.

— Son caractère têtu, son égoïsme et son orgueil ne l'empêcheront pas d'attraper une maladie ! lui rétorqua un jour la reine. Elle est si mince qu'elle pourrait bien quitter cette terre comme sa sœur.

— Ne crois pas cela, lui répondit le Crétois. Si elle sait affronter les rivalités, la jalousie de Moutnéfret, les convoitises du jeune Thoutmosis qui a sur elle l'avantage d'être un garçon, Hatchepsout est capable de tout surpasser, même la maladie !

— N'a-t-elle pas conjuré les dieux pour que nous restions sans enfants ?

— Hatchepsout sait prévenir les dangers qui

l'éloigneraient du pouvoir et cela depuis sa plus tendre enfance. Oserai-je te confier que si nous avions un fils, alors même que Pharaon, Vie, Force et Santé, est plus âgé que moi, je craindrais chaque jour pour lui qu'un mauvais esprit envoyé par ta fille ne le tuât dans son berceau ?

Ahmose n'était pas loin d'éprouver les mêmes craintes. Plus elle mûrissait, plus Hatchepsout paraissait avancer sur une voie tracée pour elle seule. La reine reconnaissait aisément qu'elle n'avait jamais eu de telles sensations à l'égard des fils du pharaon, moins naturellement faits pour être servis et pour donner des ordres.

— Hatchepsout devient une femme, dit-elle à Kallisthès. Sa poitrine se forme et ses hanches s'élargissent. J'ai voulu en parler avec elle. Mais elle refuse toute discussion à ce sujet.

— Elle se montre pudique comme toutes les adolescentes, répondit Kallisthès. Rien de plus normal.

— Quand son père n'est pas à Thèbes, elle part chaque après-midi sur le Nil avec une bonne escorte contempler les constructions qu'il a fait réaliser.

— Elle en est fière. Quoi de plus normal ?

— Si Thoutmosis mourait, j'envisagerais un mariage avec toi, mon demi-frère. Nous aurions des enfants. Hatchepsout doit l'admettre !

— Elle ne l'admettra jamais, lui répondit Kallisthès.

— Mais elle n'est qu'une fille et jamais elle ne pourra pénétrer dans le temple d'Amon ! Jamais elle ne couvrira de parfum son effigie !

Ahmose évoqua pour la première fois avec Kallisthès la construction du temple funéraire de son époux. Elle trouvait le pharaon fatigué.

— Les murailles de notre palais font face au désert d'où viendra peut-être un jour l'ennemi mais Pharaon aura su repousser le plus tard possible cette éventualité. Aujourd'hui, je le trouve vieilli. Où en est la construction de son tombeau ?

— La chapelle de Thoutmosis s'achève, lui répondit Kallisthès avec discrétion. Quant à sa tombe, il nous faut travailler dans un val chauffé toute la journée par les impitoyables rayons de Rê, au milieu des pierres et d'un terrain aride, sec et dur comme un noyau d'olive. Les ouvriers doivent attaquer la falaise, transporter d'énormes blocs...

— Puisse Amon prolonger l'existence terrestre de Pharaon, dit Ahmose dans un soupir, partagée entre la douleur de perdre celui pour qui elle éprouvait encore de l'amour et la perspective de donner au peuple égyptien un pharaon de sang divin.

Tandis que Kallisthès et Ahmose s'abandonnaient aux plaisirs des sens dans la fraîcheur relative de la chambre royale, Hatchepsout faisait une sieste réparatrice. La princesse n'avait pas longtemps fixé les poissons et les marais des peintures qui ornaient ses murs ni les oiseaux qui voletaient au-dessus des papyri du plafond.

Eventée par deux servantes, elle avait eu tôt fait de fermer les yeux et de se laisser envahir par de doux rêves. Plusieurs scènes agréables s'étaient imposées à elle. Elle avait tout d'abord vu deux serpents s'agiter autour de son lit. Comme elle s'en était effrayée, un interprète des songes l'avait tranquillisée en lui expliquant que ce rêve signifiait qu'elle serait reine un jour et qu'elle commanderait à la Basse et à la Haute-Egypte, le premier serpent symbolisant le vautour de la région sud et le second le cobra de l'Egypte du Nord.

Après s'être agitée un instant, Hatchepsout se rendormit profondément. Elle distingua alors un homme très grand qui avait les traits de son père et qui lui tendait du pain bien blanc. Elle se tourna vivement sur sa couche en voyant son visage : il avait une tête de fauve et une gueule effrayante !

Mais, là encore, l'interprète intervint et la réconforta. Dès qu'elle fut apaisée, elle se mit à rêver qu'elle mangeait une importante quantité d'âne, scène qui calma complètement son agitation car tous les Egyptiens savaient qu'un tel songe présageait l'accroissement d'un pouvoir personnel ou d'une fortune. Puis un dieu lui offrit les offrandes déposées dans le temple d'Amon pendant la fête d'Opet, lui transmettant ainsi le souffle de vie. Elle grimpa de joie autour d'un mât, comme elle le faisait autrefois autour de certains troncs d'arbres, signe que la divinité l'appelait pour l'aider à s'élever plus haut que les mortels. Elle tombait à l'eau, se voyant ainsi absoute de tous ses péchés et réclamait à grands cris l'assistance du dieu.

Malheureusement, la situation se gâta. Hatchepsout eut soudain très chaud. Elle imagina qu'elle buvait de la bière tiède, les dieux lui indiquant clairement qu'elle perdrait un jour son royaume. Puis un inconnu la piqua avec les épines d'une fleur, ce qui signifiait qu'elle était entourée de traîtres et de menteurs. Ses dents tombèrent les unes après les autres à une vitesse impressionnante, anticipant le décès d'un proche parent. Les deux serpents revinrent alors la menacer. Ils étaient plus gros et plus proches que dans son premier rêve. Dans un demi-sommeil, elle entendit siffler non loin de son lit et se réveilla en poussant un cri.

Les deux servantes continuaient à agiter leurs longues plumes d'autruche, somnolant presque dans la pénombre. Bien qu'elle fût maintenant tout à fait éveillée, Hatchepsout entendit de nouveau un bruit à peine perceptible qu'elle ne put identifier. Aussi souleva-t-elle le léger voile qui l'entourait, elle et les servantes.

— Que se passe-t-il ? demanda l'une d'elles, inquiète. Notre princesse aurait-elle déjà fini de se reposer ?

Hatchepsout l'invita fermement à se taire. Elle jugeait toutes ses suivantes stupides et bavardes. Si seulement elle avait pu trouver, comme sa mère, une confidente aussi digne de confiance que la belle Menis ! Voilà une femme qui lui plaisait ! N'avait-elle pas mis maintes fois Ahmose en garde contre Kallisthès ?

Hatchepsout se pencha vers le sol et demeura paralysée. Comme la servante égyptienne ouvrait une nouvelle fois la bouche, elle plaça son doigt sur ses lèvres pour lui faire signe de se taire. Puis, en pointant l'index vers le tapis moelleux placé sous son lit, elle indiqua aux deux femmes de regarder. Toutes deux se penchèrent et poussèrent un cri.

Un cobra se tenait droit devant la princesse et dardait ses yeux sur elle. Il semblait qu'au moindre geste Hatchepsout serait agressée et mordue. Le cobra oscilla sur lui-même, prêt à attaquer.

— Que faire ? se lamenta la plus jeune des servantes. Je vais immédiatement prévenir la reine !

Hatchepsout lui saisit le bras et la retint fermement.

— Petite folle sans cervelle ! Si tu bouges, le serpent me mordra aussitôt ! Souhaites-tu la mort de ta princesse ?

— Bien sûr que non ! gémit l'Egyptienne en s'apprêtant à se prosterner.

— Ne bouge pas ! murmura Hatchepsout. Est-ce si difficile à comprendre ? Par Isis, que vous êtes niaises ! Réfléchissons et vite ! Si quelqu'un entre, je suis perdue ! Le cobra apeuré se jettera sur moi ! Une flûte... Il nous faut une flûte... J'ai déjà vu des joueurs de flûte charmer ainsi des cobras lors des fêtes que Pharaon donne au palais.

Son regard chercha l'instrument qui ne quittait pas sa chambre. Des musiciennes accompagnaient fréquemment ses méditations, ses jeux ou son sommeil de leurs voix et des notes de leurs instruments. Aussi harpes, luths, castagnettes, flûtes et tambourins restaient-ils en permanence dans un coin de la pièce dont les meubles étaient rares.

— Je vais ramper jusque là-bas, susurra l'une des Egyptiennes en désignant du doigt, dans un geste discret, l'instrument posé sur un coffre à vêtements.

Mais le serpent, intrigué par cette main qui s'avançait, la mordit brusquement au pouce et s'engouffra sous la couche légèrement surélevée d'Hatchepsout. La servante poussa des cris.

— Vite ! Aide-moi ! dit Hatchepsout à l'autre domestique.

Elle étendit l'Egyptienne blessée sur le lit.

— Souffres-tu pour crier ainsi ?

— Non, je ne souffre pas, répondit l'Egyptienne en se tenant le poignet de sa main valide. Je ne sens presque rien et... je ne distingue même pas l'endroit où le serpent m'a mordue. Mais j'ai terriblement peur car je sais qu'Osiris va venir me chercher !

— Ne dis pas de sottises, répondit Hatchepsout sans conviction. Toi ! Cours vite prévenir la reine et le médecin.

— Mais le serpent...

— Je ne bougerai pas. Il n'attaquera pas la fille de Pharaon !

La servante, terrorisée, se laissa glisser sur le côté et adressa une brève prière aux dieux avant de poser les pieds par terre comme si le serpent allait surgir et la mordre aux chevilles. Une fois debout, elle courut vers la porte et appela de l'aide.

— Vous pouvez vous lever, princesse, dit le médecin en entrant quelques instants plus tard. Vous ne risquez rien. S'il a déjà injecté son venin, le cobra n'en sécrétera pas un autre aussi vite ! Malheureusement il faut nous occuper au plus tôt de cette pauvre fille.

Le médecin l'ausculta rapidement.

— Sa respiration est déjà altérée. Si nous ne lui injectons pas ce produit efficace que seul Kallisthès sait préparer, elle se paralysera bientôt.

Hatchepsout fit la moue.

— Tu es médecin de Pharaon et tu ne connais pas la composition de cette mixture ? s'indigna-t-elle.

— Kallisthès a les doigts agiles et des connaissances supérieures à de nombreux savants égyptiens.

— Qu'on aille le chercher !

Informée de l'incident, Ahmose entra précipitamment dans la chambre de sa fille qu'elle serra contre elle. La reine ne paraissait pas porter attention à sa tenue peu convenable pour une personne de son rang. Elle ne cessait de caresser les cheveux d'Hatchepsout en remerciant les dieux de l'avoir sauvée.

— Si cette petite est guérie par Kallisthès, je la nommerai responsable des servantes qui t'entourent car les dieux l'ont sacrifiée pour te préserver.

Kallisthès arrivait déjà en portant deux fioles en grès.

— Ne vous inquiétez pas, dit-il. Cet onguent va ôter toute douleur et cette mixture empêcher la paralysie. Ainsi le cœur pourra-t-il continuer à fournir le sang, les larmes et toutes les sécrétions de cette malheureuse enfant. Il respirera l'air pur et ingurgitera les aliments.

— Dois-je faire venir un magicien ou un prêtre pur ? suggéra Ahmose.

— Ce ne sera pas nécessaire, répondit Kallisthès en souriant. Mais je m'étonne que ce serpent soit entré dans cette chambre ! S'il vient du jardin, il lui a fallu ramper le long de nombreux escaliers à l'insu de tous les domestiques !

— Regardez ! dit Hatchepsout. Il était probablement dans ce large panier de fruits... Je n'y vois qu'un signe favorable des dieux ! Le cobra n'est-il pas le symbole que Pharaon porte dignement sur sa tête ?

— Tu es optimiste, Hatchepsout, répondit Kallisthès en fronçant les sourcils. Qui a apporté ce panier ?

— Je ne sais... Sans doute une servante...

— As-tu l'habitude de réclamer des fruits à ton réveil ?

— Jamais ! répondit Hatchepsout. Je ne fais que boire une coupe pleine d'eau. En ce moment, je me force à manger quelques gâteaux pour prendre un peu de poids. C'est tout.

— Et pourtant, quelqu'un a déposé là ce panier et te voulait sans doute du mal, Hatchepsout ! Tu dois être prudente ! N'oublie pas que

Pharaon t'a désignée comme son héritière et son successeur. Cette position va te faire de nombreux ennemis !

La reine se lamenta.

— Je savais bien que Thoutmosis n'avait pas fait le bon choix. Si ma fille meurt, il sera bien avancé !

— Mais je ne mourrai pas, mère ! répondit Hatchepsout. Es-tu bien sûr, Kallisthès, de ce que tu dis ? Tu penses donc qu'une personne a introduit ce serpent volontairement dans ma chambre ?

— Oui, répondit le Crétois en soignant la jeune Egyptienne qui continuait à gémir.

— Le voilà, votre serpent ! dit un garde en prenant le cobra à l'aide d'un bâton. Nous allons immédiatement le tuer !

— Il est si beau ! dit Hatchepsout, soudain envoûtée par l'animal. Ne peut-on le laisser vivre ? Après tout, je porterai un jour le cobra sur ma perruque.

— Emmenez-le ! dit la reine. Et toi, Hatchepsout, cesse ces caprices stupides ! As-tu reçu la visite de Moutnéfret aujourd'hui ?

— Pourquoi me parles-tu de Moutnéfret ? lui demanda avec étonnement la princesse. Tu n'évoques jamais ce nom devant moi...

— Ne finasse pas et réponds-moi !

— Ainsi donc tu penses, comme moi, que la tendre Moutnéfret pourrait bien ne pas être étrangère à cet incident...

— N'accusez pas sans preuve, dit Kallisthès. Maât ne vous le pardonnerait pas. Les ennemis d'une future pharaonne sont nombreux et parfois inconnus.

— Dorénavant, les gardes ne te quitteront plus jamais des yeux, approuva Ahmose. Tu ne sortiras pas du palais sans eux. Même lorsque tu te promèneras sur la pièce d'eau ou dans les jardins, je veux que des sentinelles veillent sur ta vie !

Hatchepsout promit d'obéir. Cette aventure n'était pas pour lui déplaire, d'abord parce qu'elle aimait le danger et le piquant de la vie, ensuite parce qu'elle lui révélait combien son existence était précieuse aux yeux des Egyptiens, enfin parce que, quoi qu'en dît « Kallisthès je sais tout », elle était persuadée que les dieux lui avaient signifié, en lui envoyant un cobra, qu'elle serait pharaonne d'Egypte !

CINQUIÈME PARTIE

XXXI

Sur l'Euphrate, loin, trop loin de la fraîcheur de l'air marin, dans la ville de Wasugana peuplée d'Hourrites et de récents envahisseurs venus du nord, des ambassadeurs arrivés de tout le Mitanni et de tous les villages situés entre Ugarit et Nusi attendaient dans une cour ombragée d'un vieux palmier une audience du roi Sauztata dont le pouvoir s'étendait sur un vaste territoire mésopotamien s'étirant entre les deux fleuves du Tigre et de l'Euphrate.

Même les Barbares cassites qui s'étaient installés à Babylone, pauvre ville déchue, ne contestaient pas la puissance du grand roi. Les roitelets des petits royaumes s'alignant le long des deux fleuves nés en Anatolie, qui traversaient les steppes et les déserts puis formaient, en unissant leurs eaux, des marécages avant de se jeter dans le golfe Persique, étaient peu équipés pour repousser d'éventuels ennemis avec lesquels ils préféraient faire alliance. Thoutmosis avait traité à plusieurs reprises avec les habitants des cités d'Alalakh et d'Emar.

De fortes pluies avaient entraîné pendant la nuit le cours violent du Tigre et celui, d'ordinaire plus calme, de l'Euphrate dont la montée des eaux menaçait les champs ensemencés. La ville du roi se trouvait, en effet, près de collines fertiles situées non loin des montagnes à la limite des steppes aux sources rares qui devenaient de plus en plus sèches en se rapprochant du sud pour se transformer progressivement en désert. Sans les multiples lacis de cours d'eau et de chenaux de l'Euphrate, le désert n'eût été que le domaine des nomades.

Bêlis se pencha par-dessus les épaules de son mari qui venait d'apporter des *calculi,* des bulles en argile de différentes formes attestant que des livraisons avaient bien été effectuées. Il sortit ses tablettes d'argile et ses instruments de comptabilité. Des claires-voies assuraient une lumière suffisante à la pièce meublée de tables en bois et en roseaux. Sur une tablette étaient mentionnées, en colonnes, des quantités d'or et d'argent importantes, sur une autre, le nombre de faucilles en bon état que le responsable des terres dépendant du roi pouvait mettre à la disposition des agriculteurs qui travaillaient pour lui. Sous ces données en figuraient d'autres : une recension du cheptel royal constitué de porcs, de moutons des montagnes ou des plaines, d'ovins à queue large, de chèvres, de chevaux, de chameaux, de buffles et de bœufs ; les recettes des chasses d'aurochs et des prévisions de récoltes de lin et d'orge à six rangs.

Séti additionna et multiplia quelques chiffres sous les yeux admiratifs de son épouse. Un scribe lui avait remis des documents précisant les limites des champs des paysans qui devaient au roi taxes et impôts.

L'Egyptien exprima un sourire satisfait.

— Ceux qui possèdent plusieurs *burs*[1] de terrain vont verser une bonne contribution au roi,

1. 6 ha = 1 bur.

dit-il à Bêlis, car, l'année dernière, aucune inondation malencontreuse n'a été signalée.

En reprenant les critères des années précédentes, il inscrivit des évaluations d'orge, de froment, d'épeautre, de dattes, d'huile de sésame.

— J'ai conseillé d'entourer les récentes palmeraies d'un mur assez haut pour les protéger du vent et du sable. On a planté des milliers de palmiers sur plusieurs burs. Si l'on arrive à leur donner de l'eau en aménageant quelques rigoles et si le jardinier ameublit la terre régulièrement, ces arbres porteront leurs premiers fruits dans quatre ans. C'est bientôt le moment de cueillir les dattes des arbres plus anciens. Nous pratiquerons comme l'an dernier. En les ramassant prématurément et en les faisant mûrir à l'ombre, nous permettrons la production de nouvelles dattes. Des fibres de palmiers seront confiées aux ouvrières du palais afin qu'elles confectionnent de nombreuses cordes et quelques robes. Quant aux fruits, nous en ferons du pain, du vin, du vinaigre, de la farine et un peu de miel.

Séti mentionna également sur sa tablette le nombre de noyaux de dattes disponibles, appréciables comme combustibles et qui servaient aussi, une fois pilés, à nourrir les porcs et les ânes. Il ajouta quelques détails sur la production des concombres, des oignons, de l'ail, des pois et des fèves cultivés dans les palmeraies.

Une partie de la ville avait été construite sur une petite hauteur afin d'éviter les inondations de l'Euphrate nées du gonflement des eaux du printemps mêlées à d'éventuelles pluies diluviennes. Séti avait conseillé au roi l'aménagement de canaux pour l'irrigation des champs et les transports ainsi que l'utilisation des codes royaux d'Ur-Namu, de Lipith-Isthtar, de Daducha et d'Hammurabi sur la batellerie devant le rapide développement des chantiers navals.

— Nous avons manqué de bateaux de vingt *gurs*[1], dit Séti. Construire des radeaux provisoires en bois est très pratique mais ce ne sont pas ces frêles embarcations qui transporteront les jarres d'huile d'olive, de vin, les pots de miel ou le bétail qui sont envoyés à l'endroit où les deux fleuves se rejoignent. Les trains de bois sont tout juste bons pour le transport des bottes de roseaux ou de la laine. Nous devons aussi songer à l'importation de pierre et de bois dont nous avons besoin. Les saules, les tamaris du Sud et nos palmiers ne permettent guère la construction de ces solides navires marchands qui nous font défaut !

Bêlis tendit à son époux un bol en céramique sur lequel étaient peints des bouquetins et des oiseaux prêts à s'envoler qu'elle avait rempli d'eau, ainsi qu'un récipient plus grossier en plâtre plein de galettes.

— Laisse ces comptes, lui dit-elle. Tu es le conseiller du roi, non son scribe.

— Je ne trouve pas dégradant d'être responsable du Trésor royal, répondit Séti, un peu vexé. Les scribes savent lire et écrire. Ils sont tous issus d'excellentes familles capables de payer leurs études, très longues et onéreuses. Rédiger le courrier du roi, tenir les archives à jour, ćtablir la comptabilitć, prćparer les inscriptions et les traités sont des tâches nobles et respectables. Dans les temples, les scribes permettent aux sages pensées de se transmettre de chapelle en chapelle.

— Tes enfants reçoivent dans la Maison des

1. 6 litres.

tablettes où sont inscrits les futurs scribes une excellente éducation, je te l'accorde, dit Bêlis. Ils savent réciter leurs textes, écrire proprement, apprennent des listes de vocabulaire, des poèmes mythiques, des hymnes et des annales.

Séti ne l'écoutait pas. Plongé sur les tablettes d'argile qu'il avait prises à la bibliothèque du palais, il poursuivait ses divisions, ses soustractions, ses raisonnements et ses déductions.

— Je constate que les artisans qui bénéficient des terres ou des locaux mis à leur disposition par le roi ne paient pas régulièrement leurs impôts. C'est notamment le cas des *napâhu*[1] et des *curcuru*[2]. Il faudra y remédier. Les soldats ont besoin de haches, de flèches et d'arcs. Là encore, aux ouvriers d'en fournir en plus grande quantité. Il faudra revoir le prix des denrées sur le marché. Le roi a octroyé des prêts de grain et de métal considérables à de riches propriétaires. Ceux-ci se sont contentés de rembourser leurs dettes sans régler les trente-trois pour cent d'intérêts. Quant aux hommes d'affaires qui ont monté leur commerce grâce au trésor du palais, ils n'ont pas versé non plus les vingt pour cent des bénéfices réglementaires.

— N'oublie pas la mission que le roi t'a confiée, répéta Bêlis. Il voudrait bien un jour étendre son royaume jusqu'en Egypte et attend de toi que tu le renseignes sur Thoutmosis. Il n'a pas conduit ces hordes de guerriers jusque sur l'Euphrate pour en rester là... N'as-tu pas hâte de te venger de ce Thoutmosis prétentieux qui nous a chassés de chez nous ? Tes enfants sont éduqués dans ce pays alors qu'ils devraient l'être dans l'une des meilleures écoles de Thèbes !

1. Forgerons.
2. Fondeurs.

— Tu as toujours été trop pressée, Bêlis, lui répondit calmement Séti. Rê guide notre destin au rythme qu'il a choisi. N'est-on pas dignement logé près des appartements du roi ?

Tous les habitants des deux fleuves n'avaient pas cette chance. La petite centaine de zarifés ou de mudhifs qui entouraient les murailles de la maison du roi, très sommaires, était construite avec des nattes et des roseaux. Certaines maisons à terrasses, circulaires, octogonales ou rectangulaires, d'une ou plusieurs pièces, parfois à étages et disposées en quartiers, avaient été élevées par leurs habitants à l'aide d'argile, d'eau, de paille sèche, d'herbes, de sable ou de cendre mêlés, piétinés longuement comme des grappes de raisin. Leurs sols étaient couverts de brique ou de chaux.

Bêlis et Séti bénéficiaient d'un logement dallé de pierres et recouvert de planchers, de murs ornés d'orthostates dans lesquels un artiste avait gravé les exploits des armées du roi.

Au centre de la cité se trouvait le temple du dieu Soleil Shamash avec ses dépendances, sa ziggurat et ses sanctuaires, précédés d'une cour immense. Dans le port, modeste mais actif, les marins embarquaient leurs denrées, réglaient les taxes exigées par le souverain et colportaient les rumeurs. Près d'une des entrées de la cité, appelée Ishtar, ornée de dessins mythologiques en briques émaillées, la maison des réjouissances d'où partaient les cortèges lors des fêtes en l'honneur des dieux venait d'ouvrir ses portes.

La cité, de forme rectangulaire, commençait à s'étendre de l'autre côté du fleuve si bien qu'un pont avait été aménagé sur l'Euphrate. Une voie principale reliait les principaux monuments, le temple, la Maison royale, le bâtiment du Trésor et le palais du souverain.

Les voies, d'importances diverses, doublées de canaux qui gagnaient des quartiers populaires ou des demeures plus prestigieuses, se multipliaient. Les ruelles parfaitement rectilignes, étroites et abritées du soleil, séparaient les blocs d'habitations dont les murs étaient parfois mitoyens et les terrasses communes. Elles étaient encombrées d'immenses jarres placées devant chaque porte d'entrée.

Séti et Bêlis ne sortaient que rarement du palais construit sur deux étages. Le rez-de-chaussée, très étendu, servait pour les magasins, les ateliers et les réserves à céréales. On y trouvait aussi les appartements des domestiques et des gardes. Les deux étages étaient réservés aux appartements royaux aux tapis, aux tentures et aux peintures murales magnifiques d'où le roi accédait directement à la salle du trône en pierre et au dais majestueux, ainsi qu'aux cuisines en suivant un couloir privé situé au-dessus des chambres des domestiques. Dans les étages étaient également répartis les salles de réception et d'apparat, les salles de bains et les bureaux.

Dans un coin de la cour centrale, aménagée de parterres agréables, se trouvait une citerne sans cesse approvisionnée par des domestiques qui papotaient sur les familles des uns et des autres.

Les appartements des femmes, vastes et frais, légèrement à l'écart, entouraient une cour aux murs ornés de fresques, rendant l'endroit agréable. Un escalier en pierre montait aux étages. Partout des statues d'anciens rois ornaient angles et recoins. Le *babanu*[1] se distinguait très nettement du *bîtani*[2].

Une monumentale porte en bois gardée en permanence et entourée de taureaux androcéphales protégeait la construction massive du palais.

— Pourquoi n'irais-tu pas profiter dans les jardins de la fraîcheur qu'a apportée la pluie ? dit Séti à Bêlis en traçant des caractères sur sa tablette.

Bêlis lança avec humeur le coussin recouvrant son siège contre lequel elle s'était adossée.

— Je vais me préparer, répondit-elle sèchement. Le roi aura bientôt terminé ses audiences dans la salle de la Grandeur royale. La fête du kispum va commencer. Je veux être resplendissante pour célébrer la mémoire des rois défunts ! Les domestiques ont sorti les jarres de vin et de bière. Les fours sont tous allumés et la plus belle vaisselle brille déjà sous la lumière des torches ! Les statues des Anciens revivent sous les flammes dansantes. Pour une fois que la cérémonie et le festin auront lieu non pas au temple mais dans la salle du trône, aucun dieu ne me fera manquer cela !

— Auparavant, je dois me rendre de toute urgence à la maison de la direction pour consulter les paniers d'archives et la correspondance du roi avec les gouveneurs de province. Ah ! J'irai aussi au service des transactions de métaux...

— La reine tient à veiller elle-même aux cultes, au nettoyage des canaux, aux récoltes de blé et à l'importation des produits de luxe servant aux réceptions. Pourquoi t'intéresser au vin

1. Pièces administratives du palais.
2. Pièces privées.

du Nord, au miel de l'Ouest, aux entrepôts du port et aux centres d'élevage ? Que t'importe enfin l'importation des métaux, le travail des artisans du palais ou leur rétribution ? Pourquoi te mêler de son travail ?

Séti se garda de répondre. Il saisit un document et lut pour lui-même d'une voix à peine audible : « Comptabilité des repas du souverain : Ai reçu 30 jarres d'huile, 1 212 pains, 100 récipients de céréales panifiables pour les festins royaux. »

— Voyons l'étain...

Séti lut un autre document : « 25 mines d'étain de Mari, 2 talents d'étain envoyés à Ugarit par le roi de Babylone, 20 mines d'étain offertes. Total : 2 talents et 45 mines dans le Trésor, auxquels s'ajoutent 10 mines 7 sicles d'étain débarqués à Alep, 2 talents offerts au roi[1]. »

— Voilà de quoi fabriquer des armes et des outils...

Séti consulta ensuite un bulletin de dépôt et des quittances. Puis il déplia la lettre qu'un roitelet avait adressée au grand roi.

« Moi, Paga, roi de Bouqras, réponds au Roi qui me demande du bois pour faire des poutres et des bottes de roseaux. Je parle ainsi au Grand Roi, moi, son serviteur. En ce qui concerne les poutres de 10 cannes[2] et les bottes de roseaux à porter à la Maison royale, voilà ce que je réponds à mon Seigneur : Je ne possède pas de roseaux. Mais il me reste une centaine de poutres que je gardais pour refaire la toiture de ma demeure et que je fais aussitôt embarquer.

« Moi, le roi de Bouqras, en profite également

1. Une mine représente un peu plus de 500g, un talent 60 mines et le sicle 1/60 de la mine.

2. 12 mètres.

pour informer le Grand Roi de l'arrivée dans ma cité d'un autre roitelet.

« Moi, son serviteur, je lui dis cela : le roi de Bouqras se porte bien. La ville de Bouqras est prospère. Une autre question se présente. Le roi de Tell El-Swannan est arrivé ici et s'est prosterné devant moi, le jour même où je lui envoie cette tablette. »

Séti finit de rédiger son rapport. Il saisit le sceau qu'il portait en pendentif, plat sur une face avec un bouquetin gravé en creux et une bélière de l'autre côté. Il l'imprima sur l'argile de sa tablette, à la fin de son texte. Ce sceau venait d'Egypte bien que les peuples vivant entre les deux fleuves en fissent, comme les Egyptiens, un grand usage.

— Ton informateur est-il revenu ? demanda encore Bêlis qui ne se résolvait pas à quitter le bureau de son mari. As-tu reçu des nouvelles de Thoutmosis ?

— Je sais très exactement tout ce que décide le pharaon. Avant de partir en campagne, il a présenté sa fille à la cour. Je crois qu'il a l'intention d'en faire une reine. Il vient de rentrer à Thèbes après l'avoir emporté sur des Nubiens récalcitrants.

— Jusque-là, je ne lui connais pas d'échec militaire...

— C'est la raison pour laquelle le roi Sauztata doit se montrer prudent. Pourquoi prendre des risques inutiles ? Si Hatchepsout monte un jour sur le trône, rien ne sera plus aisé que de la renverser.

— Je ne suis pas convaincue que cette solution plaise au roi. Il est pressé et Thoutmosis ne montre apparemment aucun signe de faiblesse.

— J'ai mes sources de renseignements, affirma mystérieusement Séti.

Comme Bêlis s'apprêtait à répliquer, il ajouta sur un ton qui n'admettait aucun commentaire :

— Elles sont infaillibles. Cours te préparer ! Les prêtres ne vont pas tarder à inspecter le foie des bêtes sacrifiées, le ciel et tous les signes naturels qui décideront du pouvoir du roi dans les prochaines années.

*
* *

Thoutmosis avait anticipé son retour à Thèbes après avoir appris l'incident qui s'était déroulé dans la chambre de sa fille. Lui aussi craignait qu'on attentât à la vie de l'enfant d'Amon.

Las des craintes de son fils Thoutmosis, le pharaon lui ayant pour la première fois promis de l'emmener à la chasse avec Senmout, Hatchepsout quitta son cours plus tôt que d'habitude. Elle courut de la salle des scribes jusqu'aux appartements de son père, le calame et la tablette à la main sans tenir compte des taches d'encre qui tombèrent sur sa robe blanche.

Les domestiques n'avaient pas le temps de se prosterner sur son passage qu'elle se trouvait déjà dans une autre pièce. Elle était tellement excitée qu'elle ne comprit pas l'événement qui se préparait. En entrant brusquement dans les appartements de son père, elle clama :

— Je t'accompagne à condition que tu ne tues aucune bête aujourd'hui !

Mais le visage affligé des courtisans et des prêtres, nombreux, qui entouraient le lit du pharaon, arrêtèrent ses élans de joie. La gorge nouée, elle se souvint soudain d'un rêve récent. Elle prit peur. Des pleureuses chantaient une douce mélopée tandis qu'une forte odeur d'encens se répandait dans la chambre. Elle dut puiser jusqu'au fond de son cœur pour trouver le courage nécessaire qui la fit s'approcher du lit, toute tremblante. Assise au pied de la couche, les traits creusés et les yeux rouges, Ahmose leva vers elle un regard épleuré. Elle priait en tenant dans son poing un anneau de Thoutmosis. Les gardes n'osaient prononcer un mot.

Les prêtres s'écartèrent pour laisser passer Hatchepsout. Seul l'un d'entre eux, supérieur aux autres, continua à psalmodier tandis que les encensoirs se balançaient, dégageant dans la pièce trop chaude une nuée odorante.

— Père... appela doucement Hatchepsout en s'agenouillant et en prenant la main glacée du pharaon que les prêtres avaient ramenée sur sa poitrine après y avoir déposé des amulettes.

Sur une petite table avaient été disposés maints récipients que Kallisthès manipulait maladroitement. Ses gestes brusques trahissaient son émoi.

— Il est si pâle ! murmura Hatchepsout. Que lui est-il arrivé ?

— Il a rejoint la salle du jugement auprès d'Osiris, répondit Kallisthès d'une voix blanche.

— Non ! cria Hatchepsout comme si elle éprouvait à cet instant une effroyable douleur physique.

Elle laissa la main de son père retomber, inerte, sur la couverture et se releva. Puis elle se dirigea vers la porte de la pièce à reculons en regardant les courtisans assemblés et en faisant un signe de dénégation de la tête comme si elle refusait d'accepter la réalité.

— Non ! cria-t-elle une seconde fois en se mettant à courir à travers les couloirs du palais.

Sans qu'aucun domestique n'ait pu l'en empêcher, elle gagna aussitôt les jardins du palais et la pièce d'eau où il lui arrivait de méditer à l'écart de tous. Elle pleura abondamment. Son cœur battait si fort que ses épaules tremblaient. Elle se recroquevilla alors sur une natte, les genoux entre les bras et les serra de toutes ses forces.

— Que m'arrive-t-il ? Que nous arrive-t-il ? gémit-elle.

Comme il lui semblait percevoir des appels et des bruits de pas, elle se leva afin d'échapper à ses gardes et pénétra dans un endroit plus touffu et plus sauvage, partagée entre la peine et la colère. Les griffures qu'elle s'était faites aux bras et aux jambes en courant au milieu des ronces saignaient sans qu'elle n'y prêtât attention.

— Amon, mon père, dit-elle, si tu es réellement mon père, aide-moi. Qu'allons-nous devenir ?

Ses sanglots reprirent, moins bruyants. Des images de Thoutmosis s'imposèrent à elle. Que de souvenirs, que de bonheur définitivement perdus ! Ses regards se brouillèrent de larmes. Elle avait mal, très mal.

Soudain, elle sursauta. Un bruissement de feuilles. Elle sentit une présence au-dessus d'elle. Effrayée, elle leva la tête et aperçut le singe bleu que son père lui avait donné, suspendu à une branche. L'animal se laissa tomber à côté d'elle et vint lui caresser l'épaule. Elle le prit alors doucement contre elle comme un enfant et pleura longuement jusqu'à ce que la nuit enveloppât Thèbes d'un noir linceul d'où surgiraient les yeux de Rê.

LISTE
DES PRINCIPAUX PERSONNAGES

Abou : Thébain dont les ascendants étaient des Hyksos.

Ahhotep : Sœur et épouse de Seqnrê Tioua II. Mère du pharaon Ahmosis, arrière-grand-père d'Hatchepsout.

Ahmen : Soldat de Thoutmosis Ier.

Ahmès : Thébain favorable aux Hyksos.

Ahmès-Néfertari : Epouse du pharaon Ahmosis, arrière-grand-père d'Hatchepsout.

Ahmose : Fille du pharaon Aménophis Ier. Epouse de Thoutmosis Ier et mère d'Hatchepsout.

Ahmosis : Premier pharaon de la XVIIIe dynastie, grand-père de la reine Ahmose et arrière-grand-père d'Hatchepsout.

Ahotep : Epouse du pharaon Aménophis Ier. Mère d'Ahmose.

Amemesis : Fils du pharaon Thoutmosis Ier et de Moutnéfret. Demi-frère d'Hatchepsout.

Amen : Frère de Senmout.

Aménophis Ier : Deuxième pharaon de la XVIIIe dynastie, père d'Ahmose et grand-père d'Hatchepsout.

Amis : Adjoint de l'architecte Pémiat.

Apoui : Sculpteur thébain.

Ariane : Fille de Minos, roi de Crète.

Atnéferê : Père de Senmout.

Bekkhy : Cousin de Senmout.

Bêlis : Epouse de Séti.

Bès : Paysan thébain, ami de Séti.

Gizé : Thébain favorable aux Hyksos.

Hapousneb : Grand prêtre d'Amon et vizir. Son père était déjà prêtre du dieu Amon.

Hatchepsout : Fille d'Ahmose, fille du pharaon Aménophis Ier, et de Thoutmosis Ier.

Imeni : Architecte de Thoutmosis Ier.

Inou : Coiffeuse d'Hatchepsout.

Inyt : Surnom qu'Hatchepsout donne à sa nourrice Shatra.

Iouf : Administrateur des domaines de la reine Ahotep.

Itiri : Précepteur des fils de Thoutmosis Ier.

Kabech : Fils de Serdjem. Ouvrier de Deir el-Medineh.

Kallisthès : Architecte venant de Crète.

Kay : Thébain favorable aux Hyksos.

Kebetnefrou : Sœur d'Hatchepsout. Fille d'Ahmose et de Thoutmosis Ier.

Kérès : Gouverneur au service de la reine Ahotep.

Kouat : Oncle de Senmout.

Mai : Peintre habitant Deir el-Medineh.

Menis : Servante et confidente d'Ahmose.

Minos : Roi de Crète.

Minotep : Frère de Senmout.

Moutnéfret : Première femme de Thoutmosis Ier. Mère de Amemesis, Oudjmose et Thoutmosis II.

Néfer : Chef d'équipe au Village des ouvriers de Thèbes.

Néferepet : Sculpteur thébain.

Nobri : Dessinateur de Deir el-Medineh.

Oudjmose : Fils du pharaon Thoutmosis Ier et de Moutnéfret. Demi-frère d'Hatchepsout.

Paga : Roi de Bouqras (Mésopotamie).

Paher : Précepteur des fils de Thoutmosis Ier.

Pémiat : Architecte et responsable des travaux du temple d'Amon.

Pennethbet : Soldat de Thoutmosis Ier.

Pêri : Frère de Senmout.

Protop : Dessinateur habitant le Village des ouvriers de Thèbes.

Qaa : Responsable des ouvriers de Deir el-Medineh.

Ramose : Mère de Senmout.

Rêneferê : Tante de Senmout.

Roui : Cousin de Senmout.

Sauztata : Roi de Mésopotamie.

Senmen : Frère de Senmout.

Senmout : Fils d'Atneferê et de Ramose. Soldat nommé par Thoutmosis Administrateur Suprême.

Senseneb : Mère du pharaon Thoutmosis Ier. Grand-mère paternelle d'Hatchepsout.

Sesostris Ier : Pharaon de la XIIe dynastie.

Sesostris II : Pharaon de la XIIe dynastie.

Séti : Thébain favorable aux descendants des Hyksos.

Shatra : Nourrice d'Hatchepsout.

Tay : Garde de la tombe pharaonique.

Thémis : Compagne de Kay.

Thoutmosis Ier : Gendre du pharaon Aménophis Ier et époux d'Ahmose. Père d'Hatchepsout.

Thoutmosis II : Fils du pharaon Thoutmosis Ier et de Moutnéfret. Demi-frère d'Hatchepsout.

Titihéri : Epouse du roi Tioua I.

Toui : Femme de Qaa, responsable des ouvriers.

Toui-Toui : Surnom d'Atnéferê, père de Senmout.

Toury : Vice-roi de Nubie.

Tyanoun : Scribe royal.

Remerciements

Avant tout, je tiens à remercier chaleureusement mon éditeur et ami Michel Lafon. Mais je voudrais aussi adresser toute ma gratitude à ceux qui ont collaboré à la publication de cet ouvrage et qui ont participé à son élaboration : Nicole Gruyer, Huguette Maure et l'équipe éditoriale, Pascal Vandeputte, Nathalie Ladurantie, Gérald Gautier et toute l'équipe chargée de la promotion.

Du même auteur :

L'Art aux yeux pers, Le Cherche-Midi, 1980, *poésie.* Prix Jean Christophe.

Torrent, R.E.M., Lyon, 1983, *poésie.* Album avec interprétation au piano de Violaine Vanoyeke.

L'Harmonie et les arts en poésie, Monaco, 1985, *anthologie.*

Le Mythe en poésie, Monaco, 1986, *anthologie.*

Cœur chromatique, R.E.M., Lyon, 1986, *poésie.* Album avec accompagnement musical interprété au piano par Violaine Vanoyeke. Interprétations des textes avec Dominique Paturel.

Clair de Symphonie, J. Picollec, 1987, *roman.*

Messaline (Violaine Vanoyeke/Guy Rachet), Robert Laffont, 1988, *roman.* Traduit en espagnol, portugais, grec, coréen, bulgare, polonais...

Le Druide, Sand, 1989, *roman.*

Au bord du Douro, Lizier, Luxembourg, 1989, *poésie.*

Les Louves du Capitole, Robert Laffont, 1990, *roman.* Prix littéraire de l'été 1990. Traduit en espagnol, portugais...

La Prostitution en Grèce et à Rome, Belles Lettres, 1990, *histoire.* Traduit en espagnol, en grec, en japonais, en tchèque...

Le Crottin du diable, Denoël, 1991, *roman.* Prix de l'Association de l'assurance et des banques, 1992.

Les Bonaparte, Critérion, 1991, *histoire.*

La Naissance des jeux Olympiques et le sport dans l'Antiquité, Belles Lettres, 1992, *histoire.*

Les Grandes Heures de la Grèce antique, Perrin, 1992, *histoire.*

Les Sévères, Critérion, 1993, *histoire.*

Les Schuller, Presses de la Cité, 1994-1995, *romans* :
* *Les Schuller,* Presses de la Cité, 1994.
** *Le Serment des Quatre Rivières,* Presses de la Cité, 1995.

Hannibal, France-Empire, 1995, *histoire/biographie.*

Paul Eluard, le poète de la liberté, Julliard, 1995, *histoire/biographie.*

Le Secret du pharaon (série), L'Archipel, *romans* :
* *Le Secret du Pharaon,* L'Archipel, 1996. Traduit en espagnol, en tchèque... Repris au Grand Livre du Mois (1996), par Succès du Livre (1997), à Presses Pocket (1997), Le Chardon bleu (1997).
** *Une mystérieuse Egyptienne,* L'Archipel, 1997, *roman.* Traduit en espagnol...

Quand les athlètes étaient des dieux, Les Jeux olympiques de l'Antiquité, Fleurus, Collection « Encyclopédie Fleurus », 1996, *ouvrage pour la jeunesse.*
Périclès, Tallandier, 1997, *histoire/ biographie.*

Les Histoires d'amour des pharaons (série), Michel Lafon :
* *Les Histoires d'amour des pharaons : Néfertiti et Akhenaton ; Ramsès II et Néfertari ; Tyi et Ramsès III ; César et Cléopâtre ; Antoine et Cléopâtre,* Michel Lafon, 1997. Traduit en italien... Repris au Grand Livre du Mois (1997).

La Passionnée, Michel Lafon, 1997, *roman.* Traduit en espagnol...

La Pharaonne (trilogie), Michel Lafon, *romans* :
* *La Princesse de Thèbes,* Michel Lafon, 1998.
** *Le Pschent royal,* Michel Lafon, 1998.
*** *Le Voyage d'éternité,* Michel Lafon, 1998.

Les Dynasties pharaoniques (série), Tallandier, *histoire* :
* *Les Derniers Pharaons d'Egypte, Alexandrie d'Alexandre à Cléopâtre,* Tallandier, 1998, *histoire.*

Discographie

Bach, Beethoven, Debussy, Chopin, R.E.M., Lyon, Violaine Vanoyeke, piano.

Chopin, Debussy, Schumann, R.E.M., Lyon, Violaine Vanoyeke, piano.

Violaine Vanoyeke est l'auteur de nombreux articles parus dans *Historia, Chroniques de l'Histoire, Le Spectacle du monde, Le Quotidien de Paris...*

Composition réalisée par JOUVE

Imprimé en France sur Presse Offset par

BRODARD & TAUPIN

GROUPE CPI

La Flèche (Sarthe).
N° d'imprimeur : 6979 – Dépôt légal Edit. 11146-05/2001
LIBRAIRIE GÉNÉRALE FRANÇAISE – 43, quai de Grenelle – 75015 Paris.

ISBN : 2 - 253 - 14777 - X

⟐ 31/4777/4